KB068073

우리의 인생 여정의 중간에서,
나는 캄캄한 숲에 부닥쳤네.
올바른 길을 잃고서.

단테의 연옥 여행기

1판 1쇄 발행 2015년 7월 20일

원 작 | 단테《신곡》
그 림 | 구스타프 도레
편저자 | 최승
펴낸이 | 최윤하
펴낸곳 | 정민미디어
주 소 | (151-834) 서울시 관악구 행운동 1666-45, F
전 화 | 02-888-0991
팩 스 | 02-871-0995
이메일 | pceo@daum.net
편 집 | 정광희
디자인 | 서진원

ⓒ 정민미디어

ISBN 979-11-86276-14-3 (03800)

※ 잘못 만들어진 책은 구입처에서 교환 가능합니다.

DANTE
LA DIVINA
COMMEDIA

단테의 연옥 여행기

구스타프 도레 그림 | 최승 편저

책을 펴내며

인류의 가장 큰 소망은 평화와 행복이라고 생각합니다. 그 참다운 소망을 위하여 '마음의 양식'이 될 세계 문학의 최고봉인 단테의《신곡》을 국내는 물론 세계 최초의 소설로 발간합니다.

이 책은 신학, 철학, 신화, 우주관, 인간학, 자연학, 심리학, 신비설 등을 바탕으로 주석의 도움 없이도 읽을 수 있도록 오늘의 언어로 누구나 쉽게 정독할 수 있게 풀어 썼습니다. 인류의 본향本鄕을 배경으로 모든 구성에 있어서 치밀하고 완벽하게 표현함이 참으로 놀랍지 않을 수가 없습니다. 누가 감히《신곡》을 소설로 읽으리라 상상이나 했겠습니까?

단테의《신곡》은 윤리의 필요성, 선과 악의 개념, 신앙, 사랑, 인간 공동체의 연대, 영원한 생명과 기쁨, 독창성 등이 완벽하여 이탈리아어의 기초로까지 이어진 작품입니다.

저 또한 원저原著의 명성에 이끌려 읽어보려고 수차례 시도했었지만 제대로 이해하며 읽지 못하다가 우연히 소설화된 원고를 접하게 되었습니다. 순수한 독자의 입장에서 읽어내려 가다가 그 어떤 행위의 표현보다 작품의 위대함에 감사와 공경의 마음이 솟구쳐 발간을 결심하게 되었습니다.

인간은 만물의 영장이라는 자부심으로 교만하게 살아오다가 이 글을 읽으면서 의식하지 못하고 있던 죄를 구별할 수 있었고, 그 결과 불완전한 피조물임을 깨달아 영원한 생명의 구원을 위하여 종교적 신앙을 체험하기까지……《신곡》은 저를 이끈 위대한 문학이었습니다.

위대한 책은 위대한 생각과 문화를 잉태하듯이 단테의《신곡》이야말로 인류 문명사와 역사, 종교에 큰 영향을 끼쳤다고 생각합니다. 단테의《신곡》은 모든 학문이 집결된 만큼 일반인들이 읽기에 쉽지 않은 내용인데, 이해하기 쉽게 소설화되어 주저함 없이 발간을 결정했던 것입니다.

이 책의 발간을 결정하고 나서 어려움에 부딪친 것은 '동양 문화권에 젖은 우리 문화의 배경으로 단테의《신곡》을 제대로 이해할 수 있는가'와 이러한 문화적 배경임에도 불구하고 '편집 과정을 무사히 끝낼 수 있을까' 하는 것이었습니다. 그러나 그것은 기우에 불과했습니다. 오랜 시간 동안 해박한 지식과 철저한 검증을 통해서 개작 원고를 다시 원본과 대조해 가며 독자의 이해력에 초점을 맞춰 저술했기에, 작품 세계에 빨려 들어가다 보니 별 어려움 없이 빠르고 쉽게 편집 과정이 진척되었습니다. 이 자리를 빌려 최선의 노력을 다해주신 최승님께 다시금 깊은 감사를 드립니다.

현대사회를 살아감에 있어 가치관의 혼란과 미래의 불확실성을 겪으며 인간의 가치를 잊고 사는 우리에게 어느 것이 참다운 길인가를 제시해 주는 사랑의 메시지가 될 것을 믿어 의심치 않습니다.

끝으로 이 책을 선택해 주신 독자 여러분께도 머리 숙여 감사를 드립니다.

펴낸이

연옥 여행기煉獄 旅行記

단테는 베르길리우스의 안내를 받아 영원한 슬픔과 괴로움의 세계를 상징하는 지옥을 무사히 빠져나와 연옥으로 향한다. 그곳은 대마왕 루치펠로가 하늘에서 떨어질 때 대지가 솟아올라 이루어진 섬과 언덕으로 정죄와 희망을 상징한다.

단테가 어두운 숲 속에 들어가게 된 날이 예수 그리스도께서 골고다 언덕에서 저주의 죄를 대신해 죽으신 금요일이었다면, 단테가 지옥을 빠져나온 날은 부활절 일요일 새벽 어둠이 여명에 밀려 서서히 밝아 올 무렵이었다. 또한 죄의 골짜기가 지옥이라면 연옥은 은총의 산이라고 말할 수 있다. 즉 지옥은 죄를 인식하는 곳이고 연옥은 죄를 씻는 곳이다.

여기서 죄의 씻김은 그리스도를 바라보며 완전히 회개할 때만이 진정 가능하다. 따라서 이 연옥의 산에 오르려면 하느님의 사랑과 은혜가 전제되어야 한다.

연옥의 산은 연옥 입구, 연옥, 지상낙원 이렇게 세 부분으로 나누어진다. 연옥 입구에는 죄악의 구렁텅이 속에서 헤어나지 못하고 살다가 죽을 무렵에 비로소 회개하고 구원을 받은 영혼들이 모여 있다.

특히 이 지역은 두 개의 비탈길로 되어 있는데 첫째 비탈길에는 파문당했다가 죽기 직전에 자신의 죄를 뉘우친 이들, 둘째 비탈길에는 회개함에 있어서 태만했던 영혼들이 각기 정죄를 하고 있다. 그리고 바로 그 위에 연옥의 문이 있는데 한 천사가 그곳을 지키고 있다. 그 천사는 단테의 이마에다 일곱 개의 P자를 칼끝으로 새겨준다. 이 P자들은 각각 일곱 권圈에서 정죄해야 하는 중요한 죄를 상징한다. 즉 오만의 죄, 질투의 죄, 분노의 죄, 태만의 죄, 탐욕과 낭비, 인색함의 죄, 탐식의 죄, 음란의 죄로 이들은 모두 벼랑을 차례로 지나가면서 하나씩 씻겨진다.

영혼들은 이 모든 죄를 다 씻고 난 후에야 비로소 구원을 받게 되고 이어서 지상낙원으로 오를 수 있게 된다. 여기서 지상낙원은 지상의 가장 완벽한 행복을 표상하며 곧 에덴의 회복을 뜻한다.

지옥의 죄가 뉘우치지 못한 자들의 죄라면, 연옥의 죄는 죽기 이전에 회개한 자들의 죄이다. 따라서 지옥의 죄는 영원히 정죄될 수 없는 것이고, 연옥의 죄는 구원받은 영혼들이 천국에 올라가기에 앞서 자신의 모든 죄를 씻는 것이다.

특히 인간은 정죄의 산에 올라가기 전에 지상의 죄를 망각시키게 하는 레테 강에 몸을 씻고, 선행의 기억을 새롭게 하는 에우노에 강물을 마시며 자신을 정화한다. 이렇듯 지상낙원을 흐르고 있는 레테 강 앞에서 완전한 회개를 함으로써 단테는 참된 신앙인으로서 그리스도를 바라보게 된다.

한편 단테는 이 지상낙원에서 생명나무를 보게 되고 그것이 십자가를 이루는 것을 확인하게 된다. 교회의 타락과 몰락, 아울러 하느님이 보내신 인류 구원자가 출현하게 될 것이라는 예언을 들으며 마지막에 이르러서는 베르길리우스와 스타티우스의 안내를 벗어나 베아트리체의 안내로 단테는 인간으로서는 도저히 경험해볼 수 없는 뜻깊은 환상들을 체험한 뒤 천국에 오른다.

단테는 스콜라 철학의 일곱 가지 죄의 근원을 모방하여 연옥 순례에 대한 이야기를 구성하고 있다. 연옥에는 지智, 용勇, 정의正意, 절제節制를 상징하는 네 개의 새벽 별과 믿음, 소망, 사랑을 나타내는 세 개의 저녁 별이 하늘에서 반짝이며 각기 연옥의 중요한 알레고리로 작용하고 있다.

또한 연옥 이야기는 매우 서정적인 묘사들이 돋보인다. 그러면서도 철학적이고 심오한 내용을 담고 있는 것이 특징이다. 특히 연옥 이야기의 핵심은 단테가 자유의지의 참뜻을 일깨우고 자신의 죄를 거짓 없이 고백하는 부분일 것이다. 즉, 죄를 빠짐없이 고백해야만 하느님의 의지를 좇을 수 있는 자유의지를 구할 수 있다는 의미이다.

Contents

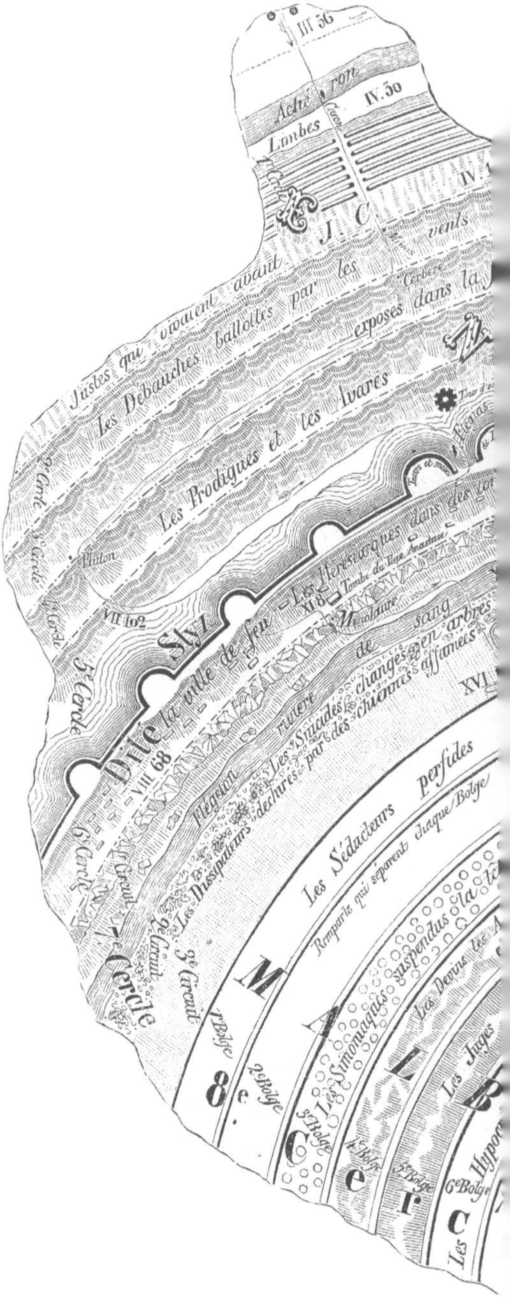

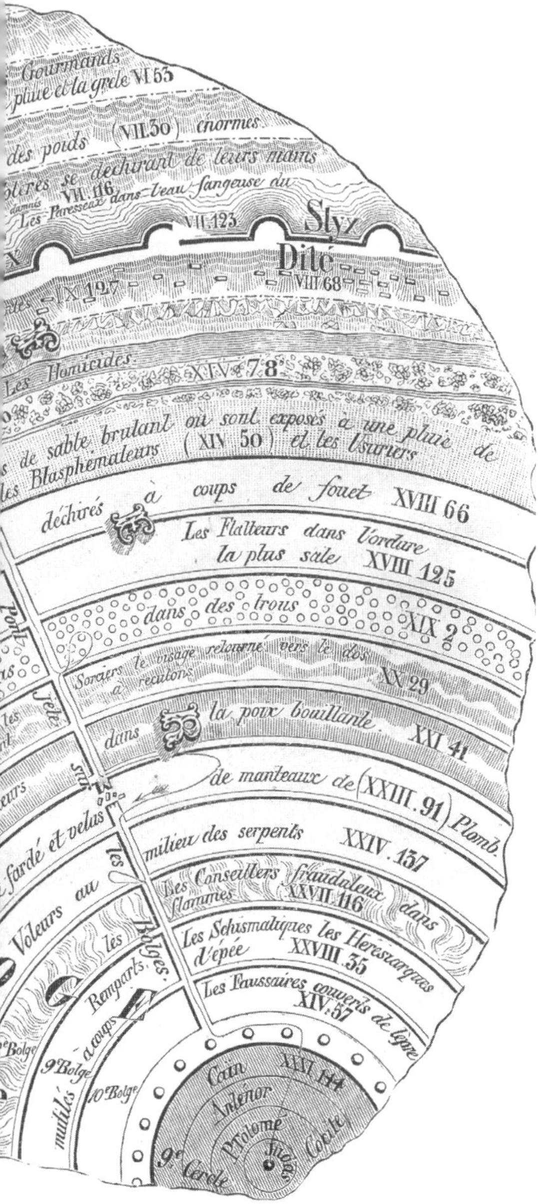
Gourmands
pluie et la grêle VI 53
des poids (VII 30) énormes
se déchirant de leurs mains
VII 116
Les Paresseux dans l'eau fangeuse du
VII 123
Styx
Dité
IX 127
VIII 68
Les Homicides
XIV 78
de sable brulant où sont exposés à une pluie de
les Blasphémateurs (XIV 50) et les Usuriers
déchirés à coups de fouet XVIII 66
Les Flatteurs dans l'ordure la plus sale XVIII 125
dans des trous XIX 2
Sorciers le visage retourné vers le dos à reculons
XX 29
dans la poix bouillante XXI 41
de manteaux de (XXIII. 91) Plomb
fardé et velus
milieu des serpents XXIV. 137
Voleurs au
Les Conseillers frauduleux dans flammes XXVII. 116
Les Schismatiques les Hérésiarques d'épée XXVIII. 35
Les Faussaires couverts de lèpre XIV. 57
Remparts
Bolges
9e Bolge
10e Bolge
mutilés à coups
Caïn XXXI 144
Antenor
Ptolomée
Judas
Cocite
9e Cercle

DANTE

LA DIVINA

COMMEDIA

육에서 나온 것은 육이요, 영혼에서 나온 것은 영이다.
어떻게 사는 삶이 가장 올바른 삶인가, 인간은 죽어서 어디로 가며
또 무엇을 버리고 무엇을 가지고 가야 하는가.

DANTE LA DIVINA COMMEDIA 01

연옥 문지기 카토

베르길리우스는 단테의 손을 잡으며 조용히 미소 지었다.

"단테, 이제 참혹한 세계를 뒤로하고 지금부터는 잔잔한 물결이 일렁이는 연옥 순례를 시작하려 하네. 연옥은 인간의 영혼을 맑게 정화시킨 후 천국으로의 길로 인도하는 두 번째 세계라네."

단테는 지옥의 처참한 모습과 가슴 졸이던 공포에서 벗어난 지 얼마 되지 않아 또다시 연옥 순례를 나선다는 것이 썩 마음에 내키지 않았다. 또 어떻게 해서 지옥을 무사히 빠져나올 수 있었는지 아직까지도 실감이 나지 않았다. 그는 무거운 발걸음을 옮기며 혼잣말로 고뇌에 찬 기도를 올렸다.

'성스러운 시의 여신이여! 간절하게 청하오니, 지옥 순례 도중 사라져 버린 시를 읊을 수 있는 아름다운 마음을 다시 찾게 해 주소서. 당신의 그 아름다운 목소리로 나의 노래에 가락을 맞춰 주소서.'

단테가 문득 고개를 들어보니 푸른 구슬처럼 맑고 투명한 하늘이 아득한 수평선과 맞닿은 채 해맑게 개어 있었다. 두 눈을 흐리게 하고 가슴을 옥죄던 지옥의 어둠과는 전혀 다른 모습이었다. 그가 길게 숨을 들이마시자 폐부를 찌를 듯한 상쾌함이 가슴 깊숙이 밀려왔다. 가슴속에서 잔뜩 주눅이 들어 있던 용기와 희망이 기지개를 켜며 온몸으로 뻗어나가는 느낌이었다.

단테가 걸음을 옮기는 동안 하늘이 차츰 어두워지더니 아름다운 샛별이 동쪽 하늘에 떠올라 밝게 빛났다. 그리고 그 뒤를 쌍어궁雙魚宮의 별자리가 바짝 따르며 떠올랐다.

그는 계속 혼잣말로 중얼거리다가 우연히 남쪽 하늘에 떠 있는 네 개의 별을 보았다.

그 네 개의 별은 각기 정의, 용기, 지혜, 절제를 상징하는 것으로 에덴동산에서 인류의 조상인 아담과 하와밖에는 본 적이 없었다. 하늘은 그 별들의 찬연한 빛으로 기쁨이 넘치는 듯했다. 그곳으로부터 잠시 시선을 돌려 몸을 약간 젖히고 북쪽 하늘을 바라보았으나 북두칠성은 이미 사라지고 보이지 않았다.

"앗!"

순간 단테의 눈에 은빛 수염을 기른 한 노인의 모습이 들어왔다. 머리카락 또한 은빛이었고 두 갈래로 갈라져 가슴께까지 드리워져 있었다. 그는 너무 놀라고 당황스러운 나머지 외마디 비명을 내지르긴 했으나 노인의 모습이 자못 위엄 있고 자상하여 저절로 고개를 숙였다.

성스러운 네 개의 별빛이 노인의 얼굴을 환하게 비추고 있었다. 순간 단테는 마치 태양을 마주 대한 듯 눈이 부셔서 제대로 고개를 들 수가 없었다. 그가 곁눈질로 베르길리우스를 바라보니 그도 허리를 굽힌 채 눈을 내리깔고 있었다. 베르길리우스는 그 자세로 나직하게 말했다.

"이 노인은 로마의 정치가였던 대大 카토의 증손 마르쿠스 포르키우스 카토란 분이시네. 소小 카토라 불리시지! 로마의 덕망 있는 공화당 인물로서 내란 때는 원로원 측을 지지하여 율리우스 시저에게 저항했지만 뜻을 이루지 못했지. 시저의 군대가 진군해오자 결국 자결함으로써 자신의 뜻을 밝혔다네. 죽기 직전까지 플라톤의 '파이돈'을 읽던 고결한 인격을 지니신 분이야."

단테는 의문을 품지 않을 수 없었다.

"스승님, 스스로 목숨을 끊은 자들은 모두 지옥의 일곱 번째 옥에 떨어지지 않았습니까?"

"물론 그렇지. 하지만 카토가 바로 이곳 연옥의 문지기가 된 데는 다

그럴 만한 까닭이 있다네. 카토가 살아 있을 때 죽음을 무릅쓰면서까지 자유를 위해 싸운 숭고한 도덕적 공로가 인정을 받았기 때문이지. 그러나 스스로 목숨을 끊은 죗값으로 연옥에 있는 다른 영혼들과는 달리 정죄淨罪의 산에 오르지 못하고 영원히 연옥의 문만 외롭게 지키는 것이라네."

단테는 고개를 끄덕이면서 조심스럽게 고개를 들었다.

노인이 위엄 있는 목소리로 물었다.

"너희는 대체 누구냐? 빛이 없는 강을 거슬러 영겁永劫의 옥에서 도망쳐 나온 것 같은데……."

단테는 지옥에서 도망쳐 나온 죄인 취급을 받는 것이 억울하여 앞으로 나서서 자신의 처지를 말하려고 했다. 그러자 베르길리우스는 가볍게 손을 들어 저지하며 공손히 고개를 숙였다.

"지옥의 골짜기를 뒤덮은 영원한 어둠에서 너희를 이끈 빛은 무엇이며 또한 길잡이가 되어 준 자가 누구냐? 엄하기 이를 데 없다던 지옥의 규율이 무너졌더란 말이냐? 아니면 천국의 법칙이 바뀌었기에 지옥에 떨어졌던 너희가 내 바위 동굴로까지 올 수 있었다는 것이냐?"

그때까지 잠자코 듣고 있기만 하던 베르길리우스가 한 발짝 앞으로 나서서 고개를 들더니 조용한 목소리로 말했다.

"저는 베르길리우스라고 하며 곁에 있는 이 사람은 단테라고 합니다."

카토는 베르길리우스의 목소리에 배어 있는 고매한 인품을 느끼고서 비로소 표정이 누그러지고 있었다. 베르길리우스는 계속 말을 이었다.

"저희가 감히 스스로 이곳까지 올 수 있었겠습니까? 어느 날 희망의 빛 베아트리체가 천상에서 내려와 이승의 어둠 속에서 헤매고 있는 이 사람을 돕도록 제게 부탁을 했습니다. 저는 그 여인의 눈물에 감동하여 선뜻 길잡이가 되었으며 이렇듯 지옥을 거쳐 연옥을 향해 가고 있는 것입니다."

"아니, 그렇다면 당신 곁에 있는 저 사람은 아직 살아 있는 몸이란 말이오?"

카토는 무척 놀란 듯 눈을 치켜떴다.

"그렇습니다. 이 사람은 영혼과 육신이 일체一體로 아직은 이승에 머물러 있어야 할 사람입니다. 그러나 미욱한 탓으로 삶과 죽음의 갈림길에서 방황하고 있기에 제가 영혼의 피난처로 안내하게 된 것입니다."

카토는 고개를 끄덕이며 단테를 위아래로 훑어보더니 물었다.

"그대는 낯모르는 사람의 제의에 선뜻 따라나섰단 말이오? 그렇게 고통스럽고 처참한 지옥의 길을 순례하게 될 것이라는 사실을 알면서도?"

단테는 머뭇거리다가 이내 어렵게 대답했다.

"별다른 방법이 없었습니다. 저는 궁지에 몰린 상태였고 죽느냐, 아니면 이분을 따라 나서느냐의 갈림길에서 선택의 여지가 없었습니다."

베르길리우스가 단테의 말을 이었다.

"저는 지옥에서 죄지은 자들이 고통 받는 모습을 이 사람에게 보여주었습니다. 그리고 이번에는 죄를 씻기 위해 통회하고 있는 영혼들의 모습을 보여줄까 합니다. 이곳까지 오기 위해 우리가 함께 겪었던 일들을 일일이 설명하기에는 그 사연이 너무도 길고 험난하기에 말씀드리지 않겠습니다. 다만 하늘의 도우심으로 당신을 만나 이야기를 듣기 위해 여기까지 온 것이니 부디 우리를 반갑게 맞아주시기 바랍니다."

카토는 고개를 끄덕이더니 감동에 찬 목소리로 말했다.

"그러고 보니 당신들은 자유를 찾아가고 있는 것이구려. 목숨을 아끼지 않는 자만이 결국 진정한 자유를 얻는 법이오."

"그렇습니다. 자유 때문에 죽음마저도 불사하셨던 당신이니 이 사람의 입장을 잘 이해하시리라 믿습니다. 우리는 결코 영원의 율법을 어기지 않았습니다. 이 사람은 살아 있고 저 또한 지옥의 왕 미노스에게 묶이지 않은 몸이니 이 문을 지나 연옥의 일곱 나라를 돌아볼 수 있도록 허락해 주십시오."

카토의 표정이 갈등으로 굳어지는 것을 보고 베르길리우스가 마지막 고삐를 조였다.

"오, 거룩한 가슴과 정의를 지니신 분이시여. 저는 림보에 있을 때 당신의 부인 마르키아와 많은 이야기를 나누곤 했습니다. 지금도 그녀를 사랑하고 계신다면 부디 너그러운 마음으로 연옥의 문을 열어 주십시오. 제가 다시 림보로 돌아가면 마르키아에게 당신의 안부를 꼭 전해드리겠습니다."

마르키아의 얘기가 나오자 카토는 침울해졌다.

"아, 마르키아! 이승에서 부부의 연을 맺고 행복한 나날을 보낼 때, 나는 그녀의 사랑스러움에 반하여 그녀가 원하는 일이면 무엇이든 다 들어주었소. 하지만 지금의 그녀와 나 사이에는 끝없이 깊고 넓은 아케론 강이 흐르고 있고, 또 그 어떤 말이나 기도로도 내 마음은 움직이지 않는다오. 그 이유는 나처럼 한 번 구원을 받은 영혼은 천국에 대한 사랑 이외에 그 어떤 사사로운 정에도 움직여서는 안 되기 때문이라오!"

베르길리우스의 얼굴에는 낭패감이 역력했다. 그러나 카토는 곧 활기를 되찾으며 온화하게 말했다.

"당신의 말이 모두 사실이라면 굳이 아첨할 필요 없소. 오직 고귀한 여인 베아트리체의 이름으로만 내게 부탁하면 그만이오."

베르길리우스와 단테는 비로소 안도의 한숨을 내쉬었다.

카토는 가로막았던 길을 비켜섰다.

"자, 어서 가시오. 그러나 먼저 지옥의 더러움에 오염된 모든 것을 씻고자 하는 겸손한 마음을 갖춰 부드러운 갈대줄기로 허리를 동여매고 얼굴을 깨끗이 씻도록 하시오. 나쁜 기운으로 인해 조금이라도 눈빛이 흐려져 있다면 당신들은 연옥 문을 지키는 천사 앞으로 결코 나아갈 수 없을 것이오."

단테는 주위를 두리번거리며 카토에게 물었다.

"부드러운 갈대줄기로 허리를 동여매라고 하신 까닭은 무엇이며 또 그런 갈대를 어디서 구한단 말입니까?"

"이 섬 주위의 얕은 물가에는 진흙이 있어서 부드러운 갈대가 많이 자라고 있다오. 잎이 무성하고 줄기가 단단한 초목은 이곳의 깨끗한 물살을 견뎌내지 못하고 떠내려가 버리고 말지. 다만 갈대만이 부드러움으로 견뎌낼 뿐……. 그러므로 부드러운 갈대는 곧 겸손을 뜻하는 것이므로 그 겸손으로 허리를 동여맨 사람은 두 번 다시 이곳으로 돌아올 필요가 없소."

말을 마친 카토는 고개를 들어 하늘을 바라보았다.

"벌써 해가 떠오르는군. 자, 서두르시오. 저 해가 연옥의 산으로 가는 가장 편한 고갯길을 비춰 줄 것이오."

말을 마친 카토는 눈 깜짝할 사이에 사라져 버렸다. 단테는 조용히 베르길리우스에게 다가가 몸을 바짝 붙이며 어떻게 해야 할지를 눈으로 물었다.

베르길리우스는 벌써 그의 마음을 읽은 듯 자상하게 말했다.

"내 뒤를 바짝 따라오게. 이 벌판은 해변까지 쭉 경사를 이루고 있으니 뒤로 돌아가는 게 좋겠네."

아직까지 남아 있던 어둠은 여명에 조금씩 밀려가더니 이내 강의 잔물결이 눈에 들어오기 시작했다. 베르길리우스와 그는 아무것도 없는 허허벌판을 지나 잃어버린 길을 찾고 있는 사람들처럼 마냥 걸었다. 이윽고 섬 가장자리에 다다르자 넓은 갈대숲이 두 사람의 눈앞에 나타났다.

갈대 위의 밤이슬은 아침의 여린 햇살에 채 마르지 않은 상태로 영롱하게 빛나고 있었다. 가끔씩 불어오는 산들바람만 갈대숲을 스치고 달아났다.

베르길리우스는 두 손을 펴 풀 위에 조용히 얹었다. 아마도 햇빛에 반사되어 무지개 구슬처럼 빛나는 이슬로써 지옥에서 더럽혀진 얼굴을 씻으라는 뜻 같았다. 단테는 얼룩진 얼굴을 베르길리우스 앞으로 내밀었다. 베르길리우스는 이슬을 손에 받아 그의 얼굴에 남아 있는 악의 기운을 깨끗이 씻어냈다. 그러자 파리했던 그의 두 볼에서는 점차 붉은 기운이 되살아 올라왔다.

이윽고 인적이 없는 해변에 이른 두 사람은 막막한 바다와 마주했다. 지옥에서 만났던 오디세우스의 말대로 항해한 이들 중 그 누구도 살아서 돌아간 예가 없다는 바로 그 바다인 듯했다.

베르길리우스는 카토가 일러준 대로 갈대를 뽑아 단테의 허리를 동여 매주었다.

아, 얼마나 경이로운 일인가! 베르길리우스가 갈대를 뽑자 바로 그 자리에서 곧바로 새순이 돋아나더니 어느새 원래의 크기대로 자라고 있었다.

단테는 '덕은 아무리 베풀어도 줄어들지 않고 오히려 늘어나는 법이다'라는 베르길리우스의 참 가르침을 새삼 깨달을 수 있었다.

DANTE LA DIVINA COMMEDIA 02

연옥의 배

지브롤터 해협과 갠지스 강을 반으로 나누는 북반구의 지평선 위에서 찬란한 햇살이 퍼지고 있었다. 연옥의 아침이 밝을 무렵, 밤은 천칭궁의 별을 거느리고 태양과 반대로 돌아서 갠지스 강 위를 지났다. 천칭궁은 낮보다 밤이 더 길어지는 추분 이후가 되면 태양 안으로 들어가기 때문에 그때는 밤하늘에서 찾아볼 수가 없었다.

베르길리우스와 단테는 몸을 움직일 기력조차 잃은 나그네처럼 해변에 꼼짝도 않고 서서 차츰 밝아오는 하늘을 바라보고 있었다. 시간이 흐를수록 여명의 여신 오로라의 얼굴에는 짙은 오렌지빛 노을이 번지기 시작했다. 수줍은 듯 붉게 타오르는 하늘은 마치 새벽녘의 고요함을 깨우는 듯했다.

오렌지빛 하늘이 다시 금빛으로 눈부시게 타오를 무렵, 서쪽 바다를 쏜살같이 가르며 다가오는 배 한 척이 보였다. 마치 붉은 꼬리를 단 채 타오르는 화성처럼 자욱한 안개를 헤치며 빠르게 물결 위를 미끄러지고 있었다. 단테는 황홀하기 그지없는 그 빛을 바라보고 있자니 저절로 감탄사가 흘러나왔다.

"이 눈부신 빛은 도대체 어디서 오는 것입니까?"

"이 빛은 하느님의 은총을 입은 천사의 몸에서 발하는 것이라네. 그것은 바로 저 배 안에 천사가 타고 있다는 증거이지."

단테는 그 빛을 영원히 가슴속에 새기기라도 하듯 뚫어지게 바라보았다. 천사에 대해 뭔가를 더 묻기 위해 베르길리우스 쪽으로 고개를 돌리는 순간에도 빛은 찬란함을 더해 갔다. 그리고 그가 입을 열기도 전에 그 배는 이미 눈앞에 다가와 있었다.

안개 속에서 사물을 바라볼 때처럼 형체를 짐작하기 힘든 무엇인가가 서서히 모습을 드러내기 시작했다. 확실치는 않았지만 어렴풋이나마 청백색의 깃털인 듯했다. 그것이 날개임이 분명해질 때까지 잠자코 바라보고만 있던 베르길리우스가 단테에게 속삭였다.

"어서 무릎을 꿇도록 하게! 하느님의 사자인 천사가 왔다네. 두 손을 가슴 앞으로 모으고 기도하듯 경건한 마음자세를 갖추도록 하게. 이제부터는 천국의 천사들과 자주 만나게 될 걸세. 잘 봐 두게, 천사들은 인간이 사용하는 돛이나 노는 사용하지 않고도 오직 자신들의 날개만을 이용하여 배의 방향을 정하고 앞으로 움직여 나아간다는 것을……."

단테는 배의 형태가 간신히 몇 사람만을 실을 수 있도록 단순하게 만들어진 것을 보고 놀라지 않을 수 없었다.

'이런 허술하기 짝이 없는 배를 타고 끝이 보이지 않는 바다를 향해하다니…….'

"천사의 날갯짓을 유심히 보게. 그들은 정의의 날개를 들어 대기大氣를 움직이고 있다네."

하늘나라의 뱃사공 천사는 두 사람 쪽으로 가까이 다가올수록 더욱 찬란하게 빛났다. 그 때문에 인간의 갑옷을 두른 단테로서는 더 이상 눈을 똑바로 쳐들지 못하고 발끝만 바라보았다. 드디어 천사 한 명이 배에서 내려섰으나 발이 전혀 땅에 닿지 않은 것처럼 깃털에 물방울 하나 묻히지 않고 미끄러지듯 두 사람 앞으로 다가왔다. 이어서 또 다른 천사 한 명이 뱃머리에 서서 배 안에 타고 있는 영혼들을 지켜보고 있었다.

배 안에는 백 명도 넘는 영혼들이 앉아서 아름다운 목소리로 하느님을 찬양하는 노래를 부르고 있었다. 그 노래는 '이스라엘 백성이 이집트에서 나오며'였다. 단테 또한 즐겨 부르던 노래였으므로 그들에게 동화되어 낮게 따라 불렀다.

알렐루야
이스라엘이 이집트에서 나올 때,
야곱의 집안이 야만족을 떠나올 때
유다는 그의 성소가 되고
이스라엘은 그의 영토가 되었네.
바다는 이를 보고 도망치고,
요단강은 뒤로 물러섰으며
산들은 염소처럼 뛰놀았고,
언덕은 양처럼 뛰었네.
바다야, 너 어찌하여 도망치느냐?
요르단아, 너 어찌하여 물러서느냐?
산들아, 어찌하여 너희가 염소처럼 뛰며
언덕들아, 어찌하여 너희가 양처럼 뛰느냐?

땅이여, 너는 네 주인 앞에서
야곱의 하느님 앞에서 떨어라.
그분은 바위를 변화시켜 못이 되게 하시며
샘이 되게 하시는 분이시다.

그들의 찬송이 끝나자 뱃머리에 서 있던 천사가 십자성호를 그으며 그들을 축복해 주었다.

단테와 베르길리우스 쪽으로 다가왔던 천사는 두 사람을 본체만체하더니 배에서 차례로 내려서는 영혼들의 모습을 지켜보았다. 그 많은 영혼들이 모두 바닷가에 내려서자 두 천사는 올 때와 마찬가지로 재빨리 떠나갔다.

그곳에 남겨진 영혼들은 낯선 곳에 대한 경외감으로 주위를 두리번거리며 서 있었다. 햇살을 받은 모래 알갱이는 보석처럼 반짝거렸다. 영혼들은 마침내 베르길리우스와 단테의 모습을 발견하고는 조심스럽게 다가와서 물었다.

"혹시 산으로 가는 길을 알고 있다면 가르쳐 주시오."

이 말을 들은 베르길리우스가 대답했다.

"우리가 이곳 지리에 익숙한 줄 아나 본데 사실 우리도 당신들과 마찬가지로 조금 전에 이곳에 도착했다오. 우리는 순례자로서 그동안 힘들고 참혹한 길을 여행해왔소. 그래서 앞으로 가게 될 길이 어떠할지 예측할 순 없지만 어린애들 장난처럼 느껴지는구려."

영혼들은 베르길리우스의 말을 들으며 곁눈질로 힐끗 단테를 훑어보았다. 그러다가 그가 살아 있는 육신을 이끌고 왔음을 알아챈 듯 흠칫 놀랐다. 영혼들은 몸을 씻기 위해 정죄의 산에 오르는 일도 잊어버린 듯

금세 두 사람 주위를 둘러싸더니 찬찬히 단테의 얼굴을 뜯어보았다. 단테는 그들의 시선에 당황하여 어쩔 줄 몰라 했다.

"아니, 자네는 단테가 아닌가!"

그때 영혼의 무리 중 하나가 앞으로 나오며 다정하게 그를 부둥켜안았다.

"아, 카셀라!"

단테 역시 반가운 마음에 그를 덥석 껴안았다. 그러나 팔로 그의 등을 세 번이나 감쌌음에도 불구하고 두 팔은 그대로 단테의 가슴으로 되돌아오는 것이었다. 단테는 흠칫 놀라며 한 발짝 뒤로 물러섰다. 단테의 얼굴에서 의아한 빛을 발견한 카셀라는 미소 지으며 부드러운 목소리로 설명해 주었다.

"너무 놀라지 말게, 나는 이미 육체의 고삐에서 풀린 몸이니 그림자와 조금도 다를 바 없다네. 그래서 무게도 없을 뿐더러 잡으려 해도 잡히지 않아!"

그제야 깨닫게 된 단테는 고개를 끄덕였다. 해변에 그렇게 많은 사람들이 웅성거리며 서 있었음에도 유독 단테의 발자국만 찍혀 있었다.

"카셀라, 어쨌든 반갑네. 시간이 있다면 잠시 얘기를 나누고 싶네."

카셀라 역시 기다렸다는 듯 고개를 끄덕이며 말문을 열었다.

"살아 있을 때도 자네를 사랑했지만 영혼만 남은 지금도 변함없이 자네를 사랑하고 있네. 그런데 어떻게 살아 있는 몸으로 이곳까지 오게 되었는가?"

"나는 지금 영혼의 안식처를 찾아서 스승 베르길리우스님의 인도를 받아 사후 세계를 순례하고 있네."

비로소 베르길리우스를 알게 된 카셀라는 고개 숙여 경의를 표했다.

잠시 생각에 잠겨 있던 단테가 카셀라에게 물었다.

"사랑하는 나의 친구 카셀라. 자네는 죽은 지 이미 오래 되었건만 어찌 이제야 이곳으로 오게 된 건가?"

카셀라는 부끄러운 듯 미소를 지어 보였다.

"사후의 일은 그 무엇이든지 내 마음대로 결정할 수 없고 모든 것이 하느님의 말씀대로 이루어진다네. 연옥으로 보낼 영혼을 뽑고 그 시기를 결정하는 분은 바로 조금 전에 보았던 그 천사라네. 그 천사는 내가 이곳으로 오는 것을 좀처럼 허락하지 않으셨지. 하지만 내가 그 천사를 어떻게 원망할 수 있겠는가? 모든 원인이 내게서 비롯된 것이고 그 결정을 내리시는 분 또한 공의로운 하느님이신 것을……."

카셀라는 잠시 말을 끊더니 십자성호를 그으며 자신의 부족함을 반성했다. 그러고는 다시 말을 이었다.

"다행히도 최근 석 달 동안은 이곳에 오려고 하는 자들 모두 즉석에서 허락받고 천사의 배를 탈 수 있었다네."

단테는 머리를 한 대 얻어맞은 사람처럼 멍한 표정이 되어 고개를 갸우뚱했다.

"그렇게도 힘들었던 일이 어떻게 즉석에서 허락받을 수 있게 되었단 말인가?"

그때 곁에 서 있던 베르길리우스가 나서서 설명해 주었다.

"교황 보니파티우스 8세의 대사령大赦令이 내려졌기 때문일세."

카셀라는 고개를 끄덕이며 계속 자신의 이야기보따리를 풀어나갔다.

"나는 로마를 가로질러 흐르는 테베레 강물과 바닷물이 합쳐지는 곳에 서서 날마다 바다를 바라보며 구원받게 되기를 기다렸고 끝내는 이렇게 천사의 배를 타고 이곳까지 올 수 있었네."

단테는 먼 곳으로부터도 이미 한눈에 알 수 있었던 찬란한 천사의 빛을 되새기며 물었다.

"그런데 천사는 왜 먼 곳에서 강어귀를 향해 날개를 펼치며 항해航海를 하는 거지?"

"사람이 죽어 아케론 강기슭에 떨어지면 지옥으로 가게 되는 것쯤은 자네도 잘 알고 있을 걸세. 그러나 지옥으로 가야 할 영혼임에도 불구하고 몇몇 영혼들은 테베레 강으로 거슬러 올라와 제멋대로 연옥으로 숨어들곤 한다네. 천사는 바로 그런 자들을 가려내기 위해 정의의 빛을 밝히는 중이라네."

연옥의 강에서는 아무리 이승에서 권모술수에 능하고 남의 눈을 잘 속이던 자일지라도 단 한 명도 저 눈길을 피하지 못하기 마련이었다. 아무리 감추려 해도 죄지은 자의 몸은 이미 검게 더럽혀져 있고 악취 또한 심하게 풍기기 마련이므로…….

"카셀라, 마지막으로 자네에게 한 가지 부탁이 있네."

카셀라는 무엇인지 묻지도 않은 채 고개를 끄덕이며 승낙했다.

"카셀라, 연옥의 법도에 어긋나는 일이 아니라면, 그리고 자네가 아직까지 잊지 않고 있다면 다시 한 번 자네의 그 아름다웠던 노랫소리를 듣고 싶네. 자네의 노래는 나의 모든 열정을 진정시켜 주었고 지친 몸과 마음을 깨끗하게 해 주었었지. 나는 이곳까지 오느라 몹시 피곤하다네."

"내 마음속에서 속삭이는 사랑의 신은……."

카셀라는 주저 없이 노래를 부르기 시작했다. 단테와 베르길리우스는 물론 배에서 함께 내렸던 영혼들 모두 자리에 앉거나 서로 기대 선 채 카셀라의 부드러운 목소리에 빠져들었다. 정신없이 그 노래에 귀를 기울이다 보니 시간이 흐르는 것조차 느낄 수 없었고 다른 모든 일들 역시 관심 밖이었다.

이때 갑자기 카토의 꾸중 섞인 목소리가 들려 왔다.

"도대체 이게 무슨 짓들인가? 왜 이리 꾸물거린단 말이냐? 이렇게 게으름을 피우며 지체하다가 어느 세월에 정죄의 산을 다 오르려고…… 서둘러서 산에 올라 영혼에 엉겨 붙어 있는 죄의 더러움을 모두 씻지 않는다면 결코 하느님을 뵐 수 없을 걸세."

먹이를 쪼아 먹기 위해 몰려든 비둘기들이 소리에 놀라 재빨리 도망치던 것처럼 노래를 들으며 모여 있던 영혼들 역시 순식간에 뿔뿔이 흩어졌다. 그러나 길도 알지 못하면서 무조건 산비탈을 뛰어오르거나 해변을 따라 달리는 자들이 대부분이었다. 카셀라마저 황급히 어디론가 사라져 버린 통에 단테는 작별 인사조차 나누지 못했다.

베르길리우스와 단테 또한 더 이상 그곳에 머뭇거릴 수만은 없었기에 마음이 조급해졌다. 베르길리우스는 사방을 둘러보더니 마침내 갈 길을 정하고 앞장섰다.

DANTE LA DIVINA COMMEDIA 03

살아 있는 자의 기도와 선행의 가치

친구 카셀라와 허망하게 헤어지고 난 후 단테는 베르길리우스와 함께 어디론가 계속 걸었다. 단체는 깊은 생각에 잠겼다.

'베르길리우스님이 없었더라면 나 홀로 어떻게 이 연옥을 순례할 수 있겠는가? 안내자 하나 없이 누가 나를 정죄의 산까지 이끌어 주었겠는가?'

베르길리우스는 무슨 근심이라도 있는 듯 걷는 내내 한숨을 내쉬었다. 단테는 베르길리우스의 그런 태도에 몹시 불안함을 느꼈다.

"스승님, 무슨 일로 얼굴 가득 근심 어린 표정을 짓고 계십니까? 혹 제가 잘못된 행동이나 말로써 스승님의 심기를 불편하게 한 것이나 아닌지요?"

그러나 베르길리우스는 고개를 내저을 뿐 묵묵히 걷기만 했다.

"이런 스승님의 모습을 마주하고 있자니 제 가슴이 터질 것 같습니다. 모든 언어의 근원이 되시며 언어의 바다를 이루신 시성詩聖이시여, 제발

제 마음에 평화를 되찾게 해 주십시오."

비로소 베르길리우스는 고개를 들어 단테의 얼굴을 똑바로 쳐다보며 무겁게 입을 열었다.

"모든 게 내 탓이라네."

"네? 그게 무슨 말씀이십니까?"

"연옥의 문지기인 카토에게 꾸중을 들었기에 하는 말일세. 내가 조금만 더 서둘렀더라면 영혼들이 겁먹고 혼비백산 도망가지 않아도 되었을 텐데……."

베르길리우스는 사소한 일에까지 가책을 느끼며 자신의 잘못을 뉘우치고 있었다.

"노래에 빠져 임무를 소홀히 한 내 잘못이었네."

"순결하고 고귀한 양심! 스승님께서 그렇듯 사소한 허물에 아픔을 느끼시는 것을 보니 제가 부끄러워집니다."

베르길리우스와 단테는 오랫동안 말없이 걸었다. 후회함으로 위엄을 잃었던 베르길리우스가 차츰 평소의 침착함을 되찾게 되자 제자의 마음도 평온을 되찾아 갔다.

태양은 두 사람의 등 뒤에서 붉게 타올랐고 멀리 보이는 정죄의 산은 바다에서 하늘로까지 높이 치솟아 있었다.

문득 발끝을 바라보던 단테는 그만 훅하고 숨을 들이마시고 말았다. 땅 위에 자신의 그림자만 있을 뿐, 스승의 모습이 보이지 않았기 때문이었다. 순간 그는 곁에서 함께 걷던 베르길리우스가 혹시 자신을 버려둔 채 사라져 버린 것은나 아닌가 하여 심장이 멎을 듯했다. 단테는 재빨리 베르길리우스 쪽을 향해 고개를 돌렸다. 그러나 베르길리우스는 여전히 그의 곁에서 걸음을 재촉하고 있었다.

베르길리우스는 제자의 얼굴에서 놀란 기색을 발견하고는 위로하듯 물었다.

"무슨 걱정거리라도 있나?"

"아, 아닙니다."

"단테, 나는 기꺼이 자네의 안내자가 되었고 우리의 여행이 끝나지 않는 한 항상 자네 곁에 있을 것이네. 벌써 그 사실을 잊었는가?"

단테의 마음을 읽은 스승 베르길리우스는 그를 안심시켜 주었다.

"정말 죄송합니다. 그러나 결코 스승님을 의심하거나 못미더워서 그랬던 것은 아닙니다. 저는 다만 스승님의 그림자가 보이지 않기에……."

"나의 육신은 평소 소망대로 어진 황제 옥타비아누스 아우구스투스에 의해 나폴리에 묻히게 되었다네. 아, 지금쯤 그곳에는 땅거미가 드리워져 있겠군."

베르길리우스는 잠시 자신의 육신이 묻힌 나폴리에 대한 향수에 젖어 있었다.

"그렇지만 스승님은 아직도 살아 있는 자와 다름없이 제 눈앞에 너무도 뚜렷하게 계시지 않습니까? 저를 안아 올리시거나 두 손을 잡아 위로해 주시기도 하며……."

"그것은 내가 자네와 더불어 선택받았기 때문이네. 영혼에게 그림자가 없는 것은 하늘을 지나가는 빛이 도중에 막히지 않는 것과 같은 이치라네."

"그렇다면 투명한 공기와 마찬가지로 스승님께서는 더위나 추위, 고통 등을 전혀 느끼시지 못한다는 말씀입니까?"

"그런 것은 아니라네. 하느님께서는 우리 같은 이들에게조차 모든 희로애락의 감정을 느끼도록 하셨지."

단테는 고개를 끄덕이며 마음속으로 생각했다.

'삼위일체의 하느님께서 관리하시는 세상의 모든 이치를 인간의 이성으로 밝히려 한다면 그는 분명 미치광이일 거야.'

베르길리우스는 잠시 고개를 돌려 단테의 눈빛을 보더니 흐뭇한 표정으로 위엄 있게 말했다.

"인간들은 제 키 이상의 한계를 넘지 못하는 법이라네. 하지만 사물을 있는 그대로 알고 만족하는 것 또한 인간들의 미덕이지. 만약 인간들이 세상의 모든 이치를 깨달을 수 있었다면 성모 마리아님이 동정녀의 몸으로 예수님을 잉태하지 않았어도 되었겠지."

한 여인이 동정녀의 몸으로 산고를 겪었고 또한 그 아들이 십자가에 못 박히는 모습을 지켜보기까지 얼마나 고통스러웠을까! 그러나 인간들은 아담과 하와의 원죄로부터 예수님께서 당신 스스로를 성부께 제물로 봉헌하는 죽으심으로 비롯되는 구원의 은총을 입고서야 비로소 지극한 하느님의 사랑을 깨닫게 된 것이다.

"스승님, 지옥을 순례하는 동안 저는 이미 보았습니다. 진리를 깨닫기 위해 헛된 욕망과 열의에 가득 찼던 사람들도 결국 그 뜻을 이루지 못한 채 지옥에서 고통에 몸부림치는 모습들을……"

"그렇다네. 아리스토텔레스나 플라톤 같은 수많은 현자들조차 영원한 고통 속에서 진리를 갈구하며 괴로워하고 있다네."

베르길리우스는 다시금 슬픈 표정이 되어 입을 다물었다. 왜냐하면 베르길리우스 또한 그들과 같은 처지에 있었기 때문이다.

이야기하는 동안 두 사람은 산비탈에 이르렀다. 그러나 그것은 산이라기보다 하늘을 향해 깎아지른 듯 치솟은 바윗덩어리처럼 보였다. 이 산이야말로 날개가 없이는 아무도 오를 수 없을 만큼 경사가 급했다. 제

노바 동남쪽에 있는 레리체와 프랑스 투르비아 사이에 있는 험한 산길도 이곳에 비하면 평지와 같을 것이다.

단테는 산을 마주 대하는 순간부터 지레 겁을 먹고 조심스럽게 말했다.

"스승님. 경사가 완만한 곳을 찾는 게 좋겠습니다."

"경사가 완만한 곳을 찾기란 쉽지 않을 걸세. 아무튼 어떤 수단과 방법을 써서라도 이 산을 올라가야 하네."

베르길리우스는 한동안 산세를 살피다가 산 아래쪽을 내려다보며 길을 찾았다. 그때 왼쪽으로부터 한 무리의 영혼들이 다가오고 있는 모습이 보였다. 그러나 그들은 마치 제자리걸음을 하고 있는 것처럼 매우 느릿느릿했다.

"스승님. 저쪽을 보십시오. 혹시 저들이 우리가 가야 할 길에 대해 알고 있을지도 모릅니다."

베르길리우스도 고개를 들어 그들을 바라보더니 안도의 한숨을 내쉬었다.

"마침 잘되었군. 저들에게 물어 보면 길을 알려 줄 게야."

"그렇지만 저들의 발걸음이 저리도 형편없이 느려 우리가 서 있는 곳까지 오려면 한나절은 족히 걸릴 듯합니다."

"그렇다면 우리가 가면 되지 않겠나. 어서 가세."

스승과 제자는 영혼의 무리를 향하여 걷기 시작했다.

단테는 베르길리우스의 옆으로 바짝 붙어서며 물었다.

"스승님, 저 영혼들의 발걸음은 왜 저렇게 더딘 것이옵니까?"

"사실 저들은 교회에서 파문을 당한 자들이라네. 그러나 다행히도 임종을 앞두고 회개했기에 연옥으로 올 수 있었던 거지. 저들의 걸음이 더딘 까닭은 그만큼 구원에 이르기까지의 길이 멀고 험하다는 뜻일세."

대화를 나누는 동안 두 사람은 그들과 가까워질 수 있었다. 그러나 그들은 두 사람이 처음 발견했던 장소에서 꽤 벗어나 다른 쪽 절벽의 험한 바위 모서리를 붙잡고 한 덩어리로 뭉쳐 있었다. 영혼들은 자신들을 향해 다가선 베르길리우스와 단테의 모습을 발견하고는 두려움에 떨었다.

베르길리우스가 그들에게 말했다.

"복된 생을 마친 선택받은 영혼들이여! 당신들이 소망하는 평화의 이름으로 기원하노니 가르쳐 주십시오. 과연 어느 쪽 길로 가야만 산에 쉽게 오를 수 있습니까? 길을 모른 채 무작정 헤매는 것은 시간낭비일 뿐이라고 생각하오. 지혜로운 자들은 시간을 황금보다 더 가치 있게 여기는 법이지요."

양들은 우리를 열어 두면 한꺼번에 우르르 몰려나오지 않고 한두 마리씩 나오곤 한다. 그리고 뒤에 남아 있는 양들은 겁먹은 표정으로 자신의 차례를 기다린다. 줄줄이 따라 나선 양들은 앞장선 양이 제자리에 멈춰섰을 때, 아무 영문도 모른 채 꽁무니에 조용히 서서 앞의 양이 움직일 때까지 꼼짝도 하지 않는다. 양들은 단순해서 이유를 알려 하지도 않는다.

마치 그런 양들처럼 영혼들은 꼼짝도 하지 않은 채 멈춰 있다가 무리 중 맨 앞에 있던 자가 두 사람 앞으로 한 걸음 다가서자 모두들 호기심 어린 눈빛으로 바라보았다.

한 영혼이 다가오다 말고 흠칫 놀라더니 뒷걸음질을 쳤다. 단테의 발끝에서부터 바위 쪽까지 길게 드리워진 그림자를 발견했기 때문이었다. 그러자 뒤따르던 자들도 이유를 모른 채 한 걸음씩 뒤로 물러섰다.

"당신들이 묻기 전에 내가 먼저 말하겠소."

베르길리우스는 너그러운 태도로 신분을 밝혔다.

"당신들이 보다시피 내 옆에 있는 사람은 육신을 그대로 갖고 있소. 다시 말해서 아직 살아 있는 사람이오. 그러니 그의 그림자를 보고 너무 놀라지 마시오. 또 우리가 이 벼랑을 오르려는 것도 모두 하느님의 보살핌을 받고 그러는 것이니 염려할 필요 없소."

베르길리우스의 말을 들은 영혼들은 일제히 손을 들어 앞쪽을 가리키며 말했다.

"당신들이 이 벼랑을 오르려면 뒤로 돌아 또 곧장 앞으로 가야 하오."

두 사람은 그들에게 목례를 한 후 뒤로 돌아섰다.

"잠깐!"

갑자기 영혼의 무리 중 하나가 소리를 지르며 둘의 걸음을 붙잡았다.

"살아 있는 자여, 자네가 누군지는 모르지만 고개를 돌려 나를 바라보게. 혹시 현세에서 나를 본 적이 없는가?"

단테는 고개를 돌리고 방금 말한 자의 모습을 자세히 살펴보았다. 그는 금발에 아름답고 고귀한 풍모를 지닌 듯이 보였으나 한쪽 눈썹 위에 칼로 베인 상처 자국이 길게 나 있었다. 그러나 아무리 생각해보아도 기억 속에는 그의 모습이 없었다.

"죄송합니다. 당신을 만나기는 이번이 처음인 듯합니다."

그는 여몄던 옷을 풀어 헤쳐 가슴의 상처를 내보였다. 가슴을 가로질러 길게 남아 있는 상처로 보아 아마도 그는 가슴에 칼을 맞고 이곳으로 오게 된 게 분명했다.

"나는 황후 콘스탄차의 손자 만프레디이네. 이복형의 아들로부터 왕위를 빼앗은 죄로 교회로부터 파문당했고 교황 클레멘스 4세는 연합군을 결성하여 나를 공격했지. 나는 원래 미남인데다가 호탕한 성격을 갖고 있어서 가무를 즐기고 사치하기를 좋아했다네. 비록 조카를 몰아내고 왕위를 찬탈했지만 성품이 다정다감하고 우아해서 많은 사람들에게 사랑을 받았었네."

단테는 교만에 차 있는 그의 모습을 보자 조금 기분이 상했다.

"이보게, 부탁이 있네."

만프레디는 갑자기 숙연한 표정으로 단테에게 매달렸다.

"세상에서는 내가 교회에서 파문을 당했기 때문에 지옥에 떨어졌을 거라는 소문이 파다하다네. 그 말을 듣는 내 딸은 가슴이 얼마나 아프겠나? 부디 세상으로 다시 돌아가거든 증조모와 이름이 같은 아름다운 내 딸 콘스탄차를 찾아가 말 좀 전해주게. 내가 이 연옥에서 구원의 길목에 접어들고 있음을!"

"당신 같은 분이 어떻게 연옥에 올 수 있었는지 모르겠군요."

단테는 비아냥거리는 말투로 그를 책망했다.

"그렇다네. 자네의 말대로 나는 끔찍한 죄를 수없이 지었다네. 하지만 하느님께서는 무한한 자비로우심으로 두 팔을 벌리시고 당신에게 다가가는 모든 이들을 받아주셨지. 나 또한 치명적인 상처를 입고 쓰러졌을 때 눈물을 흘리며 하느님께 내 몸을 맡겼다네."

이렇듯 하느님은 당신의 말씀대로 죄인들을 일곱 번씩 일흔 번이라도 용서하셨던 것이다.

"그렇지만 나의 뼈는 이제 왕국 밖 베르데 강변에서 비바람을 맞으며 조금씩 깎이고 있다네. 교회에서 파문을 당했기 때문에 무덤을 지키는 횃불 하나 밝힐 수 없는 처지이지. 이렇듯 눈물로 회개하고 있는데도 말일세."

만프레디는 눈시울을 붉히며 눈물을 터뜨렸다.

성스러운 교회로부터 파문을 당한 자는 비록 생의 마지막 길목에서 잘못을 뉘우쳤다 할지라도 불손하게 지낸 시간의 서른 배를 연옥의 문 밖에 있는 산골짜기에서 지내야만 한다는 엄한 계율이 전해지고 있다.

"하느님께서 나를 용서하셨건만, 인간들은 아직도 죽은 나를 슬프게 하고 있다네."

단테는 갑자기 그가 측은하다는 생각이 들었다. 한 나라의 왕이었던 자가 강변에 버려진 자신의 유골 때문에 저토록 서럽게 눈물을 흘리다니……. 그러자 베르길리우스가 제자의 마음을 읽고서 궁금해 하던 것을 자세히 설명해 주었다.

"단테, 살아 있을 때의 사회적 신분은 아무 소용없다네. 다만 그들의 마음가짐이나 인품으로만 신분을 평가받게 되지."

단테는 고개를 끄덕이며 만프레디에게 물었다.

"제가 당신을 위해 무엇을 해 드릴 수 있겠습니까?"

만프레디는 얼굴 가득 화색을 띤 채 대답했다.

"제발 내 딸에게 전해주게. 현재의 내 처지와 함께 정해진 기간이 차기 전까지는 결코 천국에 오를 수 없다는 사실을…… 여기서는 세상 사람들의 기도만이 유일하게 큰 도움이 된다네."

연옥에 머물러 있는 영혼들일지라도 자신의 기도만으로는 천국에 오르는 것이 거의 불가능했다. 다만 세상에 남아 있는 가족이 죽은 자의 영혼을 위해 많은 기도와 함께 선행을 베풀면 연옥에서의 시간이 그만큼 단축되는 것이었다.

DANTE LA DIVINA COMMEDIA 04

게으른 영혼들

플라톤 학파에서는 인간의 영혼을 식물적인 영혼, 감각적인 영혼, 이지적인 영혼 세 가지로 분류하고 있다. 그러나 이 말에는 모순이 있었다. 만약 인간의 영혼이 여러 개 있다면 두 가지 자극에 동시에 반응을 보여야 하는 것 아닌가! 그러나 인간의 영혼은 두 가지 자극을 받았을 때 보다 강한 쪽으로 치우쳐 반응을 나타내기 마련이다.

영혼을 강력하게 사로잡는 그 무엇인가를 듣거나 발견했을 때 시간을 재는 능력은 영혼에서 분리된다. 만프레디의 이야기에 빠져 있던 단테는 태양이 이미 눈높이까지 떠오른 것을 미처 깨닫지 못하고 있었다.

두 사람은 영혼들을 뒤로하고 서둘러서 그들이 가리켜 준 대로 걸어갔다. 드디어 스승과 제자의 눈앞에는 한 사람만 겨우 지나갈 수 있을 정도의 좁은 길이 나타났다. 험난하고 가파르기로 소문난 산레오, 놀리, 비스만토바의 정상이라 할지라도 올라갈 방법이 있을 것이다. 그러나 여기서는 날아오르는 방법 외에는 도저히 불가능해 보였다.

그러나 단테에게는 큰 희망이 있었고, 그것이 빠른 깃과 날개가 되어 스승의 뒤를 따라갈 수 있게 해 주었다. 베르길리우스가 단테의 희망과 빛이 되어 주었던 것이다. 갈라진 바위틈을 기어올라 양쪽에서 좁아진 암벽 쪽을 디디며 두 손과 두 발로 필사의 노력을 다했다. 간신히 높은 벼랑 위 끄트머리에 이르렀을 때 눈앞에 다시 새로운 비탈이 나타났다.

단테는 숨을 돌리며 베르길리우스에게 물었다.

"스승님, 이제 어느 길로 가야 합니까?"

너무도 막막한 나머지 단테는 차라리 산에 오르기를 포기하고 싶은 심정이었다.

"자네가 몹시 지쳐있다는 사실은 나도 알고 있네. 그러나 여기서 한 발짝이라도 뒤로 물러선다면 자네는 이곳 연옥뿐만 아니라 하느님이 계신 천국 역시 볼 수가 없게 될 걸세. 자, 내 뒤를 따르게. 계속 산꼭대기를 향해 오르다 보면 반드시 누군가가 나타나서 길을 안내해 줄 것이네."

그러나 산꼭대기는 너무 높아 눈에 들어오지도 않았고 똑바로 서서는 걸을 수조차 없을 정도로 심한 경사를 이루고 있었다.

단테는 베르길리우스의 뒤를 따르다 지친 나머지 애원했다.

"자애로우신 스승님, 제발 저를 좀 도와주십시오. 이대로 계속 가신다면 저는 이 절벽에 혼자 남을 수밖에 없습니다."

베르길리우스는 걸음을 멈추더니 손을 뻗어 제자를 이끌며 말했다.

"단테, 조금만 더 기운을 내게. 눈앞에 보이는 저기까지만 가면 마음 놓고 쉴 수 있을 걸세."

베르길리우스가 가리킨 곳에는 넓은 대지가 펼쳐져 있었으며 그 대지는 이쪽 산허리 전체를 에워싸고 있었다. 베르길리우스의 말에 힘을 얻은 단테는 이를 악물고 가까스로 바위산을 기어 올라갔다.

마침내 그 높은 대지에 발을 내딛게 되었을 때 단테는 잔뜩 긴장했던 마음이 풀어지면서 온몸의 힘이 빠져나가는 듯했다. 그는 그만 그 자리에 털썩 주저앉아 방금 지나온 동쪽 산기슭을 내려다보았다. 단테는 깎아지른 듯이 험준한 그 바위 절벽을 기어 여기까지 올라온 자신이 매우 대견스럽게 여겨졌다.

단테는 다시 바위산과 이어진 아래의 바닷가를 내려다보다가 고개를 들어 태양을 바라보았다. 그런데 놀랍게도 햇볕이 왼편에서부터 따갑게 내리쬐고 있는 것이 아닌가.

"스승님! 햇빛이……."

그가 햇빛을 보고 놀란 것을 알아차린 베르길리우스는 질문에 앞서 대답을 먼저 해 주었다.

"만약 쌍자궁雙子宮 별자리가 북쪽이나 남쪽을 비추고 있는 저 태양과 같은 위치에 있다고 한다면 큰곰자리가 작은곰자리 바로 가까이에 있는 것처럼 보일 것이네. 시온의 산과 이 연옥의 산은 지구 상에서 각기 다른 반구에 정반대로 위치해 있으나 똑같은 시계視界를 갖고 있음을 잘 생각해보게. 자네의 밝은 지성으로 하늘을 잘 살펴본다면 태양의 신 헬리오스의 아들 파에톤도 찾을 수 없었던 이치를 깨달을 수 있을 것이네. 즉, 태양의 궤도가 왜 이쪽 정죄의 산에서는 왼쪽으로, 저쪽 시온 산에서는 오른쪽으로 지나게 되어 있는가를 말일세."

단테는 한동안 하늘과 태양을 지켜보다가 눈이 부셔 고개를 떨어뜨리고 말았다.

"스승님, 제 지식이 얼마나 보잘것없는 것이었는지를 지금처럼 뼈저리게 느낀 적이 없었습니다. 스승님의 지혜를 제게 빌려주시기 바랍니다."

베르길리우스는 가볍게 고개를 끄덕였다.

"항상 여름과 겨울 사이에 위치하는 천체 운행의 중앙에 있는 띠를 무엇이라고 하는지 아는가?"

"물론이죠, 그것은 적도赤道라고 불리잖습니까?"

"그렇다네. 잘 생각해보게. 여기서부터 북쪽으로 뻗어 있는 그 무엇인가가 히브리 사람들에게는 어느 쪽으로 뻗어 있는 것처럼 보이겠나?"

"그거야…… 물론 열대 쪽으로 뻗어 있는 것처럼 보이겠죠."

단테는 베르길리우스와 질문을 주고받는 사이에 본래 알고자 했던 의문의 답을 스스로 깨닫게 되었다. 그러나 그에게 있어서 그것보다 더 궁금한 것은 앞으로 닥칠 실질적인 문제였다.

"스승님, 한 가지만 더 가르쳐 주십시오. 앞으로 가야 할 길이 얼마나 더 남아 있습니까? 비탈은 제 시선이 닿는 곳을 지나 끝없이 높게 펼쳐져 있습니다."

제자의 피곤함을 안쓰럽게 여긴 베르길리우스는 온화한 표정으로 위로해 주었다.

"너무 걱정하지 말게. 이 산은 아래 입구가 좀 험하고 고될 뿐, 위로 올라갈수록 훨씬 수월하다네. 구름이 머물러 있는 곳까지만 가면 그 다음부터는 마치 배를 타고 강을 건너는 것처럼 쉽지. 그렇게 되면 우리가 오를 벼랑 끝에 이르게 될 테니까 그곳에서 피곤한 육체를 마음 놓고 쉬도록 하세."

그러나 단테의 마음 한구석에서 불쑥 의혹이 생겼다.

'너무도 지친 나의 모습을 보고 혹시 스승님께서 위로하기 위해 거짓말을 하고 있는 것이나 아닐까? 구름이 머무는 곳에 이르러도 이 벼랑은 끝없이 계속 이어져 있지나 않을까?'

그때 베르길리우스가 갑자기 정색하며 타이르듯 말했다.

"내 말에는 한 치의 거짓도 없음을 명심하게. 진실에는 구차한 변명이 필요 없는 법이니 더 이상 대답하지 않겠네."

베르길리우스가 그렇게 단호히 말을 끝냈을 때 근처에서 매우 지친 듯한 목소리가 들려왔다.

"꼭대기는커녕 중간도 못 가서 지쳐 떨어지고 말걸."

단테는 물론이고 베르길리우스 역시 놀란 표정으로 목소리가 들리는 곳을 향해 재빨리 고개를 돌렸다. 두 사람의 뒤쪽 왼편에는 제법 커다란 바위가 하나 있었다. 베르길리우스도 단테도 그때까지 그 바위를 보지 못하고 있었던 것이다.

두 사람은 바위 쪽으로 조심스럽게 다가갔다. 가까이 가보니 바위 뒤 그늘에서 지친 몸을 쉬고 있는 영혼들의 모습이 보였다. 그러나 그들은 무척 단정치 못한 자세로 게으름을 피우고 있었다. 특히 그들 중에 하나는 다리 사이에 고개를 처박고 무릎을 끌어안은 채 귀찮은 듯 고개조차 들지 않았다.

"스승님, 저들을 보십시오! 마치 태만과 의형제라도 맺은 듯 게으름의 극치를 이루고 있습니다."

단테의 말을 들었는지 다리 사이에 얼굴을 처박고 있던 자가 부스스 고개를 들었다. 그러더니 겨우 입술만 움직여 비아냥거리는 투로

말했다.

“힘이 넘쳐흐르는 당신들이나 꼭대기까지 올라가 보슈.”

단테는 그의 목소리를 듣는 순간 그가 누구인지 확실히 알 수 있었다. 단테는 지친 다리가 여전히 후들거림에도 불구하고 그에게 성큼성큼 다가갔다. 단테가 가까이 다가가자 그는 시큰둥한 표정으로 훑어보았다. 그러더니 다시 고개를 무릎 사이에 파묻어 버렸다. 그러나 단테가 물러설 기색을 보이지 않자 고개를 파묻은 채 웅얼거렸다.

“그대는 태양이 왜 왼쪽으로 돌고 있는지 이제 깨달았소?”

단테는 그의 물음에는 아랑곳 않고 반갑게 웃으며 되물었다.

“벨라쿠아! 너는 살아서도 게으름을 피우더니 죽어서까지 여전하구나. 그래도 심성만큼은 올바른 덕에 지옥에 떨어지지 않고 이곳으로 왔으니 그나마 다행이다. 이제 네 걱정은 하지 않아도 되겠다. 그런데 왜 여기에 앉아서 이러고 있는 거냐?”

그러나 단테의 물음에 대답을 한 이는 베르길리우스였다.

“이곳에 있는 영혼들은 게으름이 습관처럼 몸에 배어 죽음을 눈앞에 두고서야 권고에 의해 겨우 회개한 자들이라네.”

단테는 그때서야 고개를 끄덕일 수 있었다. 그때 벨라쿠아가 입을 열고 느릿느릿 말했다.

“오, 다정한 나의 친구 단테! 옛날부터 나에 대한 걱정과 배려를 잊지 않더니만 죽은 후까지도 걱정해 주는군.”

단테는 그의 옆에 웅크리고 앉아 손을 움켜잡으며 말했다.

“어서 일어나게! 아무리 이 산이 험하고 높다지만 분명 끝은 있을 거야.”

그러나 벨라쿠아는 스르르 손을 잡아 빼며 한숨을 내쉬었다.

"그만두게. 이 산 꼭대기까지 오른들 무슨 소용이 있겠나? 연옥 문을 지키는 천사는 내가 죄를 씻어야 할 시간을 다 채우기 전에는 결코 통과시켜주지 않을 거야. 내가 살아 있을 때 하느님을 멀리하고 살았던 만큼 죄를 뉘우치면서 때를 기다려야만 한다네."

"그렇다면 그때가 언제쯤이란 말인가?"

단테는 안타까운 마음에 다그쳐 물었다. 그러나 벨라쿠아는 벌써 기다림에 지친 듯 고개를 내저었다.

"그게 언제가 될지는 아무도 모르지. 하느님의 은총을 충만하게 받은 자가 나를 위해 간절히 기도해 준다면 그 시기가 조금 앞당겨지긴 하겠지만……."

그때 베르길리우스가 다시 산을 오르려는 준비를 했다.

"단테, 갈 길이 바쁘니 서둘러야 하네. 태양은 이미 자오선에 접어들었고 저쪽 모로코에 어둠이 내리기 시작하고 있네."

태양은 그들의 머리 위에서 반짝이며 정오를 알리고 있었다.

DANTE LA DIVINA COMMEDIA 05

은총의 중재자

"이것 좀 보게. 햇빛이 앞서 걷고 있는 젊은이를 비켜 가는군. 발밑에서부터 그늘이 생기는 게 마치 살아 있는 사람 같지 않나?"

단테가 게으름뱅이 영혼들을 뒤로하고 서둘러 베르길리우스의 뒤를 따른 지 얼마 되지 않아 뒤에서 누군가가 외치는 소리가 들려 왔다.

말소리가 들리는 쪽으로 돌아다보니 한 무리의 영혼들이 모여서서 웅성거리고 있었다.

그들은 땅에 늘어뜨려진 단테의 그림자만을 뚫어지게 바라보고 있었다. 경이로움과 놀라움에 가득 찬 눈빛으로…….

"왜 그렇게 꾸물대고 있나?"

앞서 가던 베르길리우스가 낮게 책망하는 소리가 들렸다.

"단테, 걸음이 느려졌군. 마음 흔들릴 게 뭐 있나. 저들이 뭐라고 지껄이든 자네와는 아무 상관이 없네. 자기들 마음대로 지껄이도록 내버려 두고 자네는 어서 내 뒤를 따르도록 하게. 세찬 바람이 불든 말든 꿈쩍도 않는 돌탑처럼 꿋꿋한 자세를 지녀야 하네. 무엇인가에 끊임없이 사로잡히는 자는 자칫 목표를 잃기가 쉽지. 왜냐하면 사소한 잡념들이 마음을 흔들어 의지를 약하게 만들기 때문이네."

단테는 경솔하게 행동한 자신이 몹시 부끄러웠다. 베르길리우스에게 용서를 구하고 싶었지만 얼굴이 화끈거리고 귀가 멍해져서 적당한 말을 생각해내기가 힘들었다.

"죄송합니다. 이제부터는 스승님의 뒤만 따라 똑바로 걷도록 하겠습니다."

그럭저럭 산 중턱을 지나고 있던 두 사람에 앞서 한 무리의 영혼들이 '나를 불쌍히 여기소서!'라고 노래를 부르며 걸어가고 있었다.

두 사람을 발견한 그들은 잠시 멈춰서서 가까이 다가갈 때까지 휴식을 취했다. 그러나 둘이 가까이 다가갔을 때, 그들은 햇빛이 단테의 몸을 통과하지 않는 것을 발견하고서 소스라치게 놀랐다.

"오오, 이럴 수가!"

그들은 쉰 듯한 목소리로 감탄사를 연발했다. 그러고는 그들 중 두 영혼이 두 사람 쪽으로 한 걸음 다가서며 단테의 아래위를 훑어보았다.

"당신은 진짜로 살아 있는 사람이군요. 도대체 어떤 신분이기에 산 자의 몸으로 이곳까지 올 수 있었소?"

제자 대신 베르길리우스가 나서서 근엄하게 대답했다.

"그대들을 보낸 자에게 돌아가서 전하라. 내 옆에 있는 이 사람은 하느님의 은총을 입어 육체를 이끌고 이곳 연옥까지 올 수 있었다. 아마도 그대들이 이 사람의 그림자를 보고 놀란 것 같은데…… 그렇다면 더 이상 무슨 설명이 필요하랴! 너희들은 이 사람에게 경의를 표해야 할 것이다. 그러면 이 사람이 현세에 돌아가 하느님의 사랑과 믿음이 충만한 그대들 친지에게 이곳 소식을 전하고 또 그들로 하여금 기도로써 돕도록 할 것이다."

베르길리우스의 말을 들은 두 영혼은 동료들이 있는 쪽으로 재빨리 가버렸다. 그 동작이 어찌나 빠르던지 황혼녘에 하늘을 가로질러 날아가는 유성도, 해질녘 8월의 구름을 찢는 번개조차도 두 영혼만큼 날쌔지는 못할 것이다.

그들은 돌아가자마자 다른 동료들과 함께 무리지어 두 사람 쪽을 향해 힘껏 뛰어왔다. 그들의 모습은 마치 고삐 풀린 말들이 떼 지어 달리는 것처럼 보였다.

베르길리우스는 그들을 바라보며 단테에게 말했다.

"이쪽으로 몰려오는 자들이 많군. 아마도 자네에게 하소연을 하거나 뭔가를 부탁하려는 게 분명하네. 그러나 절대로 발걸음을 늦추지 말고 걸으면서 그들의 말을 들어주게. 그렇지 않으면 이곳을 벗어나기가 힘들게 될 걸세."

영혼의 무리들은 두 사람이 제자리에 서서 기다리지 않고 가던 길을 향해 계속 걷자 숨찬 목소리로 소리를 질렀다.

"육신을 그대로 지닌 채 행복의 나라로 가고 있는 사람이여! 잠시 걸음을 멈추고 우리들 중 혹시 아는 얼굴이 있는지 한번 봐주시오. 만약 낯익은 얼굴이 있거든 부디 세상 소식 좀 전해주시오."

그러나 단테는 잠시 힐끗 돌아봤을 뿐 아무 말도 하지 않고 계속 발걸음을 재촉했다.

"왜 정신없이 가기만 하는 거요? 젊은이, 왜 그 자리에 멈춰서서 우리를 관심 있게 봐주지 않는 거요?"

그 목소리는 거의 절망에 가까웠다. 그들은 계속 힘겹게 뒤쫓아오며 말했다.

"우리는 모두 폭력 때문에 비참한 죽음을 당한 자들로서 죽기 직전까지 죄인의 몸이었다오. 그러나 죽음을 바로 앞에 두고 하느님께서 내려주신 은총의 빛이 우리의 마음을 바다 위의 등대처럼 환히 비춰졌소. 비로소 우리는 모든 죄를 뉘우치고 원수까지도 용서하면서 하느님과 화해를 한 뒤 숨을 거두었다오. 아마도 하느님께서는 우리가 당신과 얘기하고자 하는 간절한 소망을 불쌍히 여기시고 그렇게 하도록 허락하실 거요."

그들의 말을 들은 단테는 마음이 아팠다. 그래서 목소리를 조금 누그러뜨리고서 부드럽게 그들을 향해 말했다.

"당신들의 얼굴을 자세히 살펴보았지만 낯익은 사람이 한 명도 없었소. 그러나 당신들이 연옥에 오기 전에 죄를 뉘우치고 하느님과 화해했다고 하니 힘이 닿는다면 도움이 되길 바라오."

단테의 말을 들은 그들의 얼굴에는 화색이 돌았다.

"내 이름은 단테라고 합니다. 스승님의 뒤를 따라 지옥을 거쳐 연옥을 순례하며 마음의 안식처를 찾아가고 있는 중이오. 내 평생을 두고 맹세하건대 당신들이 내게 뭔가를 부탁한다면 최선을 다해 돕도록 하겠소."

그러자 영혼의 무리 중 한 명이 앞으로 나서며 말했다.

"내 이름은 야코보 델 카셀로라고 하오. 이곳에서 당신을 만나게 되다니 정말 기쁘오."

야코보의 눈에는 진심 어린 기쁨이 서려 있었다.

"단테, 당신이 평생을 걸고 맹세하지 않아도 그 좋은 뜻을 우리 모두는 믿고 있소. 그렇다고 해서 여기 있는 사람들이 무리한 부탁을 하면서까지 떼쓸 정도로 어리석거나 염치없지도 않으니 염려하지 마시오."

야코보는 주위의 영혼들을 한번 둘러본 후 계속 말을 이었다.

"당신을 믿는 마음에 선뜻 나서서 다른 이들보다 먼저 부탁을 한 가지 할까 하오. 만일 로마냐와 나폴리 사이에 있는 앙코나에 갈 기회가 있거든 부디 작은 도시 파노 사람들에게 부탁하여 나를 위해 기도하도록 해 주시오. 그래야만 나의 무거운 죄가 씻겨질 것이오. 나는 한때 볼로냐와 밀라노의 시장을 지낸 적도 있고 열렬한 겔프당원이었소. 그러나 밀라노에 가기 위해 파토바를 지나던 중 페라라 후작 아초 8세가 보낸 자객에게 살해당했소. 가장 안전하다고 믿었던 그 땅에서……."

야코보는 길게 한숨을 내쉬었다.

"추격자에게 쫓기게 되었을 때 만일 라미라 쪽으로 도망쳤더라면 나는 아직도 현세의 공기로 숨을 쉬고 있을 거요. 그러나 어리석게도 늪 쪽으로 달아나다가 억새풀에 걸려 진흙에 빠지는 바람에 칼을 맞게 되었소. 그때 내 몸에서 흘러내린 피가 바닥에 호수를 이룰 정도였다오."

그의 넋두리가 끝나자 다른 한 명이 나서서 말했다.

"저 높은 산꼭대기를 오르려는 그대의 소망이 하느님의 은총을 입어 반드시 이루어지길 바라겠소. 젊은이, 자비로운 동정심으로 내 소원 한 가지 좀 들어주시오."

그가 매우 겸손한 태도로 말을 걸었기 때문에 단테는 호기심을 갖고 그에게 질문했다.

"당신의 이름은 무엇이고 어떤 이유로 연옥에 오게 되었소?"

"나는 몬테펠트로 출신으로 이름은 부온콘테라고 하오. 아레초로부터 교황을 추방하는 일에 가담한 적이 있었고 그 이유로 피렌체와 아레초 사이에 전쟁이 일어났을 때 대승을 거두었소. 이후에 아레초에서 높은 지위에 올라 승승장구했으나…… 오르막길이 있으면 반드시 내리막

길이 있듯 총지휘관이 되던 해에 캄팔티노 전투에서 쫓기던 끝에 전사하고 말았소."

단테 역시 피렌체군의 일원으로 캄팔티노 전투에 참가한 바 있었기 때문에 부온콘테에 대한 명성은 이미 들어 알고 있었다. 부온콘테는 가끔 한숨을 내쉬며 자신의 이야기를 풀어나갔다.

"세월은 참으로 무상한 것이오. 세상의 모든 사람들은 물론 그렇게 사랑했던 나의 아내 조반나조차 나를 잊었으니…… 내게는 도와줄 그 누구 하나 없소. 그래서 이렇듯 무리들 틈에 끼어 얼굴을 숙인 채 걷고 있다오."

"부온콘테, 당신이 그 전투에서 종적을 감춘 뒤 부하들은 당신을 찾기 위해 산야를 샅샅이 헤매고 다녔소. 그러나 결국 아무것도 찾지 못한 채 후퇴할 수밖에 없었소. 도대체 당신의 시신은 어디에 있는 거요?"

단테는 전투 당시 궁금하게 여겼던 부분을 넌지시 물어보았다. 부온콘테는 대답에 앞서 긴 한숨을 내쉬었다.

"수도원 위쪽 아펜니노 산맥에서 시작되어 카센티노 산 밑을 가로질러 흐르고 있는 아르키아노 강 전투에서 목을 찔린 채 정신없이 도망을 쳤는데 내가 헤치고 간 숲과 들은 온통 피로 붉게 물들었다오. 아르키아노 강과 아르노 강이 서로 합류하는 곳에 이르렀을 때 마침내 눈앞이 캄캄해지더니 의식이 조금씩 흐려진 다음 끝내 그 자리에 쓰러지고 말았다오."

그는 감정이 복받치는지 눈시울을 붉혔다.

"그렇다면 당신은 언제 하느님의 은총을 입게 된 거요?"

그는 단테의 물음에 답하기 위해 손등으로 눈 주위를 닦아내고는 목소리를 가다듬었다.

"나는 죽음이 임박해옴을 느끼며 예수님을 외쳐 불렀다오. 모든 구원의 중재자이시며, 영원한 은총을 주시는 분이시기에……."

단테는 죽음을 경험해보지 못했으므로 그가 하는 말의 뜻을 온전히 이해하기가 힘들었다.

"부온콘테, 한 가지 알고 싶은 게 있소. 사람이 죽으면 그 순간 천사와 악마가 동시에 나타나 서로 영혼을 빼앗아가려 한다던데 그 말이 사실입니까?"

부온콘테는 가볍게 고개를 끄덕였다.

"그렇소. 내가 죽었을 때도 천사가 내려와 나를 데려가려 하자 지옥의 사자가 나타나 훼방을 놓았소. 그때 두 사자는 공평하게 합의를 보더군. 영혼을 천사가 데려가는 대신 육체는 지옥의 사자가 갖기로……. 신바람이 난 지옥의 사자는 거친 폭풍우로 순식간에 바닥 곳곳에 개울이 흐르도록 만들었소. 그 때문에 나의 시체가 급류에 휩쓸려 아르노 강으로 떠내려가 버렸다오."

단테는 부온콘테의 말이 채 끝나기도 전에 조바심을 내며 말했다.

"시신이 강물에 휩쓸려 떠내려가서 물고기 밥이 되어버린 거군요?"

부온콘테는 고개를 가로저었다.

"그렇지 않소. 강물에 휩쓸려가다 물고기 밥이 된 게 아니라 아직도 아르노 강기슭 모래에 뒤덮인 채 썩어가고 있다오."

단테는 현세로 돌아가면 기필코 부온콘테의 시신을 찾아 유골이나마 땅에 묻어줘 지친 그의 영혼을 달래주리라고 마음먹었다.

"당신이 다시 세상으로 돌아가 이 오랜 여행의 피로를 풀게 되거든 ……."

갑자기 다른 영혼 하나가 끼어들면서 얘기를 시작하려고 하자 옆에서 있던 또 다른 영혼이 앞을 다투며 먼저 이야기를 꺼냈다.

"기억해주세요. 저는 톨롬메이 가문의 피아랍니다. 본래 시에나에서 태어났고 마렘마 지방의 성주의 아들 넬로와 결혼했지만 거기서 젊은 나이에 죽었습니다. 제가 어떻게 해서 죽게 되었는지는 저를 아내로 맞았던 오직 그 사람만이 알고 있지요……."

그 여인이 끝까지 말을 채 다하기도 전에 영혼의 무리들이 제각기 자신들 얘기를 먼저 하려고 목소리를 높였다.

DANTE LA DIVINA COMMEDIA 06

음유시인 소르델로

노름판에서 돈을 잃은 자는 털썩 주저앉아 주사위를 다시 던지며 미련을 갖지만 돈을 딴 자와 구경꾼들은 재빨리 자리를 뜨기 마련이다. 구경꾼들은 돈을 딴 자의 주위를 서성거리고 어떤 자들은 아예 코밑에 바짝 붙어 서서 아부를 한다. 그러면 돈을 딴 자는 걸음도 멈추지 않은 채 귀찮은 듯 이 사람 저 사람의 청을 흘려들으며 잔돈 몇 푼을 쥐어 준다. 그렇게 해야만 그 소란함 속에서 자유롭게 풀려날 수 있기 때문이다.

단테 역시 밀려드는 영혼들의 무리로부터 각각의 사정을 듣고서 세상에 돌아가면 가족, 친지, 이웃에게 부탁한 그들의 내용을 전해주기로 약속한 다음에서야 간신히 그 자리를 벗어날 수가 있었다.

그 무리 속에는 시에나의 유명한 도둑이었던 기노 디 타코의 흉악한 손에 걸려 죽음을 당한 영혼도 있었다. 원래 판사였던 그는 기노 디 타코의 친척에게 사형을 선고하는 바람에 원한을 사 로마로 부임하는 도중 살해되었던 것이다. 또 아레초의 기벨린당 우두머리 구치오도 있었다. 그는 겔프당의 보스톨리 가문 사람들과 싸우다가 자기가 탄 말이 스스로 아르노 강에 뛰어드는 바람에 물에 빠져 죽었다. 구이도 로벨로의 아들 페데리고 로벨로는 단테 앞으로 한 손을 내밀면서 기도로써 간청했고 그 옆에는 용감하고 선량한 피사의 판사 마르추코의 아들 파리나타도 보였다.

나폴레오네 백작의 아들 오르소 델리 알베리티 백작과 증오와 시기로 인하여 육신으로부터 떨어져 나온 영혼 피에르 데라 브로스도 그 무리 중에 있었다. 사실 피에르는 비천한 가문의 출신이었으나 프랑스 왕 루이 11세와 필립 3세의 총애를 받아 외과의사로 명성을 떨치게 되었다. 그러나 피에르를 시기하는 자들이 그를 모함하여 억울한 누명을 쓴 채 교수형을 당했던 것이다. 피에르는 자신의 얘기를 하는 동안 내내 눈물로써 결백을 호소했다. 이곳에 있던 영혼들은 한결같이 구원의 때가 빨리 오도록 현세의 사람들이 기도해 주기를 바라고 있었다.

간신히 그 무리로부터 벗어나게 되었을 때 단테는 베르길리우스에게 묻지 않을 수 없었다.

"스승님, 어리석은 제 물음에 답해 주십시오. 저는 스승님을 흠모하여 스승님의 저서를 줄줄 외울 수 있을 정도로 탐독했습니다. 스승님의 저서에서는 분명히 하늘의 법도는 기도만으로 바뀌지 않는다고 하셨습니다. 그런데도 저 무리들은 오직 기도만을 바라고 있으니 대체 무슨 이유입니까? 그렇다면 저 영혼들의 소망이 과연 헛된 것이옵니까? 아니면 제가 스승님의 말씀을 잘못 이해한 것입니까?"

베르길리우스는 고개를 저은 후 잠시 말없이 걷다가 대답해 주었다.

"내가 쓴 글들을 곰곰이 생각해보면, 저 영혼들의 소원이 그릇된 것이 결코 아님을 알 수 있을 것이네. 물론 자네가 이해한대로 정의의 탑은 어떠한 일이 있더라도 결코 기울지 않지. 그러나 이곳에 있는 영혼들이 연옥의 문밖에서 기다려야 할 시간 동안 하느님께 기쁨을 드리는 사랑의 기도를 올린다면 기다려야 할 그 시간이 일부 단축된다네."

정의는 영원한 것이지만 그 정의에 한 번 어긋났다고 해서 평생 동안 죄인의 굴레를 쓰고 살아갈 수는 없는 일이다. 하느님께서는 죄지은 자를 일곱 번씩 일흔 번까지 용서하고 원수마저도 사랑하라고 하지 않으셨던가!

"그렇다면 자비의 하느님께서는 죄를 뉘우치고 은혜를 간구懇求하는 모든 사람들의 죄를 전부 용서해 주시는 것입니까?"

베르길리우스는 고개를 내저었다.

"모든 자의 기도를 다 들어주시는 것은 아니라네. 당신의 가르침을 따르지 않는 이교도의 기도까지 들어주실 리가 없잖은가."

단테는 궁금증을 참지 못하고 재빨리 다음 질문을 던졌다.

"스승님, 인간은 살아가면서 끝없이 죄를 짓게 마련인데……."

"그만하게."

단테의 마음속에 의문점이 끝없이 남아 있음을 안 베르길리우스는 단호하게 입을 막아버렸다.

"진리와 지혜 사이에서 자네의 빛이 될 고귀한 여인을 만날 때까지는 섣불리 질문하거나 결론 내리지 말게. 내 말뜻을 알아듣겠나?"

"그 여인이라면 누구를 말씀하시는 것입니까?"

스승은 가볍게 미소를 지었다.

"바로 베아트리체를 일컫는 말일세. 이 산꼭대기에 오르게 되면 하느님의 은총 안에서 행복한 미소를 짓고 있는 그녀를 만날 수 있을 걸세."

베아트리체의 이름을 듣는 순간 단테는 그동안의 모든 피로가 말끔히 씻겨나가는 기분이었다.

"스승님, 좀 더 빨리 가시지요."

단테의 갑작스런 변화에 베르길리우스는 어리둥절한 표정을 지어보였다. 그러나 말없이 손을 내밀며 그를 이끌었다.

"내 옆으로 바짝 붙어 서게."

베아트리체를 빨리 만나고 싶다는 이유 하나만으로도 그의 마음은 이미 이 산을 단번에 뛰어오르기에 충분했다. 그러나 기분이 들뜨고 발걸음이 한결 가벼워졌음에도 불구하고 산을 오르는 것은 결코 쉬운 일이 아니었다.

"스승님, 하늘을 보십시오, 벌써 산꼭대기가 그림자를 드리우고 있습니다."

단테는 시간이 너무 빨리 흐른 것 같아 갑자기 조바심이 났다. 그러나 베르길리우스는 그런 그를 잠시 바라보더니 웃음을 터뜨렸다.

"너무 조급하게 굴지 말게. 자네 마음 같아서야 이 밤 안으로 정상까지 오를 수 있다고 생각되겠지만 사실 그곳까지는 여러 날이 걸린다네. 산꼭대기에 오르는 일은 자네가 생각하는 것보다 훨씬 힘든 일이야. 자, 어서 서두르게. 아무튼 해가 지기 전까지는 최선을 다해 부지런히 올라가야 하네."

단테는 말조차 잊은 채 베르길리우스의 뒤를 열심히 따라갔다. 땀방울을 떨어뜨리며 한참을 가고 있는데 갑자기 베르길리우스가 발걸음을 멈췄다.

"지금 저 앞에 누가 있는지 보이는가?"

단테는 땅만 보고 걷다가 스승의 말에 고개를 들었다. 앞쪽으로 꽤 멀리 떨어진 곳에 외로운 영혼 하나가 웅크리고 앉은 채 두 사람의 모습을 물끄러미 바라보고 있었다. 단테는 목소리를 낮춰 베르길리우스에게 물었다.

"저 영혼은 왜 무리들과 어울리지 않고 혼자 떨어져 있을까요?"

"가보면 알게 될 걸세. 아마도 저 사람이 우리에게 지름길을 알려줄 것 같네."

지름길을 알려줄 거라는 말에 단테는 귀가 번쩍 뜨여 빠른 걸음으로 다가갔다.

그는 거만한 표정으로 두 사람을 내려다보며 태연하게 앉아 있었다. 그러고는 두 사람이 자신의 곁을 스쳐 지나갈 때까지도 아무 말 없이 그저 물끄러미 바라보기만 할 뿐이었다. 잠시 그와 눈이 마주친 단테는 순간적으로 그의 눈빛이 한낮에 그늘에서 쉬고 있는 사자와 똑같다는 생각이 들었다.

베르길리우스가 먼저 그에게 다가가 어느 길이 가장 오르기 쉬울지를 물었다. 그러나 그는 대답 대신 두 사람을 아래위로 훑어보더니 국적과 신상에 관해 되물었다. 베르길리우스가 빙그레 웃으며 대답했다.

"나는 만토바로……."

그러나 단테의 스승이 말을 끝맺기도 전에 그 영혼은 화들짝 놀라며 베르길리우스를 부둥켜안았다.

"오, 당신이 진정 만토바 사람이란 말입니까? 저는 소르델로라고 하며 당신과 같은 고향 사람입니다."

단테는 그의 이름을 듣고 깜짝 놀랐다. 소르델로라면 당대 최고의 음유시인이었다.

아름다운 시로 베르나의 리차드 백작과 그의 부인을 위해 노래했던 사람이 아닌가! 결국 백작 부인과의 사이에서 사랑이 싹터 불륜의 괴로움을 견디지 못한 백작 부인은 집을 나가버렸고, 소르델로는 어디론가 유랑의 길을 떠났다고 전해지고 있었다.

단테는 베르길리우스와 소르델로의 모습을 지켜보면서 씁쓸함을 느꼈다. 그들은 난생 처음 만났음에도 불구하고 같은 나라 사람이라는 것만으로 마치 한 형제와도 같은 정을 느끼게 하는 듯했다. 그러나 정작 그들의 조국인 이탈리아는 지금 어떠한가!

단테는 안타까움을 마음속으로 토해냈다.

'아, 노예의 나라로 전락한 이탈리아여! 고뇌 속의 집이여! 폭풍 속에서 사공도 없이 떠도는 배여! 여러 나라를 다스렸던 위엄 있는 여왕은 간곳없고 오직 매춘부들만 들끓는 타락의 나라여!'

한편 단테는 두 사람이 부둥켜안은 것은 이탈리아라는 좁은 나라에서 서로 반목을 거듭하는 당쟁에 대한 분노처럼 느껴졌고, 곳곳에서 제멋대로 행동하고 있는 영주들에 대한 반발처럼도 느껴졌다. 가난한 백성들은 마치 노예처럼 취급당했고 나라는 흔들의자에 올라앉은 것처럼 갈등과 혼란이 끊임없이 이어졌다. 남북 해안가를 따라 전국을 샅샅이 둘러보아도 평화가 있는 곳은 어느 한 군데도 찾아볼 수 없었던 것이다.

단테는 세상에 있을 때 그런 국가의 모습에 실망하여 괴로워하다가 술에 곤드레만드레 취해 소리를 지르곤 했었다.

"오, 우리를 위해 지상에서 못 박힌 지존하신 이여! 이런 말씀드리기 송구스럽지만 당신의 정의로운 눈은 도대체 어디를 향하고 계시는 것이옵니까? 저희를 영원히 버리셨나이까? 아니면 저희의 이해가 미치지 못하는 곳에서 화를 복으로 바꿀 준비를 하고 계시는 것이옵니까?"

그때 단테는 절망의 끄트머리에서 생사를 오락가락하고 있었다. 사실 이탈리아는 어디라 할 것 없이 폭군이 군림하고 있었고 야인들은 파벌을 지어 모함하고 싸우기만을 일삼았다.

'내 고향 피렌체여, 기뻐하라! 그대는 절대, 절대 이 이야기와 관계가 없다. 다른 도시의 시민들은 정의를 마음속에 간직하고만 있을 뿐, 정작 활시위를 당겨야 할 때는 늑장을 부린다. 그들은 '신중을 기하기 위해서'라고 말하겠지만 사실은 정의감에 뒤따르는 책임을 회피하기 위한 수단일 뿐, 그들은 걸핏하면 말로만 활시위를 당긴다. 하지만 피렌체 시민들은 '그건 내가 맡겠소. 그 일을 할 만한 사람은 나밖에 없지!' 하고 서로 나서서 외쳐댄다.

어쨌든 기뻐해야 한다. 잘난 이들이 가득 찬 피렌체, 서로 시위를 당기겠다고 나서더니 결국 동료의 가슴을 먼저 겨눈 내 고향, 평화로운 피렌체여! 한 가닥 명주실보다 더 가늘어서 언제 끊어질지 모르는 율법의 실로 피렌체는 손바닥 뒤집듯이 법률과 공직과 풍속을 뜯어고치고…… 그 많은 시민들을 내쫓고 다시 불러들이기 벌써 수차례. 피렌체, 너에게 회개의 마음과 밝은 지혜가 있다면 고통을 덜기 위한 방법이 무엇인지도 알고 있을 것이다. 단, 병든 여인은 깃털 이불 위에서도 편히 쉴 수 없다는 것을 먼저 깨닫는다면…….'

DANTE LA DIVINA COMMEDIA 07

제왕의 영혼들

소르델로는 베르길리우스와 잡은 손을 놓으려 하지 않았다. 반가운 마음에 서너 번 더 얼싸안았으나 그래도 여전히 아쉬운지 얼굴에서 눈을 떼지 않았다. 잠시 후 조금 진정이 되었는지 그때서야 소르델로가 베르길리우스에게 이름을 물었다.

베르길리우스가 빙그레 웃으며 대답했다.

"당신들이 이 산으로 향해 오기 훨씬 이전, 내 뼈는 옥타비아누스의 손에 의해 땅에 묻혔소. 내 이름은 베르길리우스! 예수 그리스도의 구원이 있기 전(기원 전 19년)에 죽었기 때문에 천국에 들어가지 못했다오."

소르델로는 베르길리우스의 말이 믿기지 않는다는 표정이었다. 뜻하지 않은 사태에 놀란 사람처럼 반신반의하는 태도를 보였다. 그러더니 곧 몸을 가다듬고 베르길리우스에게 다가와 공손하게 예를 갖추었다.

"라틴 사람의 영광이여! 당신으로 인해 우리의 언어는 비로소 위대함을 드러냈고 보석처럼 빛나게 되었습니다. 당신이야말로 우리 고향의

자존심이요, 우리 조국의 영원불멸한 영예입니다. 당신을 이렇게 직접 만나 뵙게 되다니 얼마나 큰 은총인지요! 제가 당신의 말씀을 들을 자격이 있다면 지옥의 어느 곳에서 오셨는지 말씀해 주십시오."

"나는 슬픔과 고통만이 있는 참혹한 그곳의 모든 옥을 거쳐 이곳까지 왔소. 또한 하늘의 힘이 나를 움직여 그 은혜로 이렇게 연옥을 순례하고 있는 거라오."

소르델로는 안쓰러운 표정을 짓더니 다시 물었다.

"무슨 죄를 지었기에 지옥으로 가게 되셨습니까?"

베르길리우스는 한숨을 내쉬었다.

"내가 지은 죄 때문이 아니라 예수 그리스도를 알지 못했기 때문에 지옥의 림보에서 구원을 기다리게 된 것이라오. 즉, 이렇다 할 큰 죄를 짓지는 않았다지만 하느님을 향한 신앙을 갖지 못했기 때문에 하느님 나라에 오르지 못한 것이라오. 그러나 내가 그러한 사실을 알았을 때는 이미 때가 늦어 있었소."

소르델로는 베르길리우스의 말을 들으며 눈물을 글썽거렸다. 진심으로 베르길리우스의 처지를 애석해하는 듯했다. 베르길리우스는 소르델로의 손을 꼭 잡으며 오히려 그를 위로했다.

"내가 사는 곳이 비록 지옥이지만 그곳에는 고통이나 가책이 없다오. 림보에서는 흐릿한 어둠에 둘러싸인 채 한탄이나 통곡도 없이 그저 긴 한숨만 내쉬는 것이 전부이지."

"림보는 어떤 곳이고 또 어떤 사람들이 가는 곳입니까?"

소르델로는 자신이 경험하지 못한 세계에 대해 잔뜩 호기심을 품고 있었다. 베르길리우스는 친절하고 자상하게 그곳에 대해 설명해 주었다.

"인간은 누구나 아담과 하와가 지은 원죄를 간직하고 있다오. 림보에는 비록 세례를 받지는 못했지만 그 원죄를 씻을 수 있는 어린아이 영혼들과 '믿음·소망·사랑'의 세 가지 은총을 받지 못한 어른들이 있소. 그들은 지혜, 절제, 용기, 정의의 덕만큼은 알고 지켜 온 영혼들이라오."

그때서야 소르델로는 고개를 끄덕였다. 베르길리우스는 기회를 엿보다가 슬며시 부탁했다.

"소르델로, 당신에게 한 가지 부탁이 있다오. 만일 그대가 연옥의 입구로 가는 지름길을 알고 있다면 우리에게 가르쳐 주시오. 그러나 가르쳐줘서는 안 될 사정이 있다면 말하지 않아도 괜찮소."

소르델로는 기꺼이 나서서 선뜻 대답했다.

"제가 그 길을 알고 있으니 갈 수 있는 데까지 안내자 역할을 하겠습니다. 저와 같은 영혼들은 장소가 따로따로 정해져 있지 않습니다. 산 둘레를 돌거나 위로 오르더라도 상관없습니다."

잠자코 듣고만 있던 단테는 어둠 속에서 한줄기 빛을 발견한 듯 다시 가슴이 두근거리기 시작했다. 그러나 길을 나서려다 말고 고개를 들어 하늘을 본 소르델로는 조금 느긋해진 목소리로 다시 말했다.

"보십시오, 벌써 해가 저물고 있습니다. 밤에는 산에 오를 수 없으니 어디 좋은 휴식처를 마련하는 게 좋을 듯싶습니다. 저 너머 오른쪽에 한 무리의 영혼들이 있으니 괜찮으시다면 그리로 안내하겠습니다. 아마 그들도 당신과 사귀게 되는 것을 무척 기뻐할 것입니다."

단테는 잔뜩 부풀었던 기대가 한풀 꺾이자 실망하여 물었다.

"왜 밤에는 산에 오르지 못합니까? 누군가 앞길을 가로막고 훼방이라도 놓나요? 아니면 절대 올라갈 수 없다는 규율이라도 있는 건가요?"

소르델로는 웃으면서 손가락으로 땅에 금을 그었다.

"해가 진 다음에는 이 선조차 넘을 수 없습니다. 태양은 하느님의 은총을 뜻하므로 그 하느님의 은총이 사라진 밤 시간에는 연옥의 산 위로 결코 올라갈 수 없답니다. 위로 오르려는 것을 방해하는 것은 어둠일 뿐 그 외에는 아무것도 없으나 그 어둠이 능력을 빼앗고 기력을 잃게 만듭니다. 해가 수평선 아래 갇혀 있는 동안에는 밤의 어두움과 함께 아래로 내려가서 산 밑을 헤맬 수밖에 없습니다."

단테와 베르길리우스는 동시에 놀란 표정이 되었다. 새로운 사실을 알게 되었고 달리 선택의 여지가 없었기 때문이다.

"소르델로, 그렇다면 그대가 말한 대로 편하게 쉴 만한 곳으로 우리를 안내해 주시오."

소르델로는 서둘러 앞장섰다. 세상의 산과 마찬가지로 연옥의 산에도 바위와 바위 사이에 움푹 파인 평평한 분지가 있었다. 소르델로는 그곳을 손가락으로 가리키며 말했다.

"저쪽으로 가시지요. 저곳에서 휴식을 취하며 날이 샐 때까지 기다려야 합니다. 저 분지는 우리들을 편하게 감싸 보호해줄 것입니다."

그 분지까지 때론 가파르고 때론 평평한 오솔길이 구불구불하게 이어져 있었다. 그러나 그곳 가장자리는 절반 이상이 무너져 있었다.

금이나 은, 루비, 진주, 윤이 나는 밝은 나무, 갓 다듬은 벽옥이 아무리 뛰어난 빛을 낸다 한들 이 골짜기에 있는 화초의 빛에는 비교가 되지 않을 것 같았다. 형형색색의 아름다운 자연의 채색뿐만 아니라 수천 가지의 향기로운 냄새가 어우러져 황홀한 분위기를 자아내고 있었다.

풀밭 곳곳에는 한 무리의 영혼이 둘러앉아 '거룩하신 성모'라는 노래를 부르고 있었다. 그 성가를 듣고 있자니 가슴에 평화가 가득 넘쳐흐르는 듯했다.

안내를 맡고 앞장서서 가던 소르델로가 말했다.

"해가 완전히 저물 때까지는 시간적인 여유가 좀 있을 듯합니다. 이 언덕에 자리를 정하고 저들의 모습을 잠시 지켜보다 가는 것이 좋을 듯싶습니다."

하늘을 올려다보니 짙은 석양이 아직 산허리까지밖에 번져 있지 않았으므로 두 사람은 소르델로의 제안대로 그곳에 잠시 머물기로 했다.

소르델로가 손을 들어 그들을 가리키며 말했다.

"저 영혼들 중 맨 윗자리에 앉아서 노래도 부르지 않고 입을 꾹 다물고 있는 자가 바로 루돌프 황제입니다."

"루돌프 황제라면 이탈리아의 치명적인 족벌분쟁과 당파싸움을 방관했던 자가 아닙니까? 백성들의 평안을 외면한 채……."

그의 이름을 듣는 순간, 단테는 놀람과 동시에 얼굴이 화끈 달아오를 정도로 분노했다.

"그런 자가 어떻게 연옥에 와 있단 말입니까?"

소르델로는 고개를 끄덕이며 말했다.

"그렇지요. 루돌프 황제는 백성들은 물론이고 신하들 사이에서조차도 원성이 자자했습니다. 그러나 후에 자신의 잘못을 깨닫고 그때까지의 관행을 고쳐보려 했지만 역부족이었습니다. 개혁의 뜻을 채 펼쳐 보기도 전에 죽음이 먼저 그를 찾아왔으니……."

루돌프 황제 옆에는 위로하려는 듯 그의 어깨를 감싸안은 채 열심히 노래를 부르는 자가 있었다.

이번에는 단테가 먼저 그를 가리키며 물었다.

"저 사람은 누구입니까? 선량해 보이기는 하지만 왠지 얼굴 가득 수심이 깃들어 보이는군요."

"그는 보헤미아를 다스리던 오토카르 2세입니다. 그는 강보에 싸여 있을 때도 수염 난 아들 벤체슬로우스보다 훨씬 더 선량했지요. 하지만 오토카르의 아들은 지금 세상에서 안일과 탐욕에 젖어 방탕생활을 하고 있답니다. 그래서 오토카르는 연옥에 와서도 아들 걱정 때문에 미소조차 짓지 못하고 있지요."

자식에 대한 부모의 사랑은 끝이 없어서 죽음이 둘 사이를 가른다 하더라도 사랑의 마음만은 끊지 못하는 법. 단테는 갑자기 부모님 생각이 떠올라 마음이 숙연해졌다.

소르델로는 영혼들에 대해 일일이 설명해 주었다.

"저쪽에 상냥해 보이는 자와 은밀한 얘기를 나누고 있는 납작코 사나이가 보입니까? 저 납작코는 프랑스 왕 필립 3세이고 상냥해 보이는 자는 엔리코라고 합니다. 필립 3세는 카파로냐 지방을 정복했지만 프랑스 해군이 패하는 바람에 그곳에서 전사하고 말았지요. 하지만 그는 자신의 아들 필립 4세를 생각하면서 가슴을 치고 있답니다. 그리고 옆에서 턱을 괸 채 한숨을 쉬고 있는 엔리코 역시 사위 필립 4세를 걱정하고 있는 것이고요."

"필립 4세가 어떻기에 사돈끼리 마주 앉아 저렇게 고심하고 있는 것입니까?"

단테는 죽어서조차 현세에 남아 있는 사람들을 안타까워하는 영혼들이 가엾게 느껴졌다. 살아 있는 자들은 죽은 자들에 대하여 그 얼마나 쉽게 잊던가!

"필립 4세는 '프랑스의 불행'이라고 불릴 만큼 타락한 생활로 나라를 곤경에 빠뜨리고 있습니다."

이번에는 베르길리우스가 질문했다.

"수려한 용모를 지닌 저 사람과 그 옆에서 늠름한 풍채를 자랑하며 노래를 부르고 있는 사람은 누구요?"

"콧날이 오뚝하고 이목구비가 수려한 사람은 샤를 앙주이고, 그 옆에 다부진 체격을 가진 사람은 아라곤의 피에트로 3세입니다. 샤를 앙주는 나폴리와 시칠리아 등 여러 왕국을 정복하고 콜라디노를 죽였지요. 피에트로 3세가 죽고 나서 그의 뒤에 앉아있는 알퐁소 3세가 왕위를 이어받았다면 프랑스가 그렇게 되지는 않았을 텐데……. 그러나 결국 자코모와 페데리코가 왕국을 차지했고 둘 다 부왕이 누렸던 명성을 잇지 못했습니다. 샤를 앙주와 피에트로 3세 역시 훌륭하고 용맹스런 왕이었지만 그의 아들들은 그렇지 못했지요."

소르델로의 말에 단테가 대꾸했다.

"그래서 씨앗에 비하면 나무는 뒤떨어지기 마련이라는 말도 있잖습니까?"

"저기 혼자 앉아 있는 영국의 왕 헨리 3세가 보입니까? 그는 검소한 생활로 다른 왕들의 귀감이 되었을 뿐만 아니라 오히려 자신의 가지에서 보다 좋은 싹을 틔웠습니다. 그의 아들 에드워드 1세를 보십시오."

단테는 다른 무리보다 차림새가 좀 초라해 보이는 한 영혼을 가리켰다.

"무리에서 벗어나 조금 아래쪽에서 그들을 올려다보고 있는 영혼은 누구입니까?"

"그는 굴리에모 후작으로 왕족보다 지위가 낮기 때문에 그들과 어울리지 못하고 있는 것입니다. 그는 적군의 음모로 자기 나라 백성들에 의해 쇠 조롱 속에 갇혀 죽었지요."

DANTE LA DIVINA COMMEDIA 08

쿠르라도의 예언

동틀 무렵, 선원들은 가족들과 작별 인사를 나누고 새벽안개를 헤치며 뱃길을 나선다. 그러다 해질 무렵 새벽에 헤어졌던 가족들이 다시 그리워져 애틋한 마음에 서글퍼지기 마련이다.

그렇듯 해가 저물자 단테는 고향 생각으로 향수에 젖어들었다. 그의 귀에는 더 이상 소르델로의 목소리가 들려오지 않았다. 단테가 멍하니 영혼의 무리를 바라보고 있자니 한 영혼이 일어서서 잘 들으라는 듯 손짓을 하고 있었다. 그는 두 손을 가지런히 모은 채 예루살렘이 있는 동쪽을 바라보았다. 그는 마치 '하느님, 저는 하느님만을 생각하고 있습니다'라고 말하는 것 같았다.

그는 두 손을 모은 채 '빛이 다하기 전에'라는 노래를 불렀다. 저녁 기도를 드릴 때 부르는 성가였다. 은은하고 경건한 노랫소리가 계곡 전체로 퍼져 나가는 동안 단테는 그 소리에 넋을 잃고 있었다. 다른 모든 영혼들도 경건하고 온화한 눈빛으로 하늘을 우러러보며 따라 불렀다.

노래를 끝마치고 나자 그는 창백하고 겸손한 자세로 말없이 하늘을 우러르며 무엇인가를 기다리고 있는 듯했다.

그때 불붙은 칼을 든 두 천사가 하늘로부터 내려오고 있는 것이 보였다. 천사가 든 칼은 볼품없는 것이었지만 그 어느 칼날보다 강하고 날카로워 보였다. 천사의 발끝까지 꼬리처럼 길게 늘어진 옷은 초봄에 갓 돋아난 풀잎처럼 연한 연둣빛이었다. 그 천사는 밝은 빛에 둘러싸인 채 은빛 날개를 우아하게 펄럭거렸다.

천사 하나는 무리의 약간 위쪽에 머물고 다른 하나는 맞은편 언덕 위에 내려앉아서 영혼의 무리가 두 천사 사이에 놓이게 했다. 천사들의 긴 금빛 머리카락 한 올 한 올이 또렷하게 보였다. 또 그 얼굴은 태양처럼 눈이 부셔서 정신이 아찔할 정도였다.

소르델로가 목소리를 낮춰 말했다.

"저 두 천사는 성모 마리아님께서 보내오셨습니다. 이제 곧 사탄이 보낸 뱀이 나타날 것이고 천사들은 그 뱀으로부터 영혼들을 보호하기 위해 은총의 등불을 밝힐 것입니다."

단테는 뱀이 나타날 것이라는 말에 몸을 움찔했다. 그 뱀이 어디에서 불쑥 튀어나올지 모르는 일이었으므로 잔뜩 긴장한 그는 사방을 두리번거리다가 베르길리우스의 어깨에 바짝 달라붙었다.

소르델로는 그런 단테의 모습을 바라보며 말을 이었다.

"자, 더 어두워지기 전에 골짜기로 내려가서 위대한 영혼들과 직접 이야기를 나누어야 할 것 같습니다. 그들 역시 두 분을 만나면 분명 반가워할 것입니다."

단테는 소르델로의 말을 들으며 겨우 두세 걸음을 옮겼을 뿐인데 어느새 영혼의 무리들 곁에 와 있었다. 그는 어리둥절하여 베르길리우스와 소르델로를 번갈아 바라보았다.

단테가 그러고 있는 사이 그 모습을 유심히 살펴보는 영혼 하나가 있었다. 그는 뭔가를 기억해내려고 애쓰는 듯했다. 사방에는 이미 어둠이 깔려 있었다. 그러나 차츰 어둠에 눈이 익자 처음에는 보이지 않던 것들이 서서히 그 모습을 드러냈다.

"여보게, 단테 아닌가? 날세, 니노!"

그는 단테에게 다가가 반갑게 포옹했다.

"뭐? 자네 정말 니노 판사란 말인가? 어디 얼굴 좀 보세!"

단테는 뜻하지 않은 친구를 만난 반가움에 그의 손을 꽉 움켜잡았다.

"니노 판사, 난 자네가 지옥으로 간 줄 알고 있었네. 그런데 자네가 연옥에 있었다니, 이 얼마나 기쁜 일인가!"

그때의 반가움이란 말로 다 표현하기 힘든 것이었다. 니노 비스콘티는 베아트리체의 남편으로서 사르데냐 섬 갈루라의 판사였다. 그는 자신의 외할아버지인 우골리노 백작과 피사에서 세력다툼을 벌였었다. 사르데냐에서 수도자 고미타를 처벌했기 때문에 그곳 사람들은 모두 그가 지옥에 떨어질 것이라고 수군댔었다.

니노 판사가 물었다.

"단테, 자네가 저 먼 바다를 건너 이 산기슭까지 온 지 얼마나 됐나?"

단테는 그의 물음에 사실대로 말해주었다.

"오, 나의 벗이여! 나는 고통과 슬픔으로 가득 차 있는 지옥을 거쳐 오늘 아침에야 비로소 이곳에 도착했다네. 하지만 나는 아직 살아 있는 첫 번째 삶에 속한 몸이라네. 제2의 삶을 얻기 위해 이렇게 순례를 시작하게 되었지."

단테의 말을 들은 소르델로와 니노는 깜짝 놀라 한 걸음 뒤로 물러섰다. 그들의 얼굴에는 당황스러움이 역력했다. 소르델로는 베르길리우스를 향해 뭔가를 묻기 위해 머뭇거렸고 니노는 곁에 앉아있는 자에게 소리쳤다.

"일어나라, 쿠르라도! 주님의 사랑으로 이루어진 결과를 경배하러 오라!"

이렇게 외친 니노는 이번엔 단테를 향해 말했다.

"인간의 지혜로는 알 수 없는 심오한 하느님의 성스러운 은총을 빌려 자네에게 부탁하네. 자네가 현세로 돌아가거든 부디 내 딸 조반나를 만나 주게. 그 아이에게 나를 위해 기도해 달라고 반드시 전해 주게. 하늘은 분명 죄 없는 사람들의 소원을 들어줄 게야."

단테는 고개를 끄덕이고 어렵사리 입을 열어 니노에게 말했다.

"니노, 한 가지 안된 소식을 전하는데…… 자네의 아내 베아트리체가 상복을 벗고서 밀라노의 갈라아초 비스콘티와 재혼했네."

니노는 고개를 끄덕이며 침울해했다.

"그 소식은 나도 들었네. 더 이상 나를 사랑하지 않을 테니 오히려 잘된 일이지. 하지만 애석한 일은 그녀가 조만간 다시 상복을 입게 될 것이라는 사실이네. 가엽게도 운명의 여신이 그녀에게 두 번씩이나 상복을 입게 하다니……."

니노는 재혼한 아내를 미워하기보다는 오히려 걱정하고 있었다.

"니노, 아내가 재혼한 사실을 알고 있으면서도 어떻게 그리 태연할 수 있나?"

니노는 한숨을 길게 내쉬었다.

"아니면 내가 무엇을 할 수 있단 말인가? 내 육신은 이미 땅속에 묻혀 썩고 있고 영혼은 이곳에 와 있는 걸. 여자의 사랑은 눈길과 손길로 계속 불을 붙이지 않는 한 오래지 않아 그 불꽃이 꺼지고 마는 법!"

단테 역시 동감했다.

'니노의 아내 베아트리체를 생각해보면 그 말에도 일리가 있다. 비록 이름이 같지만 사랑하는 나의 베아트리체만은 죽은 이후에도 날 걱정하여 천상에서 구원의 손길을 뻗어오고 있으니 얼마나 감사한 일인가!'

니노는 정의감에 젖어 한마디 덧붙였다.

"밀라노의 기사들을 싸움터로 몰아넣은 독사도, 갈루라의 수탉만큼 그녀를 위한 훌륭한 무덤을 만들어주지는 못할 걸."

니노가 말한 독사란 밀라노의 비스콘티 가문의 문장을 뜻하는 것이고, 수탉은 피사의 비스콘티 가문의 문장을 뜻하는 것이었다. 그의 말은 베아트리체가 재혼의 기념을 세상에 남기는 것은 정조의 기념을 남기는 것보다 더 불명예스러운 것이었으므로 그녀가 죽은 뒤 새 남편의 가문 밀라노의 비스콘티 가家에서는 그리 훌륭한 무덤을 만들어주지 않을 것이라는 말이었다.

단테는 미지의 것을 찾아 시선을 하늘로 옮겼다. 굴대 가까이의 수레처럼 느릿느릿 움직이며 반짝이는 별들을 바라보았다.

그때 베르길리우스가 단테에게 말을 걸었다.

"무엇을 그리 유심히 보고 있는가?"

"이쪽 남반구의 하늘을 온통 불태우고 있는 세 개의 큰 별을 보고 있습니다."

베르길리우스는 단테의 시선을 좇아 밤하늘을 올려다보았다.

"저 세 개의 큰 별은 각기 믿음, 소망, 사랑을 나타내는 것이라네. 자네가 오늘 새벽에 보았던 정의, 용기, 지혜, 절제의 밝은 네 개의 별이 수평선 너머로 달려가고 그 자리에 저 별들이 솟아오른 것이라네."

그때 소르델로가 베르길리우스를 끌어당기며 외쳤다.

"저길 보십시오. 우리의 원수가 있습니다."

그가 손가락으로 가리킨 곳에는 울타리도 쳐 있지 않은 조그만 분지에 뱀 한 마리가 똬리를 틀고 있었다. 아마도 하와에게 쓰디쓴 열매를 먹도록 유혹했던 바로 그 뱀이리라. 뱀은 싱그러운 풀과 향기로운 꽃 사이를 미끄러지듯 기어오며 이따금씩 머리를 쳐들고서 자기 등을 핥았다. 그 모습은 마치 털을 핥는 네 발 짐승과도 흡사했다.

그때 하늘을 찢는 날갯짓 소리가 들려왔다. 하늘의 천사들이 어떻게 움직여왔는지 보지 못했기 때문에 뭐라 설명할 수는 없지만 천사들의 날갯짓 소리를 들은 뱀은 혼비백산 도망쳐 버렸다. 그러자 천사들도 말없이 본래의 자리로 되돌아갔다. 니노의 부름을 받고 가까이 다가와 있던 영혼 쿠르라도는 천사가 그 뱀을 쫓고 있는 동안에도 단테의 얼굴만 빤히 쳐다보고 있었다. 그것을 눈치챈 단테는 달리 할 말을 찾지 못한 채 얼굴을 붉혔다.

그러자 쿠르라도가 먼저 입을 열었다.

"그대를 저 푸르른 꼭대기까지 인도하는 촛불에 필요한 만큼의 밀초가 당신의 자유의지 속에 가득 차 있으면 좋으련만……."

그가 말한 밀초란 하느님께서 내리시는 은총을 불태우기 위해 필요한 것으로 그 하느님의 은총을 끊임없이 불태우기 위해서는 각자의 의지 속에 충분한 밀초가 있어야 한다는 뜻이었다.

쿠르라도의 말로 미루어 보아 아마 그는 단테에게 많은 기대를 걸고 있는 것 같았다.

"그대가 만일 발 디 마그라 골짜기나 그 부근에 대한 소식을 알고 있다면 말해주시오. 나는 원래 그곳 영주였고 나의 할아버지는 쿠르라도 말라스피나라요. 나의 아버지께서는 당신의 부모님을 자랑스럽게 여기시고 조부의 이름을 나에게 물려주셨소. 난 우리 일가의 번영만을 꾀하고 지나치게 그 일에만 사랑을 쏟은 대가로 여기에서 죄를 씻고 있는 중이오."

단테가 그에게 대답했다.

"나는 아직 당신의 나라에 가 본 적이 없소. 그러나 유럽이 아무리 넓다한들 그 나라에 대해서 모르는 사람이 어디 있겠소. 당신 가문의 그 명성으로 모두가 영주를 찬양하고 있소. 백성들 또한 그런 자랑스러운 나라에서 살고 있다는 것에 대단한 자부심을 갖고 있소."

쿠르라도는 가슴에 십자성호를 그으며 기쁨을 감추지 못했다.

단테는 그의 모습을 흐뭇하게 바라보며 말을 이었다.

"당신의 일족은 아직도 용맹스럽고 정의로우며 자선에 앞장서고 있다오. 비록 지금 세상이 사악한 교황 보니파티우스 8세에 의해 정치투쟁이 심화되고 혼란스러운 상태지만 당신의 일족은 하느님의 보호하심을 받아 흔들리지 않고 오직 정의의 길을 걷고 있소."

쿠르라도는 기쁨의 눈물을 흘리며 단테의 장래를 위해 축복의 기도를 해 주었다.

"부디 당신들의 앞길에 하느님의 가호가 함께 하시길……. 백양궁白羊宮이 네 발로 버티고 걸터앉을 자리에 앞으로 태양이 일곱 번 눕기 전, 7년이 흐르기 전에 우리 말라스피나 가문은 당신의 찬사에 반드시 보답하게 될 것이오."

단테는 그의 말뜻을 이해하지 못하고 의아해하다가 설명을 부탁하듯 베르길리우스를 올려다보았다.

베르길리우스가 말했다.

"단테, 자네는 앞으로 닥칠 불행한 운명으로 인해 쿠르라도의 가문과 인연을 맺게 될 것이네. 자네에게 불행이 닥쳤을 때 그 가문에 신세를 지게 될 거라는 뜻이지. 아마도 그 순간이 오면 쿠르라도의 말이 생각날 걸세."

DANTE LA DIVINA COMMEDIA 09

두 개의 열쇠

늙은 남편의 품에서 벗어난 새벽의 여신 아우로라는 벌써 동쪽 언덕 위에서 희미하게 빛을 내고 있었다. 천갈궁天蝎宮은 전갈 모양을 이루는 별들이다. 그 별들이 찬란하게 빛나고 단테의 일행이 있는 남반구에는 밤이 두 걸음이나 성큼 올라와서 세 걸음째로 접어들 준비를 하고 있었다.

아담의 모습을 유산으로 물려받은 단테의 몸은 잠을 이기지 못하고 어젯밤 니노, 쿠르라도, 소르델로 그리고 베르길리우스의 곁 풀 위로 그대로 쓰러지고 말았다.

아침이 다가올 때면 옛날의 기억을 떠올리며 슬피 노래하는 제비가 있었다. 그 제비는 바로 필로멜라였다. 그녀는 언니 프로크테의 남편 트라키아의 왕 테세우스에게 능욕을 당했다. 테세우스는 필로멜라가 이 사실을 고백할까봐 그녀의 혀를 뽑아 버렸다. 그러나 그녀의 언니 프로크테가 이 사실을 알게 되었고 결국 필로멜라와 계략을 꾸며 자신과 테세우스 사이에서 낳은 아들 이티스를 죽여 요리하여 테세우스에게 먹

도록 만들었다. 그것이 가장 큰 복수라고 생각했기 때문이었다. 그러나 그 죗값으로 언니 프로크테는 꾀꼬리가 되었고, 동생 필로멜라는 제비가 되었다는 전설이 있다.

이렇듯 아침을 알리는 제비 울음이 들려올 때면 사람들의 정신은 육체를 떠나 멀리 방황하게 되고 판단을 할 수 있는 이성이 흐려지기 마련이라서 단테는 꿈속으로 빠져들었다.

갑자기 황금빛 날개를 가진 독수리가 나타났다. 그 독수리는 하늘을 덮을 듯 위용으로 날개를 펴고 쏜살같이 밑으로 내려올 기세였다.

단테는 갑자기 친구들과 이다 산에 사냥을 나갔다가 제우스가 보낸 독수리에 채여 올림포스로 끌려간 가니메데스를 떠올렸다. 가니메데스는 트로이 왕 트로스의 아들로서 그 용모가 수려하기로 소문이 자자했다.

제우스는 독수리를 시켜 그를 데려다가 신들의 술시중을 들게 했다. 지금 자신의 처지가 마치 가니메데스가 끌려간 이다 산 바로 그 자리에 있는 것 같은 착각이 들었다.

‘아마도 독수리는 먹이를 낚아채기 위해 저러고 있는 것이 분명해! 독수리의 날카로운 눈빛이 나를 향하고 있으니 어떻게 이곳을 빠져 나간단 말인가!’

단테가 그런 상념 속을 헤매고 있을 때 갑자기 베르길리우스의 목소리가 들렸다.

“그렇다네. 소르델로를 비롯한 다른 혼들은 남겨둔 채 그분이 직접 자네를 안고 이곳까지 왔다네. 그리고 나도 그분의 뒤를 따라 이곳에 도착하게 된 것이고, 루치아님은 자네를 바닥에 내려놓은 뒤 아름다운 눈빛으로 연옥으로 통하는 문을 가르쳐 주셨네. 그분이 사라지고 얼마 되지 않아 자네가 잠에서 깨어났지.”

모든 의문이 풀리고 나자 확신이 생기고 공포가 위안으로 바뀌었다.

단테가 안정을 되찾자 베르길리우스는 다시 연옥의 입구를 향해 오르기 시작했다. 단테는 허둥지둥 베르길리우스의 뒤를 따라갔다.

단테는 현세 육신을 지닌 존재로서 새 에너지를 그 그릇 속에 담기 위해서는 수면이 필요했다. 깊은 잠에 빠진 그는 차라리 의식을 잃은 순간이라고 할 것이 옳으리라! 그는 꿈을 통해 성녀 루치아의 독수리 화신에 의해 죄를 하나하나 씻어내는 정화의 입구까지 다다를 동안의 과정을 이미 느낄 수 있었다.

두 사람은 드디어 바위가 갈라진 틈새에 이르렀다. 그러나 그곳은 바위의 틈새라기보다는 당초 성벽이었던 것을 정확하게 둘로 쪼개놓은 것처럼 보였다. 갈라진 틈 사이로는 웅장하고 견고해 보이는 문이 하나 있

었다. 그리고 그 문 밑으로는 각각 색깔이 다른 세 개의 돌계단이 놓여 있었다.

돌계단 맨 꼭대기에는 문지기가 서 있었다. 그는 단테 일행이 다가갈 때까지 말없이 지켜보기만 했다. 단테는 그 문지기의 얼굴을 보려 했지만 문지기가 뽑아 든 칼날이 너무도 눈이 부셔서 눈을 똑바로 뜰 수가 없었다. 단테는 몇 번이나 그와 얼굴을 마주치려고 시도했지만 소용없는 일이었다. 너무 눈이 부셔서 저절로 흘러내린 눈물을 손등으로 닦아낼 뿐!

그때였다. 문지기가 허공에서 칼을 한 번 휘두르더니 위엄 있는 목소

리로 말했다.

“너희들은 무엇 때문에 이곳에 왔느냐? 그곳에 멈춰서서 대답하라. 또 연옥에 올 자들이 아닌 듯싶은데 안내자가 누구냐? 함부로 올라가면 위험하니 조심하라.”

문지기의 물음에 베르길리우스가 나서서 대답했다.

"우리의 안내자는 성녀 루치아님입니다. 그분이 우리를 이곳까지 안내하여 연옥 문이 있는 곳을 알려주고 떠났습니다."

그러자 문지기는 조금 전과는 달리 부드러운 표정으로 점잖게 말했다.

"그렇다면 돌계단이 있는 곳으로 가까이 오라. 그분이 너희들을 복된 곳으로 인도해 주기를 바란다."

단테는 설렘과 두려움을 동시에 안고 베르길리우스와 함께 돌계단으로 다가갔다. 첫째 계단은 백옥보다 더 희고 투명한 대리석으로 사물의 모습이 거울처럼 훤히 비춰질 정도였다. 둘째 계단은 거칠게 구워진 자줏빛 돌계단으로 가로세로에 금이 가 있었다. 마지막 셋째 계단은 맨 위층이었고 묵직한 얼룩무늬 바위로 되어 있었다. 그리고 색깔이 방금 쏟아져 나온 핏물처럼 붉었다.

문지기는 맨 위층 계단에 두 발을 내려놓고 문지방에 앉아 있었다. 얼핏 보기에 그 문지방은 금강석으로 되어 있는 듯했다. 단테는 베르길리우스의 손에 이끌려 그 세 계단을 올라갔다. 마지막 발을 세 번째 계단 위로 내딛는 순간, 베르길리우스가 단테의 귀에 대고 속삭였다.

"문지기에게 빗장을 따 달라고 겸손한 태도로 청하게."

단테는 베르길리우스의 말에 따라 문지기의 발밑에 엎드린 다음 자비하심으로 문을 열어 달라고 간청했다. 그런 뒤 생각과 말과 행실에 대한 세 가지 죄를 뉘우치는 고백의 표시로 가슴을 세 번 두드렸다.

"제 탓이요, 제 탓이요, 저의 큰 탓입니다."

백옥의 흰색, 금이 가 있는 자주색, 핏빛의 붉은색은 살아가면서 알게 모르게 순백에 물들여 짓게 되는 죄의 상징적 고유 의미였다. 단테는 이 죄의 대가를 겸손히 고백의 기도를 통해 참회했던 것이다.

단테의 모습을 지켜보고 있던 문지기는 그의 이마에다 칼끝으로 알파

벳 P자를 일곱 개 썼다.

문지기가 쓴 P자는 일곱 가지 큰 죄로써 교만, 질투, 분노, 태만, 탐욕, 탐식, 음란을 뜻한다. 이것들은 모두 지옥에 떨어질 만한 죄악을 상징하는 것이었다.

문지기가 단테를 향해 말했다.

"문 안으로 들어가거든 반드시 이 상처를 하나하나 씻어내도록 하라."

문지기는 타다 남은 잿빛 같기도 하고 메마른 흙빛 같기도 한 옷자락 밑에서 두 개의 열쇠를 꺼냈다. 하나는 흰빛이고 다른 하나는 누런빛이었다. 문지기는 그것을 단테의 손에 쥐어 주었다.

"연옥 문을 지키시는 근엄하신 천사여! 이 두 개의 열쇠는 무엇이옵니까?"

"황금 열쇠는 인간의 죄를 사赦하시는 하느님의 권능의 열쇠이고, 은 열쇠는 참회하는 자를 판단하는 사제의 재량을 표시하는 열쇠이다. 열쇠 중 하나라도 자물쇠에 맞지 않아 열리지 않는다면 너희는 연옥으로 결코 들어갈 수가 없다."

문지기는 연옥 문을 가리키며 단테에게 문을 열도록 했다. 단테는 머뭇거리면서 베르길리우스에게 도움의 눈길을 보냈다. 베르길리우스는 그의 등을 두드리며 용기를 주었다.

"단테, 너무 염려하지 말게. 은 열쇠가 비록 매우 정교하지만 그것을 사용하는 자의 마음 상태에 따라 무엇이든 열 수 있는 열쇠로 바뀐다네. 또한 황금 열쇠는 특별히 귀중한 열쇠로서 구세주 예수 그리스도의 피로 원죄의 사함을 받는 열쇠라네. 자, 용기를 내게. 하늘에서 우리를 돕고 계신 분들을 생각하면서……."

단테는 몇 번 심호흡을 한 뒤 문으로 다가가 은 열쇠를 꽂았다. 그리곤 떨리는 손으로 돌렸다. 그러자 신기하게도 '스르르' 돌아가는 것이 아닌가! 순간 단테의 손에서 진땀이 났다. 그는 바지 자락에 손바닥을 문지른 뒤 이번에는 황금 열쇠를 문에 꽂고 돌렸다.

황금 열쇠 역시 부드럽게 돌아가면서 '찰칵' 소리를 냈다. 단테는 기뻐서 환호성이라도 지르고 싶었지만 베르길리우스와 문지기 천사가 지켜보고 있었기 때문에 환한 미소만 지어 보냈다.

"수고했네, 단테."

베르길리우스도 환한 미소로 대답해 주었다.

문지기는 단테의 일행을 문 안으로 들여보내기에 앞서 충고했다.

"이제부터 내가 하는 말을 가슴에 잘 새겨 두어라. 이 문을 지나 안으로 들어간 뒤에는 절대로 뒤돌아봐서는 안 된다. 만약 누구든 뒤를 돌아본다면 하느님의 은총을 잃게 될 것이다. 잘 알겠느냐?"

단테는 고개를 끄덕이며 문지기 천사의 당부를 입 속에서 한 번 더 되뇌었다.

"절대 뒤를 돌아다봐서는 안 된다……."

단테 일행은 연옥 문 앞에 서서 그 성스러운 문을 힘껏 밀었다.

튼튼한 굴대가 소리를 내며 돌쩌귀 속에서 돌았다. 그 소리가 어찌나 요란하던지 마치 로마의 호민관 메텔루스의 반대를 물리치고 시저의 군자금으로 쓰기 위해 타르페이아 언덕의 보물을 훔칠 때 언덕에 있던 사트르누스 신의 신전이 냈던 굉음도 이보다는 못할 듯싶었다.

그때 연옥의 문 안쪽에서 '주 하느님, 당신을 찬미하나이다'라는 노래가 들렸다. 그 성가는 아침 기도나 장엄한 행사 때 부르는 것이었는데 지금의 이 노랫소리는 마치 꿈결에서처럼 아름답고 아득하게 들렸다.

DANTE LA DIVINA COMMEDIA 10

하느님의 조각품

드디어 단테 일행은 그 문을 열고 연옥을 향해 첫발을 내딛게 되었다. 설레는 마음으로 연옥의 문턱을 넘어서자마자 뒤쪽에서 요란한 굉음으로 문이 닫히는 소리가 들렸다. 단테는 그 소리에 놀란 나머지 순간적으로 뒤를 돌아다볼 뻔했다. 일순간 베르길리우스가 그의 손을 움켜잡았다.

"단테! 벌써 문지기 천사의 충고를 잊었는가?"

그제야 비로소 문지기의 충고를 떠올린 단테는 안도의 숨을 내쉬며 가슴을 쓸어내렸다. 만약 자신이 뒤를 돌아봤다면 그 실수를 보상할 만한 다른 방법이 과연 있었을까……!

베르길리우스와 단테는 갈라진 바위틈으로 걸어갔다. 그 바위는 양쪽이 심하게 울퉁불퉁하여 마치 사납게 춤추는 파도 같았다. 단테는 그곳을 어떻게 지나가야 할지 몰라 그 자리에 우뚝 멈춰선 채 고민에 빠졌다. 그러자 베르길리우스가 안내자답게 지나가는 방법을 설명해 주었다.

“여기를 지나가는 데는 약간의 요령이 필요하네. 상황과 형편에 맞춰서 몸을 이리저리 움직이고 될 수 있는 대로 바위가 우묵한 쪽으로 몸을 붙이게.”

단테가 베르길리우스의 말에 따라 바위틈을 걸으려니 더디기 짝이 없었다. 이지러진 조각달이 벌써 수평선 너머 자리에 누웠는데도 그들은 아직 그곳을 빠져나오지 못하고 있었다. 지옥의 문은 넓고 열려 있었던 반면 연옥의 문은 지키는 자들이 엄했고 들어간 뒤에도 바늘구멍처럼 좁고 험한 길이 계속 이어져 있었다.

마침내 산이 뒤로 물러서고 앞이 탁 트인 곳에 이르러서야 겨우 한시름 놓을 수 있었다. 그러나 단테는 지칠 대로 지쳐 있었기 때문에 앞으로 헤쳐 나갈 길에 대해 자신감을 상실하고 있었다. 베르길리우스와 그는 사막의 길보다도 더 고독하고 황량한 벌판을 눈앞에 둔 양 누가 먼저랄 것도 없이 우뚝 멈춰서고 말았다.

눈앞에 펼쳐진 그 길은 하늘 끝까지 닿아 있었다. 양옆에는 사람 키의 세 배를 훨씬 넘긴 절벽이 마치 추녀 끝 모양으로 치솟아 있었다. 단테는 베르길리우스에게 물었다.

“스승님, 도대체 이 길은 어디로까지 이어져 있습니까?”

“이 연옥의 산은 문에서부터 천국으로 이르기까지 이와 같은 길이 띠처럼 끝없이 이어져 있네. 길은 전부 일곱 개인데 길과 길 사이에는 가파른 절벽과 돌층계가 놓여 있지. 연옥에 있는 영혼들은 모두 이 길을 돌면서 각자 자신의 죗값을 치러야만 비로소 죄를 씻고 천국에 오를 수가 있는 거지.”

두 사람은 그 자리에 꼼짝 않고 서서 깎아지른 듯 솟아 있는 절벽을 바라보았다. 그때 절벽 안쪽으로 흰 대리석에 새겨져 있는 조각이 보였다. 그 장식은 그리스의 조각가 폴리클리투스는 물론이요, 자연조차도 무색할 정도의 위대한 솜씨였다.

오랜 세월 동안 사람들이 눈물로써 구해온 평화, 기나긴 금단을 풀고 천국의 문을 연 평화, 그 평화를 지상에 알리러 온 천사, 바로 그 가브리엘의 모습이 대리석에 새겨져 있었다. 평화가 넘쳐흐르는 그 모습에선 당장이라도 입술을 움직여 '은총을 가득 받은 이여, 기뻐하라. 주께서 너와 함께 하신다'라고 말할 것만 같았다.

그 옆에는 거룩한 하느님의 말씀에 순종하여 동정녀의 몸으로 예수 그리스도의 어머니가 된 마리아의 모습까지 새겨져 있었다. 마리아는 마치 '저는 주님의 종이옵니다. 지금 말씀대로 저에게 이루어지기를 바라나이다'라고 말하고 있는 듯했다.

단테가 넋을 잃고 그 조각들을 주시하느라 미동도 않자 베르길리우스가 주의를 주었다.

"그렇게 한곳에 넋을 잃는 것은 결코 좋은 일이 아니네."

단테가 서 있던 곳은 베르길리우스의 왼편이었다. 단테가 시선을 옮겨 마리아의 뒤쪽을 보고 있었다. 그곳은 바로 베르길리우스가 서 있는 곳이기도 했다.

그곳 절벽에는 또 다른 조각이 새겨져 있었다. 호기심이 발동한 단테는 그것들을 좀 더 자세히 보기 위해 조각 앞으로 다가갔다. 그것은 계명을 담은 법궤가 실린 수레와 그 수레를 끄는 소의 모습이었다. 그리고 그 궤 앞에는 모두 일곱 성가대로 나뉘어서 노래를 부르고 있는 사람들의 조각이 있었다.

순간 단테는 몹시 혼란스러웠다. 비록 자신의 귀에는 그들의 노랫소리가 들려오지 않았으나 눈에서는 그들이 마치 노래하는 것처럼 보였다. 또한 그곳에 새겨진 향로의 분향으로 연기가 피어오르는 것 같았기 때문이다.

“스승님, 도저히 제 눈을 믿기가 힘듭니다. 그동안 훌륭한 조각가들의 작품을 많이 봐왔었지만 이처럼 훌륭하고 생생한 조각은 지금껏 한 번도 본 적이 없습니다.”

경이로움에 가득 찬 단테의 말을 들은 베르길리우스는 가볍게 미소를 지었다.

“그거야 물론이지. 이 조각품들은 모두 하느님께서 직접 창조하신 것들이라네. 그러니 인간들의 작품과는 견줄 수 없는 것이 당연한 일이지!”

단테는 고개를 끄덕이면서 다음 조각품으로 시선을 옮겼다. 법궤 앞에는 옷자락이 흘러내려 알몸이 드러날 정도로 흥겹게 춤을 추고 있는 사람이 조각되어 있었다.

“스승님, 저분은 도대체 누구이기에 저토록 행복한 표정을 짓고 있습니까?”

“그는 시편을 지은 다윗 왕이라네.”

단테는 그 조각이 다윗 왕을 나타낸 것이라는 소리를 듣고 웃음을 터뜨리고 말았다. 평소 다윗 왕이라고 하면 근엄한 표정과 행동 하나하나까지 장중함을 갖춘 인물로만 상상했기 때문이다. 단테는 가까스로 웃음을 참으며 베르길리우스에게 말했다.

“왕의 흐트러진 모습을 보니 저절로 웃음이 나와 참을 수가 없었습니다. 그러나 한편 생각해보니 다윗 왕에게는 오히려 저런 모습이 더 잘 어울릴 듯싶습니다. 그분은 하느님을 찬양하며 언제나 주님께 영광을 돌렸던 겸손한 분 아니십니까?”

베르길리우스는 고개를 끄덕이며 미소만 지을 뿐이었다.

한편 다윗 왕의 맞은편에는 사울의 딸이며 다윗 왕의 부인 미갈의 모습이 새겨져 있었다. 그러나 궁전의 창가에 서서 슬픈 표정을 짓고 있었다.

"스승님, 다윗 왕은 저렇듯 기쁘게 춤을 추고 있는데 어찌하여 왕비인 미갈은 금세 눈물이라도 흘릴 듯이 슬픈 표정을 짓고 있는 것입니까?"

"다윗 왕이 기쁨에 넘쳐 하느님의 궤 앞에서 춤을 추자 미갈은 체통을 잃는 행위라며 큰 소리로 비웃었다네. 그래서 하느님의 노여움을 사게 되었고 그 죄로써 일생 동안 아이를 낳지 못하는 벌을 받게 된 거지. 미갈은 그렇게 하루하루를 슬픔과 괴로움으로 보내다가 생을 마치고 말았다네."

단테는 고개를 끄덕이며 혀를 찼다. 그러다가 미갈 뒤쪽으로부터 희게 빛나는 또 하나의 장면을 보려고 조각 가까이로 다가갔다. 그 조각에는 로마 군주의 영광스런 업적이 한 편의 그림으로 엮어져 있었다.

맨 앞에는 교황 그레고리우스 1세에게 위대한 승리를 안겨 준 로마 황제 트라야누스의 빛나는 영광이 새겨져 있었다. 여기서 위대한 승리란 죽어서 지옥에 떨어진 트라야누스의 영혼을 교황 그레고리우스 1세의 간절한 기도로써 천국으로 올라가게 한 사실이었다.

다음에는 말을 타고 있는 트라야누스 황제 곁에서 말고삐를 붙잡은 채 울고 있는 여인의 모습이 새겨져 있었다.

"스승님, 기사들이 황제를 둘러싸고 엄중하게 호위를 하고 있는데도 그 사이를 뚫고 들어와 눈물로써 호소하고 있는 저 여인은 도대체 누구입니까?"

"그녀는 자식을 억울하게 잃은 과부라네. 어느 해, 원정을 떠나기 위해 나선 트라야누스 황제 앞에 한 여인이 울부짖으며 가로막았다네. 그녀의 옷은 갈가리 찢겨져 있었고 머리는 산발된 채였었지. 그 모습을 본 트라야누스 황제는 여인에게 앞을 가로막은 이유를 물었다네. 그러자 가련한 여인은 자신의 아들이 억울하게 죽은 사정을 얘기하면서 황제의 말고삐에 매달려 애원을 했지. '폐하, 죽은 제 아들의 원수를 갚아 주소서. 저는 죽은 아들의 원한 때문에 가슴이 갈기갈기 찢기는 고통 속에서 하루하루를 살아가고 있습니다' 그러자 '내가 원정에서 돌아올 때까지 기다려라. 이기고 돌아온 뒤 네 아들의 원수를 반드시 갚아 주겠다' 그러나 그 과부는 여전히 말고삐를 놓지 않은 채 매달렸지. '그렇지만 폐하, 만약 폐하께서 돌아오지 못하시면 어떡합니까?' 트라야누스는 확신에 찬 목소리로 다시 대답했다네. '내가 돌아오지 못한다면 내 뒤를 이을 대리자가 대신 갚아 줄 것이다' 그러자 그녀는 '만약 폐하께서 선과 덕을 베푸심을 잊으신다면 다른 이의 선행이 폐하께 무슨 공덕이 되겠습니까?'라고 말하면서 막무가내로 매달렸지. 그 다음에 어떻게 되었을 것 같나?"

단테는 베르길리우스의 갑작스런 질문에 몹시 당황하여 우물쭈물했다.

"글쎄요. 여인을 뿌리치고 그냥 원정을 떠났거나 아니면 기사들 중 한 명을 시켜 대신 원수를 갚게 하지 않았을까요?"

단테는 간신히 대답을 해 놓고서 얼굴이 달아오르는 것을 느꼈다. 베르길리우스가 자신의 답변에 실망했다는 듯 고개를 내저었기 때문이다.

"트라야누스는 말했다네. '안심하라. 지금 떠나기 전에 네 소원을 들어주마. 정의가 원하는 바이고 자비가 나를 붙드는 구나' 말을 마친 트라야누스는 곧장 그 여인의 원수를 갚기 위해 떠났고 일을 끝낸 후에야

비로소 원정에 올랐다네."

단테는 이토록 깊은 겸양을 나타내는 조각들을 넋을 잃고 바라보다가 이 훌륭한 작품을 만드신 이를 떠올리고는 너무나 감사한 나머지 기쁜 마음에 가슴이 뛰었다.

베르길리우스가 가볍게 이름을 불러 이성을 일깨워 주었다.

"단테, 저쪽을 보게. 우리가 있는 곳을 향해 많은 영혼들이 걸어오고 있네. 저들이 우리를 돌계단으로 안내해 줄 것이네."

사람의 눈이란 대개 새롭고 신비한 것에 빠지는 습성이 있다. 조각을 감상하며 황홀경에 빠져 있던 단테는 시선을 돌려 스승이 가리키는 곳을 바라보았다.

깨끗한 몸이 되려면 어떠한 빚일지라도 갚아야 한다. 하느님께 지은 죄의 대가가 얼마나 혹독한지 알게 되었더라도 결코 회개의 결심을 버리지 말아야 한다. 치르게 될 죗값의 고통에 대해 미리부터 겁을 집어 먹고 회개의 길에서 벗어나서는 결코 안 된다. 짧은 생애 동안의 고통은 저 어두운 세계에서의 영원한 고통에 비하면 아무것도 아니기 때문이다.

마음의 고통이 끝난 후 오게 될 결말을 생각해 보라. 누구나 죄를 씻는 괴로운 고난의 길을 걸은 후에는 마침내 천국의 축복을 누릴 수 있다. 또한 그 고통이 아무리 심하다 할지라도 최후 심판의 날까지 지속되지는 않는다. 특히 연옥에 있는 영혼들은 그때가 되면 하느님의 은총을 입어 모두 구원받게 되리라.

단테는 베르길리우스에게 말했다.

"스승님, 우리 쪽으로 다가오고 있는 것은 아무래도 사람이 아닌 듯싶습니다. 사람임을 분간할 만한 형상이 없을 뿐 아니라 저것이 무엇인지조차 알기 어렵습니다."

"저들은 분명 사람이라네. 그러나 자신들이 지은 죗값을 치르느라 머리가 땅바닥에 닿을 정도로 허리를 굽히고 있는 거지. 나도 처음에는 내 눈을 의심했었네. 그러나 바위를 등에 지고 오는 저자를 자세히 보게. 그동안에 자신이 지은 죄를 뉘우치며 가슴을 치고 있잖은가!"

단테는 이맛살을 찌푸리며 베르길리우스에게 물었다.

“저들은 무슨 죄를 지었기에 저렇게 비참한 모습으로 벌을 받고 있는 것입니까?”

“저들은 주일을 잘 지켜 교회에 나가고 스스로 그리스도교인임을 자처한 자들이라네. 그러나 교만함으로 마음이 병들어 뒷걸음질을 치고 있으면서도 그것을 미처 깨닫지 못한 채 평생을 살았지.”

“심판 날을 향해 한 걸음씩 나아가는 것이 바로 인생이라는 사실을 저들은 모르고 있었군요.”

베르길리우스는 고개를 끄덕였다.

“그렇다네. 그런데도 저 어리석은 사람들은 하늘 높은 줄 모르고 자신의 믿음만 최고로 내세웠지. 그런 사람들이 자기가 얼마나 부족한지 어떻게 알 수 있었겠나!”

단테는 교회의 벽화나 조각 중에서 천장이나 지붕을 받치는 기둥 대신 무릎을 가슴에 붙인 채 웅크리고 있는 사람의 모습을 본 적이 있었다.

단테는 그런 그림이나 조각을 볼 때마다 심한 혐오감에 빠지곤 했었는데 그와 똑같은 모습이 바로 그의 눈앞에 펼쳐지고 있었다. 등에 진 짐의 많고 적음에 따라 구부러진 모습이 약간의 차이는 있었으나 그중 가장 잘 견딜 것 같은 사람조차 울상이 되어 외치고 있는 듯했다. ‘이젠 더 이상 못 참겠습니다!’라고…….

DANTE LA DIVINA COMMEDIA 11

고만의 대가

"알파요, 오메가이며, 시작이요, 끝이시며 창조하신 모든 피조물에게 큰 사랑을 베푸시는 하느님 아버지! 당신께서 모든 피조물들에게 생명을 불어넣어 주셨으니 저희들이 감사드림이 마땅합니다. 주님, 당신께 찬미와 영광을 돌릴 수 있도록 저희에게 평화의 은총을 베풀어 주소서! 저희는 하느님 아버지의 사랑과 보호 없이는 아무것도 할 수가 없습니다. 천사들이 당신을 찬양하는 노래를 부르며 영광과 찬미 드림과 같이 저희들도 그처럼 마음을 바치게 하소서. 오늘도 저희에게 일용할 양식을 주소서. 옛 이스라엘 민족이 이집트를 탈출하여 광야에서 굶주릴 때 은혜로 주셨던 그 만남을 저희에게도 내려 주소서. 저희들은 오늘도 사탄의 유혹에 빠져 아버지의 마음을 아프게 하는 나약한 존재에 불과합니다. 저희가 저희에게 죄지은 자를 용서하듯이 저희의 죄를 용서하여 주시고, 사탄의 유혹에 빠지지 않도록 악에서 구원하소서! 사랑하는 하느님 아버지, 저희 뒤에 남은 영혼들을 위해 간절한 소망으로 기도 드리오니 부디 기쁘게 허락하옵소서."

영혼들의 무리는 자신들과 두 사람을 위해 이렇게 기도문을 외우면서 무거운 짐을 지고 걸어가고 있었다. 그들의 모습을 지켜보고 있자니 꿈속에서 가위 눌릴 때가 생각났다. 영혼들은 자신이 지은 죄에 따라 그 무게가 각기 다른 고통에 시달릴 대로 시달려 숨을 몰아쉬고 있었다. 단테는 상념에 빠졌다.

'세상에서 지은 죄를 씻으면서 걸어가고 있는 연옥의 영혼들이 스승 베르길리우스와 나를 위해 기도해 주고 있다니……. 세상에서 하느님의 은총을 받으며 선하게 살아가고 있는 사람들은 연옥에 있는 영혼들을 위해 과연 무슨 기도를 하며 무엇을 해야 할 것인가!'

단테는 생각을 한참 하다가 결국 혼란에 빠지고 말았다.

한동안 말없이 앞만 보고 걷던 베르길리우스는 고통스러워하고 있는 연옥의 영혼들에게 다가가 말을 걸었다.

"하느님의 정의와 사랑이 그대들의 무거운 짐을 거두어 주시어 그대들의 영혼이 날고 있는 새처럼 가벼워질 수 있다면 좋으련만……. 그렇게만 될 수 있다면 따사로운 햇살을 받으며 하느님의 왕국으로 날아오를 수 있을 텐데……."

영혼들은 잠시 자리에 멈춰서서 자신들을 동정하는 베르길리우스에게 감사의 답례를 했다.

"저희들의 앞길을 빌어주시니 어떻게 감사를 드려야 할지 모르겠군요. 어진 분이시여, 하늘에 쌓은 은공이 얼마나 크고 높기에 '죄의 짐'없이 이렇듯 꼿꼿하게 걷고 계십니까?"

그들의 눈에는 베르길리우스를 향한 부러움과 존경의 빛이 가득 했다. 베르길리우스는 단테의 어깨에 손을 얹어 조금 앞으로 서게 하더니 그들에게 소개했다.

"여기 이 사람은 영혼이 아니라 육신의 갑옷을 그대로 입고 있는 온전한 사람이오."

순간, 영혼들은 괴로움의 신음 소리마저도 훅 들이마신 채 눈을 휘둥그레 떴다.

베르길리우스는 그들의 반응에도 대수롭지 않다는 듯 계속 말을 이어 나갔다.

"살아 있는 육체를 이끌고 걷다 보니 마음은 급한 데도 걸음은 더디기 그지없소. 영혼들이여, 가르쳐 주시오. 어느 쪽으로 가야만 층계가 있는 곳에 도착할 수 있는지를 말이오. 만약 길이 여러 갈래라면 그중 가파르지 않고 제일 오르기가 쉬운 길로……."

영혼의 무리들 중 누군가가 침묵을 깨고 대답했다.

"이 기슭을 따라 저희와 함께 오른쪽으로 가면 됩니다. 그러면 육신을 가진 사람일지라도 그리 어렵지 않게 오를 수 있는 길이 나옵니다. 교만을 다스리는 바위 때문에 비록 얼굴을 숙이고 있지만 두 분의 모습을 한 번 보고 싶습니다. 제가 아는 분들이 아닐지라도 당신들이 바라보는 연민의 눈빛만으로도 위안을 얻을 수 있을 것 같습니다."

그 영혼은 고통 속에서도 예절과 정중함을 잃지 않고 있었다.

단테는 무리를 둘러보며 그에게 물었다.

"당신은 누구요? 지금 어디에서 말하고 있는 것입니까?"

"부끄러워 앞에 나서지 못함을 이해하십시오. 저는 이탈리아 사람으로 위대한 토스카나의 아들 옴베르토라고 합니다."

"그럼, 당신이 산타피로르의 영주 굴리엘모 알도부 데스코의 아들이란 말이오?"

그의 아버지는 기벨린당의 정의롭고 열렬한 지지자였으며 시에나와의 전쟁 중 캄파냐티코 전투에서 분투한 사람이었다. 단테가 아는 체를 하자 옴베르토는 긴 한숨을 내쉬었다.

"당신도 저의 가문과 아버지의 명성에 대해 익히 알고 있는 모양이군요. 하지만 저는 유서 깊은 혈통과 훌륭한 업적 때문에 더욱 교만해져 결국 죽은 이후 이렇게 대가를 치르고 있습니다. 저는 어리석게도 인간은 누구나 흙으로 지어졌다는 것을 모른 채 세상 사람들을 경멸하며 살았습니다. 저의 죽음에 대해서는 시에나인들은 물론 캄파냐티코의 어린 아이들까지도 모두 알고 있지요."

그러나 단테는 그에 대해 아무런 말도 들어 본 적이 없었기 때문에 조용히 그의 말에 계속 귀를 기울였다.

옴베르토는 잠시 말을 끊었다가 다시 이었다.

"교만 때문에 재난을 입은 사람은 저뿐만이 아닙니다. 저희 일가一家 모두가 그 때문에 불행을 겪고 있지요. 그래서 저는 하느님께서 거룩한 은총을 베풀어 주실 때까지 이 무거운 짐을 지고서 이곳을 걸으며 속죄해야만 합니다."

옴베르토의 말을 들은 단테는 스스로의 교만을 반성했다.

그때 어떤 사나이가 꼼짝도 못할 만큼 무거운 짐 밑에서 몸을 뒤틀더니 간신히 두 눈을 치켜뜨며 단테를 훑어보았다.

"혹시 그대는 단테가 아닌가?"

단테는 깜짝 놀랐다. 이곳에서 자신의 이름을 부르는 자가 있다니……. 단테는 그의 얼굴을 보기 위해 허리를 굽혔다. 그 영혼의 얼굴과 마주친 순간, 단테는 반가움의 탄성과 더불어 안타까움을 금할 수가 없었다.

"여보게, 오데리시! 아곱비오의 자랑이며 파리에서도 최고의 정밀화

가로 손꼽히던 자네가 여기 있다니……."

단테가 자신을 알아보자 오데리시는 흡족한 미소를 지었다.

"무슨 소리! 나보다는, 나의 제자이며 후배인 프랑코가 훨씬 훌륭하지. 나에 대한 모든 영광은 모두 그의 것이지 결코 내 것이 아닐세. 그러나 불행하게도……."

회개의 눈물로 목이 메어서인지, 눈을 뜨고 있기가 힘들어서인지 오데리시는 잠시 고개를 숙인 채 말을 멈췄다.

"불행하게도 나는 살아 있을 때 그것을 깨닫지 못했다네. 오로지 남을 앞지르려는 욕망에만 눈이 멀어 이런 겸손한 말을 해 본 적이 없으니……."

단테는 친구가 진정으로 회개하는 모습을 보게 되어 가슴이 뭉클해졌다.

"오데리시, 그래도 자네는 살아 있을 때 자신의 죄를 깨닫고 조금이나마 뉘우쳤기에 이곳으로 올 수 있었던 것 아닌가! 그리고 자신의 죗값 또한 온몸으로 톡톡히 치르고 있고……."

"아, 인간의 영광이란 얼마나 허무한지 모른다네!"

오데리시는 단테의 위로에 고마워하면서 계속 말을 이었다.

"세상의 시간이 거꾸로 흐르지 않는 한, 후배들의 예술은 선배들의 영광을 앞지르기 마련이라네. 그래서 처음 돋은 나뭇잎은 나중 것보다 빨리 시드는 법이지."

단테도 고개를 끄덕이며 그의 말에 수긍했다.

"하긴 자네 말이 맞네. 피렌체 파의 대가이며 지오토의 스승이었던 치마부에를 보게. 그는 한때 미술계의 기린아로 화단의 왕좌를 차지하지 않았나? 그러나 지금은 지오토가 그 명성을 대신하고 있고 치마부에의 이름은 이미 사람들의 기억 속에서 희미하게 사라지고 있다네."

단테의 말을 듣던 오데리시는 혀를 차며 고개를 내저었다.

"그러나 지오토의 명성 또한 오래가지 못할 걸세. 벌써 그의 명성을 이을 자들이 앞다투어 나서고 있네."

앞일을 내다볼 수 있는 능력을 가진 영혼이어서인지 그는 확신에 찬 표정으로 말했다.

"지오토가 치마부에의 명성을 대신했듯이 구이도 카발칸티가 구이도 구이니첼리의 문학적 명성을 대신하고 있지만 그 또한 오래지 않아 퇴색할 걸세."

구이도 구이니첼리는 이탈리아에서 최고로 손꼽힐 만큼 유명한 시인이다. 그래서 단테 또한 그를 스승으로 모시며 작품 읽기에 열과 성을 다했었다. 그러나 오데리시의 예언이 충격적임에도 그것을 받아들일 수밖에 없었다.

영원한 왕좌는 없는 법! 치마부에와 구이도 구이니첼리가 그랬듯 구이도 카발칸티도 결국 그 자리에서 내려앉아야만 할 것임을 알고 있었다. 아니, 어쩌면 그보다 훨씬 뛰어난 시성詩聖이 이미 서서히 날개를 펼치고 있을지도 모를 일이었다.

오데리시는 계속 말을 이었다.

"세상의 명성이란 한낱 바람과 같은 것! 이쪽에서 부는가 싶다가도 금세 방향을 바꾸어 다른 쪽에서 불어오지. 그리고 바람의 방향이 바뀔 때마다 그 명성의 주인공들도 바뀌기 마련이라네. 한 사람의 명성이 천 년쯤 계속된다고 가정해보세. 그러나 그 천 년이란 시간도 상대적인 것에 불과해서 여유 있게 돌아가는 하늘의 궤도에 비한다면 고작 눈 한 번 깜박일 정도의 시간에 불과하다네."

그렇게 보잘것없는 명성을 얻기 위해 단테는 그동안 얼마나 고통스러워했던가! 그는 지난날을 돌이켜보며 쓴웃음을 짓지 않을 수 없었다. 결국 단테도 지옥이나 연옥에서 죗값을 치러야 할 죄인에 불과했던 것이다. 그러나 이런 깨달음을 얻을 수 있는 기회를 준 베아트리체와 베르길리우스에게 감사하는 마음이 가슴 저 밑바닥으로부터 깊이 밀려옴을 느꼈다.

영혼의 무리는 서서히 걸음을 옮기기 시작했다. 단테는 그들과 함께 천천히 걸으며 오데리시에게 물었다.

"우리 바로 앞쪽에서 느릿느릿 힘겹게 걷고 있는 저 사람은 누군가?"

오데리시는 눈을 치켜뜨고 앞사람을 확인한 뒤 말했다.

"자네도 저 사람에 대해서는 익히 들어 알고 있을 거네. 저 사람은 기벨린당의 수령 프로벤찬 살바니네. 한때 그 세력이 대단하여 토스카나에까지 미쳤고 몬타베르티 전투에서 큰 공을 세워 명사가 되었잖은가. 그러나 콜레 전투에서 포로가 되어 불행히도 참수형을 당했고 시간이 흐른 지금은 아마 시에나에서조차도 그의 이름을 듣기가 힘들 걸세."

단테는 그의 말을 듣고 과거의 기억을 떠올렸다.

"맞아. 프로벤찬 살바니가 시에나의 수령이었을 때 내 고향 피렌체는 미쳐 날뛰고 있었지. 지금이야 음탕한 도시로 변해 버렸지만 그때만 해도 대단했어."

"그렇다네. 명성은 시간의 노예에 불과하지. 그래서 파릇파릇하게 돋아난 명성의 싹도 시간이 지나면 어느새 시들기 마련이라네."

단테는 오데리시의 말을 들으면서 차츰 마음이 평온해짐을 느꼈다.

"고맙네, 오데리시. 자네의 그 진실한 말들이 내 마음속에서 오랫동안 뿌리박고 있던 교만을 송두리째 뽑도록 도와주었네. 지금 내 마음속에는 교만 대신 겸손의 씨앗이 뿌려져 있다네."

"자네 마음에 그런 변화가 있었다니 내 짐의 무게가 조금 가벼워진 듯 싶군."

하느님께서는 다른 사람에게 말로써 베푼 친절까지도 은총의 대상으로 삼으시는 것 같았다.

단테는 프로벤찬 살바니를 가리키며 다시 물었다.

"오데리시, 프로벤찬 살바니는 어떻게 해서 이곳으로 오게 되었나?"

"그는 전투에서 계속 승승장구하자 교만해져서 시에나 전체를 손아귀에 넣으려는 주제넘은 짓을 했다네. 그래서 죽은 후 이곳에 와서 잠시도 쉴 새 없이 저렇듯 걷고 있는 걸세. 세상에서 도에 넘치게 행동했던 자들은 하느님께서 인정하실 때까지 대가를 치러야만 하기 때문이지."

단테는 또 다른 의문에 빠져들지 않을 수 없었다.

"죽는 순간에 겨우 잘못을 뉘우친 자들은 선량한 사람이 기도로 도와주지 않는 한 세상에 살던 기간과 똑같은 세월만큼 연옥의 산 아래에서 기다려야 한다고 들었네. 그런데 프로벤찬 살바니가 어떻게 해서 그렇게 쉽게 이곳까지 올라올 수 있었나?"

오데리시는 그의 질문에 차근차근 설명해 주었다.

"프로벤찬 살바니는 한창 영화를 누리던 무렵, 수치와 체면도 모두 다 내던지고 자진해서 시에나의 캄포 광장에 나섰다네. 왜냐하면 탈리아코초 전투에서 포로가 된 친구를 일만 피오리노의 보석금으로 구할 수 있다는 소식을 듣고 그 돈을 마련하기 위해서였지. 그는 사람들에게 구걸해서 포로가 되었던 친구를 구했다네."

나라의 명사로 추앙받던 인물이 수치심과 체면도 내버린 채 광장에 나서서 구걸을 하기란 얼마나 어려운 일이었겠는가! 비록 프로벤찬 살바니가 주제넘은 행동으로 하느님의 노여움을 샀다고는 하지만 그런 용기 있는 행동이 있었으므로 연옥으로까지 올 수 있었던 것이다.

오데리시는 천천히 걸음을 옮기면서 계속 말을 이었다.

"프로벤찬은 구걸을 하면서 모욕감으로 온몸의 혈관이 부들부들 떨렸겠지. 지금은 자네가 내 말의 참뜻을 이해하기 어렵겠지만 피렌체인들의 소행이 어떠한지는 머지않아 알게 될 걸세."

DANTE LA DIVINA COMMEDIA 12

연옥의 첫째 옥

오데리시는 무거운 짐을 진 채 겨우겨우 걸었고 단테는 그와 발걸음을 맞추기 위해 여러 번 멈춰 서야 했다.

오데리시와 단테를 향해 베르길리우스가 소리쳤다.

"이제 작별 인사 를 나눌 시간이네! 여기서부터는 각자 힘을 다하여 자신의 길을 걸어가야만 하네."

교만이 사라진 단테의 몸과 마음은 한껏 움츠러져 있었으나 빨리 걷기 위해서 다시 몸을 꼿꼿하게 폈다.

그는 오데리시와 작별인사를 나눈 뒤 베르길리우스의 뒤를 따라 한결 가벼워진 발걸음을 옮겼다.

말없이 걷던 베르길리우스가 한참 후 입을 열었다.

"여기가 연옥의 첫 번째 옥이라네. 고개를 숙여 지금 자네가 걷고 있는 땅 위를 보게. 발을 떼기가 한결 쉬워질 걸세."

사람이 죽으면 그의 행적을 무덤 뚜껑 위에 새겨 오래도록 후손들에게 전해지도록 한다. 후손들은 그 뚜껑 위에 새겨진 글귀를 읽을 때마다 새로운 감회로 때로는 눈물을, 때로는 덧없는 세월을 읽기도 한다.

산에서 빠져 나온 길 위에는 그 무덤의 돌들처럼 갖가지 조각들이 새겨져 있었다. 어찌나 정교하고 아름다운지 그 무엇과도 비교할 수 없을 정도였다. 단테는 정신없이 조각들을 바라보았다.

그때 다른 조각들보다 유난히 눈에 띄는 것이 있었다. 그것은 날개가 여섯 개나 달린 천사가 하늘에서 번개처럼 거꾸로 떨어지는 조각이었다.

"스승님, 이 조각에 새겨진 자는 지옥을 지키던 대마왕 루치펠로가 아닙니까?"

"맞네, 지옥에서도 말했지만 루치펠로는 원래 하늘의 천사 장이었네. 그가 하느님의 노여움을 사 지옥으로 떨어지게 된 걸세. 이 조각은 바로 그때의 모습을 새겨놓은 것일세."

다른 한편에는 브리아레오스가 신의 화살을 맞고 죽음의 추위에 떨며 무거운 몸뚱이를 땅바닥에 내던지는 모습이 새겨져 있었다. 그것은 거인들이 신들에게 대항하여 브레그라이에서 싸웠을 때의 모습이었다. 브리아레오스는 제우스가 내린 번개에 맞았던 것이다. 또 한편 아폴로와 미네르바 그리고 마르스가 무장을 한 채 제우스를 둘러싸고 서서 갈가리 찢긴 거인들의 사지를 보고 있는 조각이었다. 그 옆으로 바벨의 왕 니므롯이 보였다. 그는 바벨탑 밑에서 언어가 뒤섞여 말이 통하지 않자 혼란스러워하는 바벨의 백성들을 어리둥절한 모습으로 바라보고 있었다.

베르길리우스는 길을 걷다 말고 단테를 돌아보며 말했다.

"여기에 새겨진 자들은 교만하여 신을 거부했거나 대항한 자들이라네. 결국 스스로 불행을 불러들인 셈이지."

단테는 시체들에 둘러싸여 실성한 여인처럼 울부짖는 조각을 바라보며 물었다.

"스승님, 이 여인은 일곱 명의 아들과 일곱 명의 딸을 두었던 니오베가 아닙니까?"

"맞네. 니오베는 열넷이나 되는 자식들을 항상 자랑스럽게 생각했었지. 그러나 그 자랑이 지나쳐 허영이 됐고 자식이라곤 아폴로와 아르테미스밖에 없던 여신 레토를 지나치게 업신여기다가 결국 일곱 명의 아들과 딸들이 레토에게 몰살당하고 말았잖은가. 니오베는 이 슬픔을 견디지 못한 채 울부짖다가 결국 그 자리에서 돌이 되고 말았고……."

단테의 시선은 이미 발밑에 있는 다른 조각으로 향했다.

"스승님, 칼로 자기 목숨을 끊는 이 사람은 누구입니까?"

"그는 길보아 산에서 크게 패하여 세 아들을 잃고 자살한 사울 왕이네. 그 후 그 땅에는 비 한 방울, 이슬 한 방울 내리지 않는다고 하더군."

단테는 길을 따라 끝없이 이어진 조각들을 꼼꼼히 살펴보았다.

"이것 좀 보십시오. 베틀 앞에서 반쯤 거미로 변해 있는 여인이 있습니다."

그러나 베르길리우스는 뒤돌아보지도 않고 계속 걸으며 설명했다.

"그녀는 교만하여 스스로 화를 불러들인 아라크네라네. 아라크네는 자신의 솜씨만 믿고 미네르바와 베 짜는 기술을 겨루었지. 그러나 비단 위에 신들을 모욕하는 수를 놓아 그들의 노여움을 산 나머지 결국 흉측한 거미가 되어버렸다네."

"여기 수레를 타고 도망가고 있는 자는 누구입니까?"

어떤 사물을 처음 대하고 의문을 품은 어린아이처럼 단테는 쉴 새 없이 베르길리우스에게 질문을 던졌다.

"그는 지혜의 왕 솔로몬의 아들 르호보암이네. 아버지가 죽자 뒤를 이어 왕위에 올랐지만 학정으로 인해 국가가 분단되었지. 또한 백성들이 세금을 줄여달라고 호소해도 못 들은 체하고 향락에 빠져 살았다네. 분노한 백성들은 곳곳에서 일어나 궐기하자 이에 겁을 집어먹은 르호보암이 예루살렘으로 도망치던 모습이라네."

단단한 돌길에는 보석에 눈이 어두워 남편 암피아라오스를 배신하고 죽음으로까지 이르게 했던 에리필레가 아들의 손에 죽임을 당하는 모습도 새겨져 있었다.

암피아라오스는 테베 전쟁에 나가면 죽는다는 점괘가 나오자 몸을 숨겼지만 그의 아내 에리필레가 볼카누스의 황금 목걸이를 받고 그 대가로 남편이 숨은 곳을 폴리네이케스에게 알려줘 결국 전사하게 만들었다. 이에 아들 알크마이온이 제 어미를 죽여 아버지의 원수를 갚았던 것이다. 또 성질이 포학하고 교만하여 하느님을 조롱하고 유다와 예루살렘을 위협하던 아시리아 왕 산헤립의 모습도 있었다. 그는 자신의 신 니스록의 신전에서 제사를 지내고 있을 때 아들 아드라멜렉과 사라셀이 그를 칼로 치고 시체를 버려둔 채 도망치는 모습이 새겨져 있었다.

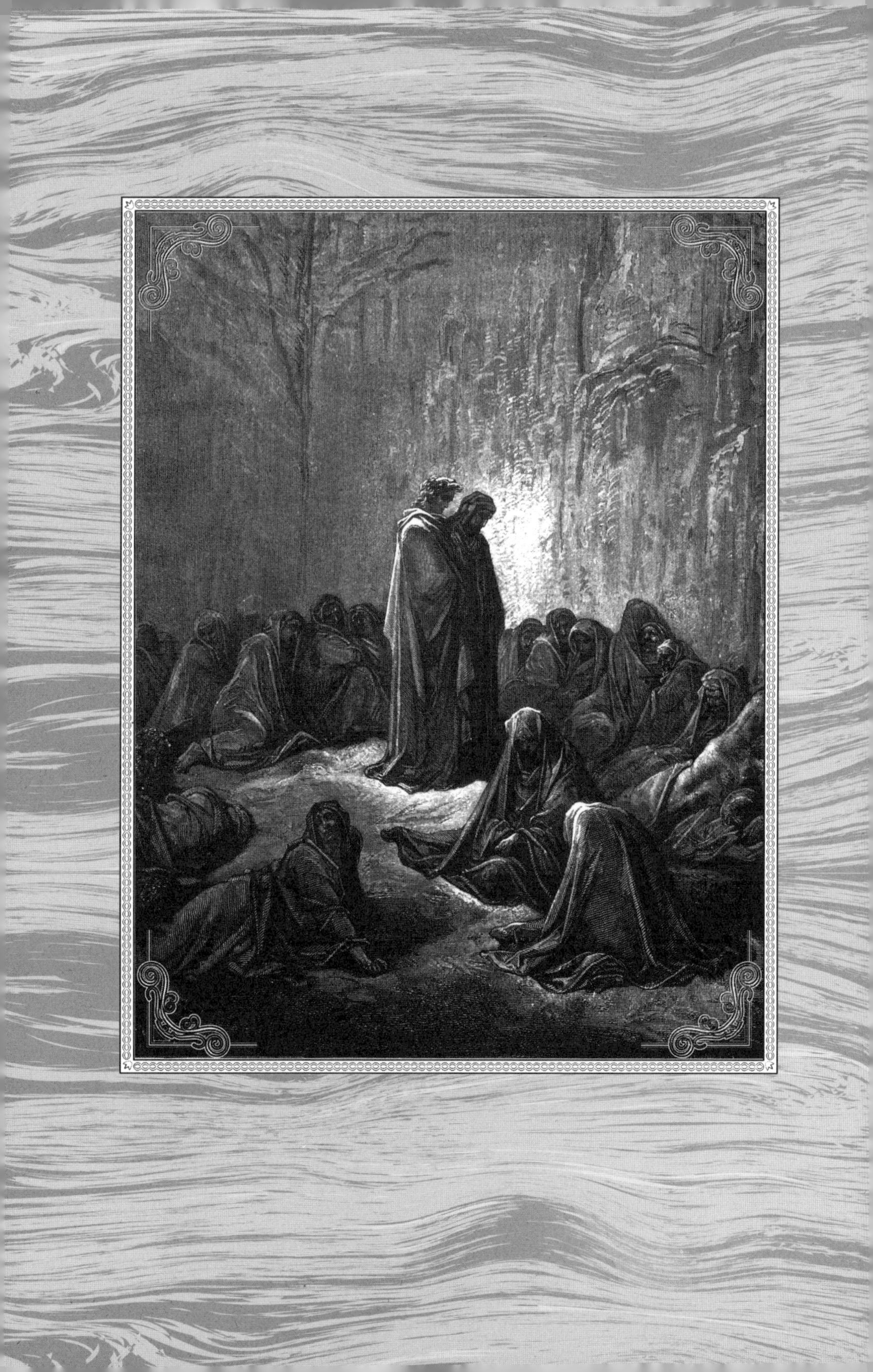

앞쪽으로 계속해서, 토미리스 여왕이 아들의 원수 키로스를 죽여 그 머리를 피가 가득 찬 주머니에 집어넣으며 '피에 굶주린 네놈에게 이제 피를 채워주겠다'고 외치는 잔혹한 살육 장면, 아시리아의 총사령관 홀로페르네스가 유다와 과부 유딧에게 살해되자 패주하는 아시리아 병사들의 모습과 홀로페르네스의 목 없는 시체가 새겨져 있었다. 또 다른 한 편에는 폐허로 변해버린 트로이의 모습이 새겨져 있었는데 천하게 타락한 생활들이 적나라하게 드러나 있었다.

길 위에 새겨진 그 모든 조각들은 죽은 자는 죽은 것처럼 산 자는 마치 살아 있는 것처럼 보였다. 단테는 고개를 숙이고 그 조각들에 정신을 빼앗긴 채 걸어갔다. 그 사실을 눈 앞에서 직접 목격한 사람들도 단테 자신보다 더 자세히 보지 못했을 거라는 생각이 들 정도로 정교하고 실감났다.

단테가 정신없이 조각에 열중해 있는 동안 두 사람의 그림자는 생각했던 것보다 훨씬 짧아져 있었다. 그리고 둘은 벌써 산 중턱을 꽤 많이 돌아온 상태였다. 그때 줄곧 앞을 살피며 걷고 있던 베르길리우스가 입을 열었다.

"머리를 들게. 지금은 그렇게 깊은 생각에 잠겨 걸을 때가 아니네. 벌써 정오가 다 되었어. 보게나, 저기 우리를 맞으러 내려오는 천사의 모습을. 저 천사가 기꺼이 우리를 위로 데려다줄 걸세. 그러니 표정이나 태도에 깍듯이 예의를 갖추도록 하게. 오늘이라는 시간은 두 번 다시 오지 않을 테니……."

단테는 시간을 아끼라는 스승의 말을 지옥에서부터 여러 차례 들어 왔었기 때문에 그 말은 곧 그의 귀에 또렷하게 새겨졌다.

천사가 눈보다 더 흰 옷을 입고 그들이 서 있는 곳으로 다가오는데 마치 샛별처럼 아름다운 빛을 내고 있었다.

둘 앞으로 다가온 천사는 두 팔을 벌리더니 이어 날개를 활짝 펴면서 말했다.

"나를 따라오너라. 위로 오르는 계단이 있는 곳까지 너희들을 안내하겠다. 이제 교만의 죄를 씻었으니 몸이 훨씬 가벼워져 계단 오르기가 수월할 것이다. 이렇게 초대받은 이는 별로 없었다. 인간들은 위로 오르기 위해 태어났으면서도 약한 바람에 왜 그리 쉽게 떨어지는지……."

천사의 목소리는 꿈결에서처럼 아련하고 따뜻하게 들렸다. 두 사람은 천사의 뒤를 따라 바위가 패인 곳까지 갔다. 천사는 제 할 일을 마치고 돌아가기 전에 날개로 단테의 이마를 쓸어 준 뒤 앞길의 안전을 기원해 주었다.

피렌체의 아르노 강에는 루바콘테 다리가 있다. 그 다리를 건너 오른편 산꼭대기에 오르면 오랜 정쟁政爭으로 피폐해지고 타락한 도시 피렌체를 한눈에 굽어볼 수 있는 성당이 있다. 그러나 그 성당을 오르기 위해서는, 계곡을 깎고 그 위에 돌을 놓아 만든 층계를 올라가야만 했다.

이곳 역시 마찬가지로 다음 옥까지 깎아지른 벼랑에 언덕길이 만들어져 있었다. 양쪽에는 삐죽하게 솟은 바위가 몸에 스칠 정도였다.

한 번도 쉬지 않고 걸어서 몸을 구부린 채 그곳에 들어섰을 때, 아름다운 노랫소리가 들려왔다. '마음이 가난한 자는 복이 있나니'의 성가聖歌였다. 그 어떤 것과도 비교할 수 없을 정도로 황홀하게 울려 퍼졌다.

'아, 지옥의 입구와 연옥의 입구는 이 얼마나 다른가! 지옥에서는 탄식과 처참한 통곡뿐이었는데 이곳 연옥에서는 아름다운 노래를 들을 수 있다니…….'

두 순례자는 노랫소리에 빨려들 듯 성스러운 돌계단을 올라갔다. 그들은 전에 맨땅을 걸을 때보다도 몸이 훨씬 가볍게 느껴졌다. 단테는 너무나 신기해서 팔다리를 훑어보며 말했다.

"스승님, 참 이상한 일입니다. 계단을 오르는데도 전혀 피로하지 않고 오히려 몸이 더 가벼워지니 말입니다. 도대체 제게 어떤 변화가 생겼습니까?"

베르길리우스가 미소 지으며 대답했다.

"천사가 되돌아가면서 날개를 들어 자네의 이마를 가볍게 쓸어준 것을 기억하는가?"

스승 베르길리우스를 바라보며 그는 말없이 고개를 끄덕였다.

"처음 우리가 연옥에 들어오기 바로 전에 문지기 천사가 자네의 이마에 일곱 개의 P자를 써 주었지? 천사는 날개를 들어 그중 한 개였던 교만을 지워준 거라네. 하지만 자네의 이마에는 아직도 여섯 개의 P자가 남아 있네. 그 나머지가 모두 지워질 때 비로소 몸에 날개를 단 것처럼 가벼워질 걸세."

단테는 고개를 갸웃거리며 베르길리우스에게 질문을 던졌다.

"저는 육체를 가진 인간인데 어찌 가벼워질 수가 있겠습니까?"

"그것은 선한 마음이 자네의 발을 받쳐 주기 때문이라네. 그래서 전혀 피로도 느껴지지 않게 되고 모든 것이 즐겁고 행복하기만 한 것이지."

단테는 지옥을 지나올 때 배도 없이 단지 믿음만으로 물 위를 걸었던 생각이 났다. 그리고 하느님의 은총과 인자하심이 얼마나 큰지 새삼스럽게 감사드리지 않을 수 없었다.

단테는 손을 들어 이마를 더듬었다. 여태껏 이마 위에 글자가 새겨져 있다는 사실조차 까맣게 잊고 있었던 것이다. 비로소 단테는 이마 위에 새겨진 여섯 개의 P자를 찾아내고는 눈이 못하는 일을 대신해 준 손에게 고마움을 느꼈다.

이마를 만지고 있는 단테의 모습을 지켜보고 있던 베르길리우스가 미소를 짓고 있었다.

DANTE LA DIVINA COMMEDIA 13

시기와 질투

누구든지 이 계단을 지나 위로 올라가기만 하면 죄가 씻겨 몸이 깨끗해진다는 바로 그 계단이었다.

단테와 베르길리우스는 그 계단 위로 올라갔다.

첫 번째 옥과 마찬가지로 이곳 역시 산 중턱이 깎여 움푹 파인 두렁길이 산을 둘러싸고 있었다. 그러나 앞에서 본 것보다 경사가 더 가파른 곡선을 그리고 있었다.

주위는 온통 낭떠러지뿐, 사람의 형체를 지닌 자는 어디에도 눈에 들어오지 않았다. 앞쪽으로는 납빛 돌로 된 평탄한 길이 뻗어 있을 뿐이었다.

앞서 걷던 베르길리우스가 잠시 머뭇거리다가 말했다.

"여기서 길을 묻기 위해 누군가를 기다리다가는 하루해가 다 가겠군."

둘은 두개의 갈림길에 서서 어느 쪽 길을 택해야 할지 갈피를 못 잡고 있었다.

베르길리우스는 눈을 들어 물끄러미 태양을 바라보더니 마침내 어떤 결심을 한 듯 몸의 오른쪽으로 중심을 잡고 왼쪽 무릎을 꿇었다. 그런 다음 두 팔을 벌리고서 하늘을 향해 기도했다.

"오, 은혜로운 빛이시여! 저희는 당신만 믿고 이 새로운 길에 들어서려 합니다. 주님, 저희를 인도하소서. 당신께서 외면하신다면 저희는 더 이상 발걸음을 옮길 수가 없나이다. 당신은 세상을 따뜻하게 해주시는 온 우주의 빛이십니다. 저희가 죄를 짓고 쫓기는 죄인의 몸이 아닌 이상 당신께서 언제까지나 인도해 주시리라 굳게 믿고 있습니다."

기도를 마친 베르길리우스는 모든 일을 하느님의 뜻에 맡긴 채 오른쪽 길을 택하여 걸어갔다.

베르길리우스와 단테는 1마일쯤이나 되는 거리를 걷는 데 불과 몇 분밖에 걸리지 않았다. 그것은 빨리 걸어야겠다는 의지 때문에 1마일이라는 거리가 짧게 느껴졌기 때문이다. 그때 보이지 않는 곳에서 여럿이 입을 모아 말하는 소리가 들려왔다.

"귀하신 이들이여! 사랑의 식탁 앞으로 어서 오십시오."

그러더니 누군가가 다시 말했다.

"그들에게는 포도주가 없도다."

그 소리가 높다랗게 울려 퍼지면서 두 사람 위로 날아가 버렸다. 그러자 여럿이 입을 모아 다시 그 말을 되풀이했다.

"그들에게는 포도주가 없도다."

그 소리가 채 사라지기도 전에 또 다른 목소리가 들려왔다.

"나는 오레스테스다."

그 소리도 두 사람의 머리 위를 날아 여운을 남기며 사라져 갔다.

"나는 오레스테스다."

영혼의 무리들이 또다시 그 말을 따라했다.

단테는 어리둥절하여 베르길리우스의 얼굴을 빤히 바라보았다.

"스승님, 저들이 지금 무슨 말을 하고 있는 것입니까? 포도주란 무엇을 뜻하며 또 오레스테스는 누굽니까?"

베르길리우스는 단테의 질문에 차근차근 설명해 주었다.

"갈릴리 마을 가나의 혼인 잔치에서 술이 다 떨어지자 마리아님이 아들 예수님께 '그들에게 포도주가 없구나!' 하고 전했다네. 이 말씀을 들은 예수님께서는 물이 포도주가 되게 하셨지. 이는 예수님께서 베푸신 첫 번째 기적이라네."

단테는 성서 말씀을 기억해내고는 고개를 끄덕였다. 베르길리우스는 계속 이야기해 주었다.

"오레스테스는 트로이 전쟁 때의 그리스 명장 아가멤논의 아들로서 스토로피오 왕의 아들 필라데스와 절친한 사이였지. 간부姦夫 아이기토스가 아가멤논을 살해하고서 오레스테스마저 죽이려고 하자 필라데스가 '내가 오레스테스다'라며 나서서 대신 죽으려고 했다네. 그러나 오레스테스는 그것을 허용하지 않고 친구를 물리친 뒤 자신이 죽음을 당했지. 이곳에 있는 영혼들은 필라데스의 우정을 사랑의 본보기로 삼고 있는 모양이네."

단테는 비로소 영혼들이 자기에게 하고자 했던 말뜻을 이해할 수 있었다.

그때 또다시 영혼의 목소리가 들려왔다.

"너희들의 원수를 사랑하라."

단테는 스승의 설명에 앞서 자신이 깨달은 것들을 말했다.

"스승님, 이곳에 있는 영혼들은 서로를 사랑하지 않고 시기하며 질투한 죄를 지은 듯합니다. 그렇습니까?"

베르길리우스는 흐뭇한 미소를 지었다.

"자네의 말대로 이 두 번째 옥에서는 시기하고 질투한 자들이 벌을 받고 있네. 그들은 재갈을 물린 채 사랑으로 엮인 채찍으로 매를 맞고 있지. 채찍은 적극적인 가르침을, 재갈은 소극적인 가르침을 준다네."

"그런데 그들은 지금 어디에 있는 것입니까?"

단테는 사방을 둘러보며 베르길리우스에게 물었다.

"눈을 들어 위쪽을 보게. 그러면 바위 곁에 나란히 웅크리고 앉아 있는 자들의 모습이 보일 것이네."

단테는 눈을 크게 뜨고 위쪽을 바라보았다. 그곳에 바위 빛깔과 비슷한 색의 외투를 걸친 영혼들이 보였다.

두 순례자가 그들 곁으로 몇 걸음 걸어갔을 때 외침 소리가 들렸다.

"성모 마리아님, 저희를 위하여 기도해 주소서! 성 미카엘, 성 베드로, 모든 성인 성녀들이여! 저희를 위하여 기도해 주소서!"

그들의 모습이 확실히 보일 만한 거리에 이르렀을 때, 단테는 너무 놀란 나머지 그만 말을 잃고 말았다. 아무리 냉정한 사람일지라도 그 모습을 본다면 틀림없이 연민의 정을 느낄 것이다. 그들의 모습을 한동안 지켜보던 단테는 자신도 모르게 눈물을 흘리고 말았다.

수도자들이나 신앙심 깊은 그리스도교인들은 낙타의 거센 털로 만든 옷을 입고서 몸을 찌르는 아픔을 참으며 자신의 죄를 통회하곤 한다. 그와 마찬가지로, 이곳에 있는 영혼들도 허름한 털옷을 입고서 서로의 어깨로 몸을 받친 채 벼랑에 기대어 서 있었다. 마치 끼니가 떨어진 장님들이 대축제 때 구걸을 하기 위해 모여든 듯한 광경과 같았다. 또한 장님에게는 햇빛이 아무 소용없는 것처럼 햇빛은 더 이상 이 영혼들의 앞을 밝혀주지 않았다.

이곳에 있는 영혼들의 눈꺼풀은 철사로 꿰매어져 있었다. 마치 사나운 매를 길들이기 위해 그 눈을 꿰매버린 것처럼……. 단테는 그들에게 가까이 다가가야 할 것인지, 말아야 할 것인지 망설였다. 앞을 보지 못하는 상대를 자세히 살펴보기 위해 다가간다는 것이 그들을 모욕하는 것 같은 느낌이 들었기 때문이다.

단테가 머뭇거리는 모습을 본 베르길리우스는 이내 그의 마음을 알아차렸다.

"저들에게 다가가 물어보도록 하게. 그러나 요령 있게 간단히 묻는 게 좋을 걸세."

앞으로 나아가는 벼랑 가장자리에는 난간이 없어 벼랑길에서 떨어질 위험이 있었다. 베르길리우스는 단테의 바깥쪽에 서서 걸으며 난간이 되어 주었다.

그들에게 가까이 다가가 보니 무거운 눈꺼풀의 꿰맨 자국으로부터 쏟아져 나오는 눈물이 영혼들의 두 볼을 적시고 있었다.

단테는 그들을 바라보며 말을 걸었다.

"오, 당신들은 반드시 하느님의 빛을 다시 볼 수 있을 것입니다. 부디 하느님의 은총으로 양심의 더러움을 빨리 씻고 이성理性이 맑고 깨끗하게 되기를 바랍니다."

영혼들은 단테의 말에 위안을 얻으며 뺨 위로 흐르는 눈물을 닦아냈다.

단테는 연민으로 걷잡을 수 없는 마음을 진정시키며 계속 말을 이었다.

"한 가지 부탁이 있습니다. 당신들 중에 혹시 이탈리아 사람은 없습니까? 만일 있다면 제가 도움을 줄 수 있을 것입니다."

이 말은 현세로 돌아가면 그를 위해 기도해 줄 사람을 찾아 이곳 사정을 전해주겠다는 뜻이었다.

그때 한 여인의 목소리가 들렸다.

"오, 형제여! 우리들은 모두 거룩한 도성 천국의 백성입니다. 당신의 말씀은 현세의 나그네 시절 이탈리아를 조국으로 삼았었느냐는 것에 불과하죠."

그 목소리는 단테가 서 있는 곳보다 앞쪽에서 들려왔다. 단테는 주위를 두리번거리며 앞으로 걸어 나갔다. 그러다가 무척이나 자신을 기다리고 있는 듯 보이는 영혼 하나와 마주쳤다. 그 여인은 장님들이 흔히 그렇듯 머리를 위로 쳐들고 있었다.

단테는 그 영혼을 향해 말했다.

"천국에 오르기 위해 죗값을 달게 받고 있는 자여, 지금 대답해 주신 이가 당신입니까? 만약 그렇다면 당신의 이름과 고향을 말씀해 주십시오."

그 여인은 단테의 목소리가 들리는 쪽으로 고개를 돌리더니 입을 열었다.

"저는 시에나 출신 사피아라고 합니다. 다른 영혼들과 함께 우리를 구원해 주실 하느님께 눈물로 기도하며 현세의 죄를 씻고 있는 중입니다."

"그런데 어떻게 해서 이곳에 오시게 된 겁니까?"

예순 살은 되어 보이는 나이에도 불구하고 그녀에게서는 아름다움과 기품이 엿보였다. 그 여인의 고통을 지켜보는 단테의 마음은 더욱 안타까웠다.

사피아는 단테의 물음에 성의껏 대답해 주었다.

"저는 어리석고 질투심 강한 여인이라 미처 분별을 하지 못했습니다. 남이 잘못되면 마치 내게 좋은 일이나 생긴 것처럼 기뻐했답니다."

단테는 이 여인이 거짓말을 하고 있거나 지나치게 겸손하여 과장되게 말하고 있는 것이라고 생각했다. 설마 이토록 지체 높고 기품 있는 여인이 그런 생각을 품었을 것이라고는 도저히 믿기지 않았다. 단테는 미심쩍은 표정으로 더듬더듬 말했다.

"당신의 말을 믿기가 힘들군요. 어떻게 남의 불행을 보고 기뻐할 수 있단 말입니까? 그것은 지나친 자학일 뿐입니다."

"그렇지 않습니다. 제가 얼마나 질투심이 많은 여자였는지 아십니까? 한번은 이런 적이 있었습니다. 제 나이 서른다섯을 갓 넘겼을 무렵, 시에나 군과 피렌체 군이 토스카나의 콜레 마을에서 전쟁을 벌인 적이 있었습니다. 저는 하느님 앞에 나아가 제발 우리 편이 지게 해 달라고 기도까지 했었죠. 결국 그 싸움에서 조카 프로벤찬이 죽었고, 시에나 군은 패하여 비참한 꼴로 추격을 당하게 되었습니다. 그 모습을 보게 되었을 때 저는 너무나 기뻐서 어쩔 줄 몰라 하며 뻔뻔스럽게도 얼굴을 쳐들고 하느님께 외쳤답니다. '하느님, 저는 이제 당신이 조금도 두렵지 않습니다. 지금껏 제가 바라고 원했던 일은 모두 이루어졌으니까요'라고 말했답니다."

단테는 그녀의 말을 듣고 전율의 충격을 받았다. 갑작스럽게 그녀가 두렵게 느껴져 한 걸음 뒤로 물러서며 다시 물었다.

"그렇게 하느님을 모욕한 당신이 어떻게 지옥으로 가지 않고 이곳 연옥으로 올 수 있었습니까?"

"저는 다행히도 죽음이 임박했을 때 통회하며 하느님께 용서를 구했답니다. 그렇지만 저의 죄가 너무나 무거운 것이었기에 뉘우침만으로는 쉽게 소멸되지 않는답니다. 그때 고맙게도 빗 장수 피에르가 한결같은 자비로 제 이름을 자신의 기도 속에 끼워주었지요. 그렇지 않았더라면 저는 지금쯤 지옥에 떨어져 영원한 고통을 받고 있었을 것입니다."

빗 장수 피에르는 성품이 고결하고 정직하여 많은 선행을 했기 때문에 시에나의 모든 사람들로부터 성자聖者로 추앙받는 인물이었다. 사람들은 그가 죽자 기금을 마련하여 거대하고 훌륭한 장례를 치러 주었다.

사피아는 피에르의 도움에 대해 말하고 나더니 단테에게 질문을 던졌다.

"우리의 신분을 묻고 있는 당신은 누구십니까? 아무래도 눈을 뜬 채 숨까지 쉬며 우리를 지켜보고 있는 듯한데……."

단테는 그들이 불쾌해할까 염려하면서 조심스레 대답했다.

"당신의 말대로 저는 앞을 볼 수가 있습니다. 그러나 제 눈도 언젠가는 이곳에서 꿰매지게 되겠지요. 제가 교만하여 다른 사람을 무시한 죄는 있을지 몰라도 질투의 눈으로 다른 사람을 바라본 죄는 별로 범하지 않았으니 아마도 형벌의 기간만큼은 짧을 것입니다. 그러나 제가 정작 두려워하는 것은 저 아래에서 가해지는 교만에 대한 형벌이죠. 그 일만 생각하면 벌써부터 무거운 짐이 가슴을 짓누르는 것만 같습니다."

그러자 사피아가 물었다.

"왜 다시 저 아래로 돌아가 벌을 받게 될 거라고 생각하죠? 그렇다면 어떻게 이 위로까지 올라올 수 있었나요?"

"저는 옆에 계신 위대한 스승 베르길리우스님 안내로 여기까지 올 수 있었습니다."

단테는 말하면서 힐끗 베르길리우스의 표정을 살폈다. 스승은 아무 말 없이 그저 그가 말하는 것만 지켜볼 뿐이었다. 단테는 계속 말을 이었다.

"저는 영혼과 육체가 결합된 아직 살아 있는 사람입니다. 당신은 하느님의 품 안에서 죽었으므로 이미 선택받은 영혼이니 제가 다시 현세로 돌아가면 당신을 아는 사람들을 만나 당신을 위해 기도해 주도록 부탁하겠습니다."

사피아는 화들짝 놀라며 단테의 모습을 확인하려는 듯 두 손을 앞으로 뻗어 더듬거렸다.

"오, 이건 처음 듣는 말! 살아 있는 사람이 영혼들의 세계를 활보하고 있다니……. 이거야말로 하느님께서 당신에게 내린 특별한 은총이네요. 부디 저를 잊지 말고 이따금씩이라도 기도해 주세요. 그리고 만약 토스카나에 갈 일이 있다면 제 가족들을 만나 제가 지옥에 있지 않고 연옥에 있더라고 전해주세요. 제 가족들은 지금 쓸모없는 항구 탈라모네에 헛된 희망을 걸고 있는 자들 사이에 끼어 있습니다."

"탈라모네라면 토스카나 해안에 있는 조그만 항구도시가 아닙니까?"

"그래요. 지금 시에나 사람들은 해군의 영광을 갈망한 나머지 막대한 돈을 투자하여 탈라모네 항구를 사들였습니다. 그러나 이 일에는 승산이 전혀 없습니다. 앞으로 더 많은 돈이 그 사업에 투자될 것이고, 결국은 디아나 지하수 개발에 실패했을 때보다 더 큰 낭패를 당하게 될 것입니다. 더욱 안타까운 일은 그 항구에서 수많은 제독들이 말라리아로 목숨을 잃게 될 거라는 사실이지요."

그녀의 말을 듣는 순간 단테는 온몸에 소름이 돋는 것을 느꼈다. 그는 자신도 모르게 비틀거리며 뒷걸음질 쳤다.

DANTE LA DIVINA COMMEDIA 14

피렌체의 미래

그때 단테 오른쪽에서 서로 기대고 앉아 있던 영혼들이 속삭이는 소리가 들려왔다.

"죽어서 영혼이 육체를 떠나기도 전에 이 산에 올라와 두루 돌아다니고 있다니……. 도대체 저자는 누굴까? 더군다나 마음대로 눈을 떴다 감았다 하는 것 같아."

"누군지는 모르지만 혼자가 아닌 것만은 분명해. 자네가 한번 정중히 인사를 한 뒤 예의를 갖추고 물어보지 않겠나?"

그중 한 명이 단테에게 말을 걸기 위해 고개를 돌렸다.

"육체를 이끌고 하늘을 향해 오르고 있는 축복받은 이여! 제발 부탁하노니 가르쳐 주시오. 그대는 누구이며 어디 사람인지를……. 이 연옥의 길은 하느님의 아드님이신 예수 그리스도를 제외하곤 그 누구도 산 육체를 이끌고 지나간 이가 없었소. 그렇기 때문에 우리는 그대에게 주신 하느님의 은총에 무척 놀라고 있소. 이런 일은 전에도 없었고 앞으로도 없을 일이오."

그는 간절한 모습으로 단테에게 질문했다. 단테는 그 질문에 대답하지 않을 수가 없었다.

"피렌체 동북쪽 아펜니노 산에서 시작하여 토스카나 중부를 굽이쳐 흐르고 있는 이 강은 백 마일을 흐르고 흘러도 지칠 줄 모른답니다. 저는 그 강변에서 서른다섯 해를 살았습니다. 그러나 제 이름이 아직 알려져 있지 않기 때문에 말해 봤자 당신들은 모르실 것입니다."

대답을 들은 두 영혼은 고개를 갸웃거리더니 다시 서로에게 질문을 던졌다.

"이 사람의 말을 들어보니 내 해석이 옳다면, 그건 분명 아르노 강일 거야. 자네 생각은 어떤가?"

그러자 다른 한 영혼이 말했다.

"내 생각도 자네와 마찬가지네. 그런데 왜 이 사람은 그 강의 이름을 숨기려고 했을까?"

영혼들은 그의 얘기가 끝나자마자 재빨리 말을 이어갔다.

"그러게나 말일세. 이 사람은 그 강을 설명할 때 무척이나 조심스러워했어. 마치 무시무시한 것을 입에 담을 때처럼……."

옆에 있던 다른 영혼이 대꾸했다.

"그 이유는 모르겠지만, 그런 계곡의 이름은 없어져 버리는 게 오히려 더 나아."

그러자 다른 영혼이 혀를 차며 물었다.

"그렇게 단정적으로 말하는 이유는 뭔가? 하늘의 태양이 바닷물을 증발시키고 그렇게 해서 하늘로 올라간 수증기가 또다시 비가 되어 강물로 흘러들고 강물은 다시 바다로 흘러 들어가지. 이런 일들이 반복되며 강물의 근원을 이루고 있는 것. 그런데 자네는 이런 자연의 이치를 거스르는 말을 서슴지 않고 하는군."

그 말을 들은 영혼이 자신의 생각을 차근차근 이야기해나가기 시작했다.

"그 강의 수원지 근처는 아펜니노 산맥에 의해 끊어졌다가 다시 시칠리아의 펠로우로 이어진다네."

"그건 나도 알고 있는 사실이지."

성급한 영혼이 말하는 도중에 끼어들었다. 그렇지만 처음에 말을 꺼낸 영혼은 계속해서 자신의 얘기를 풀어나갔다.

"그 땅이 저주받은 탓인지, 아니면 오랜 악습 탓인지 모르겠지만 그곳 카센티노 골짜기의 사람들은 마치 뱀이나 전갈처럼 살고 있다더군. 상대방에게 잔뜩 독을 품은 채……."

단테는 그들의 얘기를 들으며 얼굴이 화끈 달아올랐다. 자신의 사랑스런 고향 피렌체가 얼마나 타락했으면 영혼들까지도 저토록 비웃음의 화살을 던지겠는가. 그러나 단테의 안색을 미처 살피지 못하는 영혼들은 계속 자기들끼리 얘기를 주고받았다.

"그곳 카센티노의 영주인 로메나 지역 백작과 그 가족은 빵과 포도주보다는 도토리가 제격인 아주 야비한 돼지 같은 자들이라네."

"쯧쯧! 그 틈바구니로 가느다란 냇물이 흘러내리는군."

"그렇다네. 그렇게 흘러가다가 힘도 없는 주제에 큰 소리로 짖어대는 천한 강아지도 만나게 되지. 그러면 냇물은 그들을 멸시하듯 고개를 돌려 서쪽으로 흘러간다네."

"강아지라고? 그건 아레초인들을 말하는 건가?"

질문을 받은 영혼은 고개를 끄덕였다. 이탈리아의 지리와 단테의 고향 피렌체에 대해 저렇듯 잘 알고 있는 점으로 미루어 보아 그는 분명한 고향 사람인 듯했다. 그 영혼은 다시 말을 이었다.

"강물은 그렇게 흐르고 흘러 짖어대던 개들의 수가 점차로 줄어드는 곳에 이르게 되지. 그때는 저주의 강폭이 훨씬 더 넓어진다네."

"그곳에서부터 피렌체가 시작되는 건가?"

"그렇다네. 흉포한 이리떼 같은 피렌체인들이 많은 피트라고로호리나를 지나가다 보면 덫을 놓아도 두려워하지 않는 교활한 암 여우 피사인들을 만나게 되지.

"여보게, 듣는 이가 있으니 말을 삼가게."

자신들의 대화에 넋을 잃고 있다가 문득 두 순례자의 존재를 기억해낸 한 영혼이 다른 영혼에게 주의를 주었다. 그러나 그는 둘 쪽을 슬쩍 돌아보더니 다시 꼿꼿하게 고개를 세우며 말했다.

"저 사람이 듣고 있다고 해서 입을 다물 내가 아니지. 거짓말하는 것도 아닌데 꺼릴 게 뭐가 있나!"

그 영혼의 말에 일리가 있었기에 단테는 아무런 반박도 못한 채 묵묵히 서 있었다.

"내가 굳이 이런 말을 하는 데는 다 이유가 있다네. 진리의 성령께서 나에게 미리 예시하신 진상을 언젠가 이 사람이 생각해 낸다면 아마 큰 도움이 될 걸세."

"자네의 생각이 그렇다면 귀를 기울이고 있는 이 사람이 더 잘 이해할 수 있도록 자세히 설명해 주게."

"내가 받은 계시에 따르면…… 자네의 손자는 거센 아르노 강변에서 이리를 쫓는 사냥꾼이 될 것이네. 바로 피렌체인들을 탄압하는 혹독한 정치가가 된다는 뜻일세. 그래서 이리들은 자네의 손자만 보면 꽁지를 감추고 도망을 치게 될 걸."

자신의 손자에 대한 불행한 예언을 들은 영혼은 긴 한숨을 내쉬었다.

"결국 그 애는 어떻게 되는 건가?"

"자네 손자는 밀라노, 파르마, 모데나 등에서 시장을 지내고 나중에는 피렌체에서도 시장의 자리에 오르게 되지. 그러나 흑당에게서 뇌물을 받고 백당을 탄압하는 데 앞장을 서게 된다네. 그는 돈을 받고 포로들을 팔아넘기거나 죽이면서 자신의 이름과 가문을 더럽히게 될 걸세."

"오, 그럴 수가!"

그 말을 듣던 영혼은 더 이상 참지 못하고 울음을 터뜨리고 말았다. 그는 자신에게 주어진 고통보다도 후손들의 죄를 더 안타깝고 괴롭게 여기고 있었다.

"나의 후손이 피렌체인들에게 그런 고통을 주게 될 거라니……. 나는 어찌해야 좋겠나?"

그 영혼은 마치 단테에게 사과나 하듯 수없이 머리를 조아렸다. 단테가 그 영혼에게 무슨 말을 해 주어야 할지 몰라 망설이고 있을 때 다른 영혼이 계속 말했다.

"자네의 후손에 의해 피로 더럽혀진 피렌체는 그 후로 천 년 동안이나 예전의 아름답고 푸르던 모습을 되찾지 못할 것이네."

비참한 재앙의 소식은 차라리 듣지 않는 편이 나은 법이다. 모르는 게 약이라는 말도 있듯이 말이다. 어느 쪽에서 불행이 일어나든 듣는 이들은 누구나 얼굴을 찌푸리게 되기 마련인지라 영혼과 단테는 동시에 괴로워하게 되었다.

단테는 예언의 능력을 받았다는 영혼을 향해 물었다.

"미래를 일러주신 선택받은 영혼이여, 당신은 누구십니까?"

"그대는 우리 앞에 나서서 자신을 밝히기를 주저하더니 지금은 오히려 우리에게 신분을 밝히라고 말하고 있군요."

단테는 순간 무안을 당한 사람처럼 머쓱해졌다. 그러나 그 영혼은 곧 긴장된 표정을 풀고 부드러운 목소리로 말했다.

"당신은 특별히 하느님의 은총을 받고 있는 몸이니, 당신의 질문에 대답하도록 하겠소."

그는 잠시 말을 끊었다가 목소리를 가다듬은 뒤 다시 이야기를 시작했다.

"나는 로마냐의 브렌티노 귀족 출신으로 구이도 델 두카라고 하오. 나의 피는 언제나 질투로 끓어오르고 있었기에 어쩌다 남이 행복해하는 모습을 보기라도 하면 얼굴이 창백해질 정도였지. 살아 있을 때 그렇듯 질투의 씨를 뿌렸기에 지금 그것을 거둬들이고 있는 중이라오."

그는 자신의 죄를 뉘우치고 지금은 그것을 운명으로 받아들이는 듯했다. 그는 마치 세상이 코앞에라도 있는 듯 소리쳤다.

"오, 불쌍한 인간들이여! 그대들은 어찌하여 세상의 재물에만 정성을 쏟고 이웃은 본체만체하는가? 지금은 젊음이 넘쳐 죽음이 믿겨지지 않겠지만 나이가 들어 황혼녘에 이르게 되면 어김없이 다가와 그대들의 목숨을 가져가 버리건만. 자기 혼자만 잘난 듯 온갖 꾀와 중상모략을 일삼던 자들은 결국 자신의 손으로 자신의 목을 조른 채 영원한 고통의 지옥으로 갈 수밖에 없으리라."

죽은 후의 세계를 알지 못하는 인간들에게는 아무리 말을 해도 이해할 수 없는 부분이었다. 그 영혼은 이러한 사실을 몹시 안타깝게 생각하고 있는 것 같았다.

단테는 그 영혼의 뒤쪽에서 말없이 웅크리고 앉아 있는 영혼에게 다가가 물었다.

"그늘에 앉아 빛을 피하고 있는 이여, 당신은 누구십니까?"

그러나 그 영혼은 못 들은 체하며 꼼짝도 하지 않았다. 단테는 다시 한 번 그에게 물었다.

"제가 당신에게 도움을 줄 수 있을지도 모르니 말씀해 주십시오. 당신은 누구십니까?"

역시 대답이 없었다. 단테가 포기하고 그에게서 돌아서려는 순간, 구이도 델 두카가 대신 대답했다.

"그 친구는 포를리의 귀족 출신으로, 겔프당의 우두머리였던 리니에리 다 칼볼리라고 하오. 그는 칼볼리 가문의 영광이고 자랑이었지. 그러나 그 가문에는 그의 뒤를 이을 만한 사람이 한 명도 없었다오. 그 친구의 고향 로마냐는 지금 선과 덕이 사라지고 진실과 기쁨 또한 오래전에 자취를 감춰 버렸다오. 그 나라에는 독초들이 가득 차 있어서 아무리 뿌리를 뽑고 밭갈이를 한다 한들 이미 때가 늦었소."

그가 말하는 독초란 부패한 무리를 가리키는 것이었다.

구이도 델 두카는 한숨을 내쉬었다.

"아, 선량한 리치오는 어디에 있는가? 고결한 성품을 지닌 피에르 트라베르사로와 구이도 디 카르피냐는 또 어디로 갔는가! 선조들의 덕을 이어받을 수 없을 정도로 비굴해진 로마냐 사람들아! 볼로냐의 파브로 같은 인물은 언제 다시 태어날 것이며 잡초 사이에서도 고귀한 싹을 틔운 베르나르딘디 포스코 같은 인물은 언제 다시 파엔차에 나타난단 말이냐!"

구이도는 말을 하다 말고 목이 메어 눈물을 흘렸다.

단테는 그가 고통에 못 이겨 눈물을 흘리는 줄 알고 당황했다. 그러자 구이도는 감정을 억누르지 못한 채 말했다.

"나와 같은 시대에 살던 구이도 다 프라타와 우골리노 다초 그리고 페데리코 티뇨소와 그의 동료들, 트라베르사로와 아나스타지의 슬픔을 내 어찌 눈물 없이 말할 수 있으리오. 특히 트라베르사로 가문과 아나스타지 가문은 후손까지 끊기는 비운을 맞이했으니……. 우리는 기쁠 때나 괴로울 때 귀부인과 기사들에게서 사랑과 격려를 받았다오. 그러나 그 땅의 인심은 이미 땅속 깊이 묻히고 이제는 험악함만이 남아 있소이다."

구이도는 하던 말을 잠시 멈추었다가 이번에는 포를리와 치세나 사이에 있는 작은 도시에 대해서 말하기 시작했다.

"로마냐의 작은 도시 브레티노로여! 너의 주군과 백성들 대부분 죄를 짓지 않기 위해 사악함을 피하여 떠나갔건만 너는 왜 아직도 그곳에 남아 있느냐? 선행을 많이 쌓은 바냐카발의 영주에게 아들이 없어 대가 끊긴 것은 차라리 잘된 일이로다!"

구이도는 계속해서 후덕한 조상의 뒤를 잇지 못하고 부덕한 짓만 골라서 했던 자손들에 대해 개탄의 독백을 했다. 서투르고 귀찮게 굴었던 카스트로카로, 고약했지만 딱한 결말을 본 코니오, 변절로 인해 악귀라는 별명이 붙은 파가니 가문의 마지나르도…….

한 사람이 죽었을 때 세상 사람들은 그에 대해서 후한 평가를 하기 마련이지만 이들에 대해서는 결코 칭송의 말이 전해지지 않을 것이다. 구이도는 우골리노 데 판톨리니에게 후손이 없는 것을 다행스럽게 여기고 있었다. 그것은 못난 후손으로 인하여 우골리노와 그의 가문이 먹칠을 당할 우려가 없었기 때문이다.

그는 한동안 이 사람 저 사람 이야기를 늘어놓다가 문득 단테를 기억해낸 듯 말꼬리를 돌렸다.

"하느님의 은총을 입은 이탈리아의 젊은이여, 이제 그대의 갈 길을 향해 떠나시오. 나는 지금 도저히 말을 계속할 형편이 못된다오. 눈물이 목을 계속 틀어막고 당신과 얘기를 하는 동안 너무나 우울해져 버렸소."

베르길리우스와 단테는 그들 곁을 떠나 천천히 걸음을 옮겼다. 영혼들은 두 사람이 떠나가는 발소리를 말없이 귀 기울여 듣고 있었다. 그들이 아무 말도 하지 않는 것으로 보아 이들은 선택한 방향이 올바른 길임을 확신할 수 있었다.

두 사람이 앞을 향해 부지런히 걸어가고 있을 때 맞은편에서 하늘을 찢을 듯이 벽력 같은 소리가 들려 왔다.

"무릇 나와 마주치는 사람마다 나를 죽이려고 할 것이다!"

소리가 들리는가 싶더니 돌연 구름이 갈라지며 사방이 잠잠해졌다. 귀청이 찢어질 듯한 소리가 가라앉자 또다시 다음 소리가 들려 왔다. 마치 계속 천둥 번개가 치는 것처럼 느껴졌다.

"나는 돌로 변한 아글라우로스다!"

단테는 깜짝 놀라 사방을 두리번거리며 베르길리우스 옆으로 바짝 붙어 섰다. 이윽고 주변 공기가 잠잠해지자 베르길리우스가 설명해 주었다.

"첫 번째 들린 소리는 질투 때문에 동생을 죽인 인류 최초의 살인자 카인의 말이고, 두 번째 들린 소리는 아테네 왕 케크롭스의 딸로서 헤르메스 신에게 사랑받던 언니 헤르세를 질투하다가 신의 벌을 받아 돌로 변해 버린 아글라우로스의 말이네."

단테는 스승의 말을 이해하면서도 다시 물었다.

"지금 들려온 말들은 죄에 대한 형벌을 예시함으로써 인간들이 더 이상 죄를 짓지 않게 하시려는 하느님의 배려인가요?"

"그렇다네. 그러나 인간들은 여전히 사탄이 던지는 미끼에 걸려들고 있으니 하느님의 배려 또한 소용없어지고 있는 것이지. 하늘은 인간을 구원하기 위해 소리쳐 부르고 주위를 맴돌며 그 영원한 아름다움을 보여주고 있지만 인간들의 눈은 한결같이 지상에만 쏠려 있다네."

단테는 베르길리우스의 말을 들으며 인간들에 대한 안타까움을 감출 수가 없었다. 그리고 마음 한편으론 현세에 돌아간 후 자신이 이루어야 할 사명이 더욱 무겁게 다가옴을 느꼈다.

DANTE LA DIVINA COMMEDIA 15

천사의 노래

오후가 한창 무르익을 무렵, 연옥의 두 순례자는 태양과 정면으로 마주선 채 걷고 있었다. 왜냐하면 산을 뺑 돌아 곧장 서쪽을 향해 걷게 되었기 때문이다. 천체는 끊임없이 궤도를 돌고 있었고 태양은 둘의 그림자를 점점 더 길게 만들었다.

이때 갑자기 강렬한 빛이 두 사람을 향해 비쳐왔고 까닭은 알 수 없었지만 머리가 무겁게 느껴지면서 저절로 고개를 숙이게 만들었다. 단테는 너무나 놀라 어쩔 줄 모르며 한 손을 들어 빛을 가렸다. 그러나 물이나 거울 등에 반사되었을 때처럼 빛은 각도를 짐작할 수 없는 곳으로부터 강하게 비쳐 들었다. 그는 그 빛에 한 대 얻어맞은 듯 비틀거리며 간신히 베르길리우스를 붙잡았다.

"이 강렬한 빛은 무엇입니까? 아무리 피하려 해도 제 눈을 향해 쏘아대는 듯합니다."

단테의 당황에도 불구하고 베르길리우스는 차분하게 대답했다.

"놀라지 말게, 하늘의 천사들이 우리를 향해 다가오고 있는 것이라네. 그들에게서 뿜어져 나오는 빛이 점점 강해져서 자네의 눈을 부시게 하는 것이니 이상하게 생각할 것 없네. 오히려 지금이 기뻐할 때이지. 이 강렬한 빛은 죄인들의 죄를 씻어주는 은총의 빛이니까."

"무슨 일로 천사가 우리에게 오는 걸까요?"

"우리를 데리고 위로 올라가기 위해서겠지. 그러니 이 기쁨이야말로 가장 큰 축복의 기쁨이 아니겠나?"

잠시 후 축복받은 천사들이 스승과 제자 앞에 모습을 드러냈다. 그중에 한 천사가 환희에 찬 목소리로 말했다.

"이곳으로 들어오너라. 너희들이 이제껏 걸어온 돌층계처럼 가파르지 않을 것이다."

단테는 경외감에 젖어 망설이다가 베르길리우스의 뒤를 따라 천사가 일러준 길로 들어섰다. 그러자 그들의 등 뒤에서 아름다운 노랫소리가 들려 왔다. '자비를 베푸는 사람은 행복하다' 단테가 속으로 그 노래를 따라 부르고 있을 때 베르길리우스가 그에게 물었다.

"천사들의 합창 소리가 뭘 의미하는지 알겠나?"

"질투와 시기 때문에 벌을 받고 있는 자들을 지나는 사이 제가 비로소 자비로움을 깨닫게 되었다는 뜻 아닙니까?"

베르길리우스는 미소를 지으며 고개를 끄덕였다. 그러고는 한마디 덧붙였다.

"그것으로 인해 자네 이마에 새겨진 P자 하나가 또 지워졌다네. 질투의 표식이……."

단테는 이마를 더듬어 스승의 말을 확인했다. 그가 기쁨에 들떠 환호성을 지르는 사이 천사들은 다시 '기뻐하라, 너는 승리하였도다'를 노래해 주었다. 아마도 질투를 이기고 두 번째 옥을 무사히 지나온 데 대한 천사들의 축하인 듯했다.

노랫소리가 계속 이어지는 가운데 베르길리우스와 단테는 위를 향해 걸어갔다. 위로 오르는 동안 단테는 궁금했던 것들을 풀기 위해 베르길리우스에게 질문을 했다.

"아까 만났던 로마냐의 영혼 구이도 델 두카가 했던 말 중에 '동료들은 본체만체하는가?'라는 구절이 머릿속에서 떠나질 않습니다. 스승님, 무엇을 뜻하는 말인지 가르침을 주십시오."

베르길리우스는 발걸음을 늦추지 않고 계속 걸으며 대답했다.

"구이도는 살아 있을 때 질투의 죄를 범했기 때문에 지금 그 대가로 고통스러운 형벌을 받고 있는 것 아니었는가? 구이도는 고통 속에서 자신의 과거를 뼈저리게 후회하며 반성하고 있는 중이지. 그는 다른 사람들이 자신과 똑같은 죄를 짓지 않기를 진심으로 바란다네. 그래서 자네에게 그 사실을 말해주었던 것이고……."

단테는 고개를 갸웃거리며 다시 베르길리우스를 바라보았다.

"스승님께서 말씀하신 것은 구이도의 입을 통해 저도 들었던 사실입니다. 그러니 좀 더 구체적으로 자세히 설명해 주십시오."

베르길리우스는 발걸음을 늦추며 차근차근 이야기해나갔다.

"인간 세상에서는 부富와 명예, 권세만을 인간 행복의 척도로 삼고 있다네. 그래서 동료가 있으면 그만큼 자신의 몫이 줄어들 거라는 생각들을 하게 되지. 그런 것에 집착하여 욕망에 사로잡히게 되면 질투가 생기기 마련이고, 끝내는 사탄의 유혹에 말려들고 만다네. 그러나 만약 하느님의 나라를 사모하는 마음이 인간들의 소망을 위로 향하게만 해준다면 동료를 시기하는 마음은 영원히 사라지게 될 걸세. 천국에서는 '내 것'이 아니라 '우리 것'이라고 말하는 자가 많을수록 각자에게 돌아가는 행복의 몫 역시 더 커진다네. 또한 그만큼 사랑의 불꽃이 왕성하게 타오르게 되지."

베르길리우스의 말을 들은 단테는 머리를 감싸 쥐었다.

"스승님의 말씀을 듣고 나니 더욱더 혼란스럽기만 합니다. 차라리 여쭤보지 않았던 편이 더 나았을 거라는 생각이 들만큼 제 머릿속에서는 의문이 끊이질 않습니다. 어째서 한 물건을 여럿이 나누어 가질수록 풍요로워진다고 말씀하시는 것인지요? 도저히 이치에 맞지 않을 것 같은 말씀입니다."

단테의 말에 베르길리우스는 정색하며 대답했다.

"자네는 한결같이 지상의 일에만 마음이 쏠려 있군. 그렇기 때문에 참된 빛 가운데 있으면서도 마음이 어둠을 향해 달리고 있는 것이라네."

단테는 무안해서 얼굴을 붉혔다. 사실 그는 연옥을 순례하면서도 조국과 이웃 그리고 친구들에 대해 끊임없이 걱정하고 괴로워했던 것이다. 애써 지우려고 노력하지는 않았지만, 그리 쉽게 그 생각에서 벗어날 수 있을 것 같지도 않았다.

베르길리우스는 계속 설명해 주었다.

"천국에 있는 무한한 하느님의 은총은 마치 투명한 물체를 비추는 햇살처럼 사랑을 향해 뻗어 나가고 있네. 사랑의 빛은 얻고자 하는 이들이 많으면 많을수록 더 넓게 퍼지고 하느님의 은총 또한 그와 마찬가지로 원하는 사람이 많을수록 더욱 깊어진다네. 그것은 마치 거울과 거울을 서로 비추며 반사하면 그 빛이 더욱 멀리 퍼져 나가는 이치와 같다네. 이제 내 말뜻을 알겠나?"

그러나 단테는 베르길리우스의 말에 쉽게 고개를 끄덕일 수 없었다. 그는 스승의 말을 이론적으로는 충분히 이해할 수 있었지만 실제로 만일 자신에게 하느님의 은총을 다른 사람과 나누라고 한다면 망설일 게 분명했기 때문이다.

질문에 대한 단테의 대답이 없자 베르길리우스는 낮게 한숨을 내쉬었다.

"내가 그렇게 설명했는데도 납득이 가지 않는다면 어쩔 수 없는 일이지. 그러나 천상에 이르러 베아트리체를 만나게 되면 자네의 이런저런 모든 의문들이 하나씩 풀리게 될 걸세. 자, 이제 자네의 이마에 새겨졌던 일곱 개의 P자 중 두 개의 상처가 지워졌네. 그러나 아직도 다섯 개나 남아 있다는 걸 잊지 않아야 되네. 그 상처는 고통을 겪지 않고서는 결코 지워지지 않는다는 사실도 명심하고……."

"잘 알겠습니다, 스승님."

대화를 나누며 걷던 두 사람은 어느새 세 번째 옥에 다가와 있었다. 경치가 얼마나 아름답던지 단테는 그만 눈길을 빼앗긴 채 무아지경에 빠지고 말았다. 마치 황홀한 환상에 사로잡힌 것 같은 인상을 받았다. 한편 안에서는 많은 사람들이 서성이고 있었다.

그때 안으로 들어가던 여인이 인자한 어머니처럼 말을 걸어왔다.

"얘야, 왜 이렇게 우리를 애태우느냐? 너를 찾느라고 네 아버지와 내가 얼마나 고생을 했는지 모른단다."

여인은 말을 마치자마자 연기처럼 눈앞에서 사라졌다. 단테가 눈을 비비고서 다시 확인해 보았지만 그 인자한 여인의 모습은 어디에도 보이지 않았다.

단테는 놀라움을 감추지 못하며 베르길리우스에게 물었다.

"스승님, 방금 어머니처럼 인자한 모습으로 염려 말씀을 하시고 사라져 버린 분은 누구십니까?"

"바로 성모 마리아님이시네. 아들 예수님께 말씀하신 것이고. 예수님이 열두 살 때, 절기를 지키기 위해 부모와 함께 예루살렘에 가셨잖은가. 그곳에서 절기를 지내고 집으로 돌아오실 때 마리아님께서는 아들이 일행들 사이 어딘가에 끼어있으리라 생각하시고는 하룻길을 걸으시다가 문득 주위를 살펴보니 예수님의 모습을 발견할 수 없으셨다네! 사랑하는 아들을 잃었으니 어머니의 마음이 오죽 애탔겠는가. 그동안 예수님은 예루살렘에 남아 성전에서 율법사들과 토론을 벌이고 계셨고……. 마리아님께서는 눈물을 흘리며 아들을 찾아 헤매시다가 사흘 만에 겨우 예수님을 찾을 수 있었지. 그때 맨 먼저 한 말씀이 좀 전의 말씀 아닌가?"

"아, 그랬었죠."

하지만 단테는 또 다른 의문을 품지 않을 수 없었다. 그런데 왜 마리아님께서 자신 앞에 나타나 염려의 말씀만 하시고 사라지신 것일까? 그가 생각에 잠겨 있을 때 이번에는 다른 여인이 눈앞에 나타났다. 그녀는 고뇌의 눈물로 뺨을 적시고 있었고 노여움 때문인지 몹시 격앙된 목소리로 외쳐대고 있었다.

"만약 당신이 모든 학문의 발상지인 도시의 이름을 둘러싸고 벌어졌던 아테나이와 포세이돈 두 신들 사이의 격렬한 싸움에서 승리하신 아테나이로서 그 이름을 얻게 된 아테네의 진정한 군주라면……. 아, 페이시스트라토스여! 무엄하게도 우리 딸을 껴안았던 그자의 두 팔을 잘라주세요, 제발!"

그러자 그녀의 옆에 있던 너그럽고 인자한 왕이 침착한 표정으로 말했다.

"우리를 사랑하는 사람을 벌한다면 우리를 해치는 자는 어떻게 처단

해야 한단 말인가!"

다음 순간 증오심으로 격분한 군중들이 한 젊은이를 돌로 쳐 죽이는 광경이 보였다.

"죽여라, 죽여!"

군중들은 광기에 휩싸여 있었다. 단테는 베르길리우스를 쳐다보았다. 눈앞에 보이는 젊은이를 구해내고 싶었지만 그의 몸은 마치 거미줄에 걸린 것처럼 움직일 수가 없었다. 안타까워 어쩔 줄 몰라 하는 모습을 본 베르길리우스가 조용히 말했다.

"자네 눈앞에 보이는 것들은 실제가 아니라 환상이라네. 저 젊은이는 스데파노라네. 예수님을 죽인 군중들에게 설교하다가 순교한……. 그는 군중이 던진 돌에 맞아 죽어가면서도 무릎을 꿇고 '주님, 이 죄를 저들에게 돌리지 마옵소서!'라고 기도했지. 그는 비록 땅바닥에 쓰러졌지만 눈만큼은 천국의 문을 향하고 있었네."

단테는 번개 맞은 사람처럼 가슴이 찌릿해지는 것을 느꼈다. 한 사람의 순교가 그의 마음에 그토록 큰 감동을 주었던 것이다.

단테를 지켜보고 있던 베르길리우스가 말했다.

"왜 그러나? 마치 술에 취한 듯, 졸음을 참지 못하는 듯 비틀거리며 몸을 제대로 가누지 못하고 있으니……."

단테는 고개를 세차게 내저었다. 그러고는 정신을 차린 듯 사방을 둘러보았다.

"스승님, 여기가 어딥니까?"

분명 세 번째 옥에 발을 들여놓았는데, 그는 지금 낯선 곳에 와 있었던 것이다.

"자네가 알지 못하는 사이에 벌써 20킬로미터를 넘게 걸어왔다네."

단테는 혼란에 빠져 상황을 깨닫기까지 꽤 오랜 시간이 걸렸다. 그는 상황을 파악하게 되었을 때야 비로소 베르길리우스에게 물었다.

"스승님, 제가 눈앞에서 보았던 환영들에 대해 설명해 주십시오. 왜 그런 것들이 보이게 된 것입니까?"

"자네가 비록 백 가지 모습으로 표정을 바꾼다 하더라도 나는 자네의 생각까지도 모두 꿰뚫어 본다는 사실을 잊었는가? 자네가 본 환영은 영원한 샘이신 하느님으로부터 흘러나와 자네 영혼의 갈증을 해소시켜 주는 평화의 물에 대한 훈계라네. 그 평화의 물은 관용의 덕을 이르는 것으로써 관용의 덕 앞에서는 마음을 활짝 열어야만 하지."

"그랬었군요. 전 그런 것도 모르고 의아해하기만 했으니……."

베르길리우스는 미소 지으며 말했다.

"내가 아까 자네에게 '왜 그러나?' 하고 물은 데는 다 그만한 이유가 있었네. 영혼이 떠나버린 육체의 보이지 않는 눈으로 사물을 보는 것이 아니라 나는 자네의 속마음도 볼 수 있었기 때문에 자네의 힘을 북돋워 주기 위해서였지. 그것은 깨어나고도 좀처럼 움직이려 하지 않는 게으름뱅이들에게 가장 좋은 방법이라네."

두 사람은 눈부신 석양빛을 바라보며 계속 앞으로 걸어 나갔다. 저 멀리 붉게 타오르는 태양을 그들이 바라보고 있을 때 어두운 연기가 안개처럼 차츰차츰 밀려왔다. 연기는 순식간에 두 사람을 휘감아 한 치 앞도 내다볼 수가 없었으며 맑은 공기마저 빼앗고 있었다.

DANTE LA DIVINA COMMEDIA 16

분노

캄캄하고 습한 구름으로 뒤덮여 별 하나 보이지 않던 지옥의 하늘도 지금 두 사람을 에워싼 연기만큼 두터운 장막은 아니었다. 또 모래알로 비빈 것처럼 이렇게 눈을 뜰 수 없게 만든 적도 없었다. 단테는 너무나 두려운 나머지 베르길리우스의 손을 꽉 움켜잡았다.

"스승님, 도대체 이게 무슨 연기입니까? 우리가 이 연기에 숨이 막혀 죽게 되는 것은 아닌지요? 이러다가 길을 잃고 발을 헛디뎌 벼랑 아래로 곤두박질칠 것만 같습니다."

베르길리우스 역시 단테의 손을 꽉 잡으며 말했다.

"두려워 말게. 이것은 분노의 죄를 씻는 연기일세. 분노로 인해 이성을 잃고 선과 악의 옳고 그름을 가리지 못하는 것을 나타낸다네. 내게서 떨어지지 말고 바짝 붙어 오도록 하게."

어린아이가 장애물에 부딪쳐 다치게 될까봐 염려하여 따라나서는 보호자처럼 베르길리우스는 눈을 감은 단테의 손을 잡고 자상하게 이끌었다. 그들은 한동안 괴롭고 탁한 공기 속을 조심스럽게 걸어 나갔다.

앞으로 몇 걸음 나아갔을 때 어디선가 많은 사람들이 웅성거리는 소리가 들려왔다. 자세히 들어보니 그것은 모두 평안과 긍휼을 바라며 죄를 씻어주시는 예수 그리스도께 기도 드리는 소리였다. 그 기도는 '하느님의 어린 양'으로 시작했고, 일정한 가락에 맞춰 노래처럼 계속되고 있었기 때문에 하나의 훌륭한 화음을 이루었다.

단테는 베르길리우스에게 물었다.

"지금 들려오는 이 소리는 영혼들이 올리는 기도입니까?"

베르길리우스가 대답했다.

"그렇다네. 영혼들은 이곳에서 분노의 죄를 씻기 위해 노력하고 있는 중이지."

이때 아무런 기척도 없는 가운데 누군가의 목소리가 들려왔다.

"연기를 헤치고 가면서 우리들의 이야기를 하고 있는 너희는 도대체 누구냐? 너희는 마치 시간을 달력에 따라 구분하며 살고 있는 지상 사람들인 것 같구나."

베르길리우스는 고개를 숙인 채 낮은 목소리로 속삭였다.

"자네가 대답해 주게. 그리고 여기서부터 위로 올라가려면 어떤 자격을 갖춰야 하는지 겸손하게 물어보게."

단테는 베르길리우스의 가르침대로 영혼에게 물었다.

"아름다운 모습으로 천국에 오르기 위해 죄를 씻고 있는 복된 영혼이시여! 저를 따라온다면 놀라운 이야기를 들려 드리겠소."

"허락된 범위 안에서라면 그대를 따라가겠소. 연기 때문에 모습은 보이지 않으나 말소리를 길잡이 삼으면 당신을 따라갈 수 있을 것이오."

영혼이 말을 마치자 단테가 이야기를 시작했다.

"죽으면 땅에 묻혀 흙이 될 육체에 영혼을 담은 채 이곳까지 온 저는 단테라고 합니다. 이미 고통의 지옥을 거쳐 이곳까지 왔으며 계속 위를 향해 올라가고 있는 중이지요. 주님의 은총을 입고서 근래에 찾아볼 수 없는 수단으로 하느님의 궁전을 볼 수 있도록 허락을 받았습니다. 자, 이제 당신에 대해 말씀해 주십시오. 당신은 어느 나라 사람이며 왜 이곳으로 오게 되었는지? 또한 어디로 가야 돌층계가 있는 곳까지 갈 수 있는지 알려주시오."

단테의 말을 들은 영혼은 놀라서 한동안 말이 없더니 곧 목소리를 가다듬고 공손하게 말했다.

"나는 롬바르디아 사람으로 마르코라 하오. 세상일에 능통했고 덕을 사랑했었소. 하지만 지금 사람들은 아무도 덕을 쓰지 않고 아끼는 듯하여 몹시 안타까울 뿐이오. 그리고 당신은 지금 위로 올라가는 돌층계를 향해 올바르게 가고 있소."

그는 대답을 마친 뒤 한마디 덧붙였다.

"부탁이니 하느님의 궁전에 오르거든 부디 나를 위해 기도해 주시오."

"맹세코 당신의 부탁을 들어드리겠소. 하지만 한 가지 의문이 있소. 지금 말하지 않으면 가슴이 답답하여 심장이 터질 것만 같소."

"무엇인지 말해보시오. 내가 알고 있는 것이라면 기꺼이 대답하리다."

"구이도 델 두카에게 처음 이야기를 들었을 때는 단순한 의혹에 불과했지만 지금 당신의 말을 듣고 나니 그 의혹이 더욱 짙어졌소. 당신의 말대로 덕은 세상으로부터 완전히 그 모습을 감추었고 대신 그 자리에는 악이 뿌리내린 채 기승을 부리고 있소. 부탁이니 그 이유를 가르쳐 주시오. 어떤 사람은 그것이 하늘의 탓이라고도 하고 또 어떤 사람은 인간이 자유의지를 남용한 탓이라고도 하더군요. 확실한 원인을 알게 된

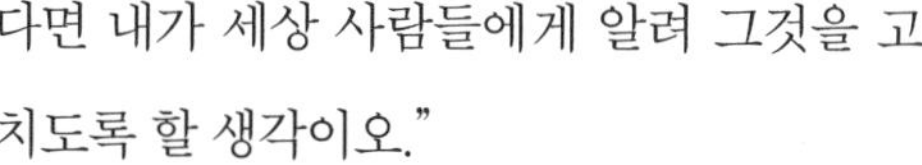
다면 내가 세상 사람들에게 알려 그것을 고치도록 할 생각이오."

단테의 물음에 마르코는 깊은 한숨을 내쉬었다. 그리고 이내 그 한숨 소리는 슬픈 신음소리로 변해갔다. 마르코는 한참을 생각한 후 어렵사리 말문을 열었다.

"사랑하는 형제여! 세상은 장님들뿐이오. 하긴 그대도 그런 사람들 중 한 명에 불과하지. 그대처럼 살아 있는 자들은 모든 일을 하늘에 맡긴 채 마치 하늘이 필연적으로 움직이는 것처럼 말한다오. 그러나 그것이 사실이라면 인간의 자유의지는 파괴될 것이며 선은 복을 받고 악은 결국 벌을 받는다는 정의도 성립되지 않을 것이오."

"그렇다면, 모든 일이 하늘의 뜻대로 이루어지는 게 아니란 말씀이오?"

단테는 다시 혼란 속으로 빠져들었다. 지금까지 자신이 생각해오던 것들이 중심을 잃고 흔들리는 순간이었다. 그는 단테의 물음에 대답했다.

"하늘이 사람들의 생각에 방향을 제시해주는 것은 사실이지만 선하게 또는 악하게 행동하는 것이나 그 구별은 무엇보다 각자의 의지에 달려있는 것이라오."

"그렇다면, 그 의지를 굳건히 하려면 어떻게 해야만 되겠소?"

"인간의 자유의지는 마귀들과의 싸움을 통해 더욱 굳건해진다오. 처음에는 고전하겠지만 믿음을 굳건히 하고 계속 싸워나가다 보면 모든 악을 물리칠 수 있을 만큼 강해진다오."

"그렇다면 이곳 영혼들 또한 자유의지를 강하게 하여 보다 쉽게 천국에 오를 수 있겠군요?"

그때 단테의 손을 잡고 이끌어 주던 베르길리우스가 마르코를 대신하여 대답해 주었다.

"인간의 육체는 더 강해지거나 약해질 수 있지만 영혼만큼은 그렇지 못하다네. 그러니 결국 인간의 타락을 마귀의 탓으로만 돌릴 수는 없지. 오히려 인간의 약한 마음 탓으로 돌리는 게 더 옳을 걸세."

마르코가 베르길리우스의 말을 받았다.

"그렇다오. 인간들은 이미 하느님으로부터 자유로운 의지를 허락받았으므로 현재의 세상이 옳은 길에서 벗어나 있다면 그 원인은 인간들의 마음속에서 찾아야 하오."

단테는 비로소 고개를 끄덕이며 혼잣말로 되뇌었다.

'현재의 세상이 옳은 길에서 벗어나 있다면, 그 원인은 인간들의 마음속에서 찾아야 한다.'

마르코는 계속 말을 이었다.

"창조주의 품 안을 벗어나 처음으로 세상에 나온 인간은 순수하여 세상에 대해 아무것도 모르는 상태라오. 그러나 인간을 사랑하시는 창조주의 손에 의해 만들어져 자유의지가 허락된 만큼 즐거운 것을 향해 자진해서 다가가기 마련이오. 어린아이의 영혼은 순결하고 무분별하기 때문에 세상의 작은 기쁨을 한 번 맛보게 되면 그것에 쉽게 현혹된다오. 그래서 자기를 즐겁게 해주는 것만을 좇고 세상의 행복을 즐기는 데만 시간을 낭비하지요. 율법이나 영적 지도자가 없다면 어린 영혼은 그것만이 제일인 줄 알고 그 일에만 몰두하게 될 것이오."

"그래서 인간들은 스스로 법률을 만들고 왕을 내세워 그것을 억압하려 하는군요?"

마르코는 고개를 끄덕였다.

단테는 또 다른 질문을 던졌다.

"그렇다면 현재 교황은 진정 하느님께서 선택하신 제왕인가요?"

그러나 이번에는 고개를 내저었다.

"그렇지 않다오. 교황은 하느님의 말씀과 하느님의 나라에 대한 말씀을 전하긴 하지만 하늘의 행복을 사모하지 않고 지상의 왕이 되려 했기 때문에 정의를 행할 자격이 없다오. 목자가 탐욕에 눈이 어두워 양을 지키는 일을 내팽개치고 부富를 찾아 나섰는데 어찌 그를 아직도 목자라고 부를 수 있단 말이오."

단테는 그의 말에 동의를 표하며 푸념 섞인 말을 늘어놓았다.

"맞는 말이오. 지금 교황은 부귀와 명성에만 정신이 팔려서 다른 것에는 신경조차 쓰지 않는다오. 또한 그것을 본 어리석은 백성들까지 탐욕에 눈이 멀어 허황된 명예만 좇고 있는 형편이라……. 모범이 되어야 할

자가 오히려 나쁜 본보기가 되어 세상을 음험하고 사악하게 만들고 있으니……. 세상에 덕이 사라지고 추악해진 이유가 사람들의 마음이 변하거나 본성이 썩었기 때문이 아니라 지도자의 그릇된 통치 때문이라는 것을 이제야 깨달았소."

단테의 한탄을 들은 마르코가 말했다.

"사실 세상이 처음부터 악의 소굴이었던 것은 아니요. 적어도 로마가 세상을 훌륭하게 다스리고 있을 때는 교황과 황제가 두 개의 태양처럼 환하게 빛나고 있었지. 그 두 개의 태양은 각각 하늘의 길과 현세의 길을 밝히고 있었다오. 그러나 하나의 태양이 점점 밝아지더니만 다른 태양의 빛을 집어삼켜 버리고 말았지. 즉 교황의 세력이 황제의 권한마저 빼앗아 버렸으니 교황은 더 이상 무서울 게 없는 최고 실권자가 된 것이라오. 그 결과가 빚어낸 이탈리아의 현실을 생각해 본다면 내 얘기가 이해될 거요."

마르코는 세상일을 마치 손바닥 보듯 훤히 알고 있었다. 그는 분별력 없이 지상의 황제가 되려 하고 있는 교황을 매우 비난했다. 단테는 그의 얘기에 푹 빠져 앞을 볼 수 없는 답답함과 두려움도 잊은 채 베르길리우스를 따라 걷고 있었다. 마르코는 계속 지상세계에 대해 이야기했다.

"아디체와 포 강이 흐르는 로마냐 지역에서 신성 로마 제국의 황제 프리드리히 2세와 교황 그레고리 9세의 군대가 맞서 싸우다가 파문당한 사실이 있다오. 이전까지는 그래도 예절이나 덕이 남아 있었지만 그 이후로 세상은 변하여 타락의 구렁텅이로 곤두박질치고 말았지. 예전 같으면 고개도 들지 못하고 말 한마디 할 수 없었던 자들이 이제는 어깨에 힘을 준 채 버젓이 활보하고 다닌다오."

단테는 미간을 찌푸리며 안타깝게 물었다.

"그렇다면 진정 세상에 빛이 될 만한 수도자가 한 명도 남아 있지 않다는 말이오?"

마르코는 어물어물 대답했다.

"옛 율법을 지키며 타락한 세상을 개탄하고 있는 노인이 세 사람 있긴 하지만 그들은 너무나 지친 나머지 하느님의 부르심을 받고 천국으로 갈 날만을 기다리고 있는 중이오. 공명정대하고 덕망이 높아 피렌체의 시장을 지낸 쿠르라도다 팔라초, 트레비조를 한없이 선량하게 다스렸던 게라르도 다 카미노, 프랑스 사람들이 롬바르디아인들은 모두 탐욕스럽다고 비난했지만 그만은 소박하다고 감싸 주었던 관대한 성품의 대명사 구이도 카스텔이 바로 그들이오."

단테는 실낱같은 희망마저 무참하게 끊어지는 느낌에 휩싸였다. 온몸의 기운이 바람처럼 새어나가는 것 같았다. 정말 세상은 이대로 타락한 채 버려지고 말 것인가!

마르코는 잠시 말을 끊었다가 한마디 덧붙였다.

"내 말을 명심하시오. 로마 교회는 세속과 종교의 두 권력을 손아귀에 넣으려 했기 때문에 이제 곧 헤어날 수 없는 진흙 구덩이 속에 빠지게 될 것이오. 그 구덩이 속에서 교회는 물론 두 권력도 더럽혀지고 말 것이오."

"마르코, 당신의 말이 맞소. 당연한 결과요. 지금 세상에는 그들을 일깨워줄 정신적 지도자가 필요하오."

단테는 착잡함을 금할 수 없었다.

'내 미약한 힘으로 세상을 위해 무엇을 할 수 있단 말인가! 악의 수렁으로 점점 빠져들고 있는 세상을 위해…….'

단테가 그 고민으로 한창 괴로워하고 있을 때 마르코가 입을 열었다.

“이제 헤어져야 할 때가 되었소. 저쪽을 보시오. 벌써 연기를 뚫고 빛이 하얗게 스며들고 있소. 아마도 천사가 오고 있는 듯하오. 나는 아직 지은 죄를 다 씻지 못했기 때문에 천사 앞에 나설 수가 없고 또 그의 눈에 띄어서도 안 되오. 그럼 하느님의 영광이 그대와 항상 함께 하길 기도하겠소.”

마르코는 인사를 마치더니 황급히 되돌아갔다.

DANTE LA DIVINA COMMEDIA 17

사랑의 정의

대낮에 밖으로 나온 두더지처럼 앞이 전혀 보이지 않았던 체험을 해 본 사람이라면 산에서 갑자기 짙은 안개에 휩싸여 있는 단테의 처지를 이해할 수 있을 것이다.

짙은 안개가 서서히 사라졌지만 햇빛은 아주 희미하게 비쳤다. 단테는 베르길리우스의 걸음에 보조를 맞추고 의지하며 환하게 비치는 빛을 향해 한참을 걷고서야 겨우 정신을 차릴 수 있었다. 밝은 세상으로 나온 단테는 깊게 숨을 들이마시며 심호흡을 했다. 그리고 서서히 눈을 뜨자 비로소 머릿속까지 한결 맑아지는 것을 느꼈다.

산꼭대기를 비추는 환한 햇살이 연옥의 산중턱 기슭에서 그 아래로 점점 흐려져 가고 있었다. 단테는 가려진 그 산의 모습을 보고 싶은 생각에 조바심이 났다.

인간에게 있어서 상상력이란 얼마나 위대한 것인가. 상상력은 이따금씩 모든 지각을 빼앗아 수천 개의 나팔 소리조차 듣지 못하게 만들곤 한다. 그러나 오관五官의 작용이 아니라면 무엇이 상상력을 불러일으키겠는가.

단테는 그처럼 하늘에서 창조된 빛과 그 빛을 보내신 하느님의 은총이 연옥의 산기슭에서 움직이는 것을 보면서 그것에 푹 빠져들었다.

단테의 환상 속에서는 아내의 동생을 욕보이고 그것이 소문날까봐 그녀의 혀까지 뽑아버렸던 잔악한 트라키아 왕의 모습, 그 사실을 알게 된 아내 프로크네가 남편에게 복수하기 위해 아들을 죽이는 모습, 죽은 아들로 만들어진 요리를 맛있게 먹어댔다는 트라키아 왕의 모습이 차례로 스쳐갔다. 단테는 그 상상으로 입 안에 가득 찬 불쾌감으로 치밀어 올라오는 구역질을 억지로 삼켰다.

나약한 단테의 마음은 온통 그쪽에만 쏠려 외부에서 무슨 일이 일어나고 있는지 전혀 느끼지 못하고 있었다. 이어 그의 환상에는 십자가형을 받는 하만의 모습이 나타났다. 함다다의 아들 하만은 아하스에로스 왕의 총애를 받았다. 그는 유다인 에스델과 모르드개를 시기하여 유다인 전체를 말살하려고 했다. 그러나 하만의 모함이 들통나게 되었다. 그는 모르드개를 죽이려고 자기가 세웠던 그 십자가에 자신이 못 박히게 되었다. 하만은 죽음을 눈앞에 두고서도 교만이 가득 찬 성난 얼굴을 하고 있었다. 그러나 물 위로 떠오른 거품이 순식간에 사라지듯 하만의 모습도 곧이어 사라지고 말았다. 그러자 이번에는 서럽게 통곡하는 젊은 여인의 모습이 눈앞에 나타났다.

"아, 어머니! 왜 노여움을 이기지 못하고 돌아가셨습니까? 저를 잃지 않으려고 스스로 목숨을 끊으셨지만 결국은 저를 잃으셨군요. 어머니, 저는 약혼자 투르누스의 죽음보다 당신의 죽음이 훨씬 더 슬프답니다."

그 여인은 라티움의 왕 라티누스와 아타마의 딸 라비니아였다. 그녀는 처음에 투르누스와 약혼했으나 훗날 다시 아이네이아스와 약혼하는 바람에 결국 두 영웅의 사이가 나빠졌다. 그녀의 어머니 아타마는 딸이 아이네이아스와 결혼하는 것을 반대했다. 어느 날, 아이네이아스의 군대가 쳐들어오자 투르누스가 죽은 걸로 착각한 그녀는 딸이 아이네이아스와 결혼하는 걸 보느니 차라리 죽는 편이 낫다며 스스로 목숨을 끊어 버렸다.

갑자기 눈에 빛이 비치면 잠들어 있던 사람도 깨어나기 마련이다. 그러나 그 잠에서 완전히 깨기 전까지는 빛이 그저 아물거리는 정도로밖에는 느껴지지 않는다. 그와 마찬가지로 일찍이 본 적이 없는 강렬한 빛에 의해 단테의 환상은 아물거리면서 무너져 버렸다.

환상에서 벗어난 단테는 어리둥절한 채 주위를 둘러보며 지금 자신이 서 있는 곳을 알려고 노력했다. 그때 어디선가 은은한 목소리가 들려왔다.

"이제부터 올라간다."

그 목소리의 주인공은 분명 베르길리우스가 아니었다. 단테는 그가 누구인지 알고 싶은 강렬한 호기심에 사로잡혔다. 그의 얼굴을 보지 않고서는 도저히 견딜 수 없을 지경이었다. 그러나 태양을 정면으로 바라보면 빛이 강하여 결국 아무것도 볼 수 없게 되는 것처럼 그의 시력으로는 아무것도 볼 수가 없었다.

그때 베르길리우스가 말했다.

"지금 자네의 눈앞에 보이는 빛과 자네의 귀에 울리는 소리는 하늘의 영靈에 의한 것이네. 그 영은 스스로의 모습을 빛 속에 감춘 채 우리가 청하기도 전에 미리 위로 올라가는 길을 인도해 주고 계시는 것이지. 우리가 스스로를 사랑하듯 그 영도 우리를 사랑하신다네. 곤경에 처한 사람이 도움을 청할 때까지 기다리고 있는 자는 사실 원래부터 도와줄 마음이 없는 심술궂은 자들이지. 자, 가세. 사랑이 충만한 분으로부터 초대를 받았으니 어두워지기 전에 빨리 올라가야 되네. 해가 지고 빛이 어둠 속에 파묻히게 되면 해가 다시 어둠을 밀어낼 때까지 기다려야 하네."

베르길리우스가 설명과 함께 재촉하자 단테는 서둘러 발걸음을 돌계단 쪽으로 향했다. 단테가 계단에 첫발을 내디뎠을 때 바로 옆에서 새의 날갯짓 소리가 들려왔다. 이어서 마치 연한 바람이 일듯 깃털이 그의 이마를 스치고 지나갔다.

단테는 재빨리 베르길리우스를 돌아보며 물었다.

"스승님, 혹시 제 이마의 글자가 또 하나 지워진 건가요?"

베르길리우스는 고개를 끄덕였다.

"그렇다네. 자네의 환상 속에 나타났던 프로크네와 하만, 라비니아의 어머니 등은 모두 분노의 죄를 지은 사람들이야. 자네가 비로소 분노의 죄를 이겨냈기에 천사께서 그 죄의 상처를 지워주신 거라네."

그 순간 하늘로부터 천사의 목소리가 들려왔다.

"평화를 위하여 일하는 사람은 행복하나니 그들은 분명 하느님의 아들이 될 것이다."

단테는 귓전을 때리는 그 소리를 들으며 감사의 기도를 올렸다.

어느새 태양의 마지막 빛이 두 사람의 머리 위에서 높이 멀어져 가고 있었다. 그리고 그 뒤를 어둠이 조금씩 쫓아오면서 별의 영롱한 빛을 뿌렸다. 단테가 일몰을 보고 있을 때 갑자기 두 다리의 힘이 쭉 빠져나갔다.

단테는 안타까움에 속으로 외쳤다.

"오, 나의 힘이여! 왜 내게서 떠나려 하는가……."

단테는 안간힘을 다하며 계단 맨 위층까지 올라갔다. 더 이상 오를 곳이 없었으므로 스승과 제자는 강변에 닿은 배처럼 숨을 돌리며 우두커니 서 있었다. 단테는 이 네 번째 옥에서는 과연 어떤 소리가 들려올까 하는 기대감에 부풀어 가만히 귀를 기울였다. 그러다가 베르길리우스를 돌아보며 물었다.

"어진 스승이시여, 우리가 서 있는 네 번째 옥에서는 과연 어떤 죄가 씻겨지는지 가르침을 내리소서."

"여기에서는 현세에 있을 때 선을 사랑하긴 했으나 마땅히 품어야 할 열의가 부족했던 사람들이 그것을 보충하고 있는 중이라네. 게을러서 뒤처졌던 사공이 뒤늦게야 그 사실을 깨닫고 부랴부랴 다시 노를 젓는 것처럼 좀 더 분명히 알고 싶다면 귀를 열어 놓도록 하게. 쉬는 동안을 이용한다면 좋은 교훈을 얻게 될 걸세."

단테는 베르길리우스의 말대로 신경을 곤두세우며 작은 소리 하나라도 놓치지 않으려고 노력했다.

"스승님, 준비됐사오니 교훈을 주십시오."

베르길리우스는 중요한 이야기들을 천천히 풀어나가기 시작했다.

"창조주가 만드신 피조물인 인간에게는 본능적 사랑이나 의식적 사랑이 부족하지 않음에 대해서는 자네도 잘 알 것이네. 그러나 본능적인 사랑은 창조주께서 방향을 제시한 것이므로 그릇되거나 오류를 범하는 일이 없네. 그러나 의식적인 사랑의 경우 대상이 악하거나 힘에 과부족이 있을 때는 과오를 저지를 수가 있다네. 예를 들자면 타인의 불행을 기뻐하는 경우와 하느님을 사랑하면서도 그 사랑이 부족한 경우 현세의 행복에 지나치게 집착하는 경우가 그렇다고 할 수 있지. 인간의 사랑이 하느님께서 주신 영원한 선을 향한다거나 물질 속에서 자신의 분수를 지킨다면 결코 그것이 죄의 원천이 될 리가 없다네. 하지만 그것이 옳은 길에서 벗어나 악으로 치닫는다든지 혹은 선을 향하는 정도가 지나치거나 부족하게 되면 탐욕이란 것으로 둔갑을 하게 되지. 이처럼 탐욕스럽거나 나태하여 사랑이 부족할 경우에는 피조물이 창조주의 뜻을 거스르고 악을 행하게 되는 것이라네."

"스승님 말씀은 사랑이야말로 모든 덕의 씨앗이며 동시에 벌을 받아 마땅한 죄의 씨앗이기도 하다는 뜻입니까?"

베르길리우스는 고개를 끄덕였다.

"그렇다네. 하지만 사랑은 자신의 행복에서 눈을 돌릴 수가 없으므로 결국 자기 자신을 미워할 수가 없게 되지. 또한 어떤 피조물도 창조주이신 하느님의 품을 떠나서는 존재할 수가 없다네. 때문에 인간들은 하느님을 미워할 수가 없는 것이라네."

"그렇다면 인간에게 남은 사랑은 이웃의 불행에 대한 사랑뿐이로군요?"

"그런 셈이지. 그 사랑은 인간의 본성 속에 세 가지 형태로 나타나지."

"그 세 가지가 뭔지 자세히 알려주십시오."

"우리는 이미 그 세 가지를 알고 있네. 여태껏 거쳐온 연옥의 세 옥에서 똑똑히 보았잖은가! 첫째, 이웃보다 자신이 뛰어나기를 원하는 교만이네. 그 교만은 이웃이 높은 지위에서 떨어지고 자신이 그 자리에 대신 오르기를 원하고 있지. 둘째, 이웃이 출세하면 자신의 권력과 특혜, 명성, 영예 등을 잃게 될까봐 두려워한 나머지 가슴 밑바닥에서 질투를 끌어내 이웃의 불행과 고통을 기쁘게 생각하는 것이라네. 셋째, 분노로 가득 찬 복수의 화신이 되어 피에 굶주린 것처럼 이웃을 해치는 것이지."

"결국 그들은 그 죄를 씻기 위해 죽은 후 연옥의 밑바닥에서 고통을 당하고 있었군요?"

단테는 첫째, 둘째, 셋째 옥에서 만났던 영혼들을 다시 떠올려 보았다. 그들은 지옥에서 형벌을 받는 이들과 조금도 다름없이 고통스러워하고 있었다. 죄를 다 씻은 후에는 천국에 오를 수 있다는 단 한 가지 희망이 남아 있긴 했지만…….

베르길리우스는 잠시 말을 멈추었다가 고개를 들어 사방을 둘러보더니 다시 말을 이었다.

"이번에는 지금까지와는 달리 분수를 모르고 행복을 추구하다가 선을 쫓아버린 사랑에 대해 말해주겠네."

단테는 두 귀를 쫑긋 곤두세우고서 더욱 긴장했다.

"정신의 평화와 안정을 가져다주는 선의 존재에 대해 막연하게나마 알게 된 인간은 그것을 얻기 위해 갖은 수단과 방법을 다 동원하기 마련이지. 하지만 자신의 행복만 추구하기에 눈이 어두워진 자들은 선을 얻고자 하면서도 그 사랑을 실천하는 데 게으름을 피우곤 한다네. 그런 자들은 죽은 뒤 이곳 연옥에서 마땅히 죄를 씻고 벌을 받아야만 하지. 물질적인 부유함이 인간들에게 일시적인 행복을 줄 수는 있지만 모든 선의 열매나 뿌리가 되는 영원한 행복이 되진 못한다네. 이러한 물질적인 행복을 추구하느라 탐욕, 탐식, 색욕의 죄를 범한 영혼들은 앞으로 우리가 가야 할 위의 세 옥에서 눈물로써 속죄하고 있다네."

"앞에서 보았던 영혼들은 죄의 종류에 따라 하나의 옥 속에 있었는데 왜 유독 물질적인 욕심을 부린 영혼들만 셋으로 나누어져 있는 것입니까?"

"그 문제에 대한 해답은 이 위에 있는 세 개의 옥을 차례로 지나가는 동안에 스스로 깨닫게 될 걸세."

긴 설명을 마친 베르길리우스는 단테가 충분히 이해하고 있는지 알아 보려는 듯 얼굴을 살폈다.

DANTE LA DIVINA COMMEDIA 18

선행善行

머릿속이 복잡해질대로 복잡해진 단테는 새로운 의문에 휩싸였으나 아무 말도 하지 않았다. 혹시 자신이 너무 따지고 들면 귀찮아할지도 모른다는 기우에서였다. 그러나 항상 그의 마음을 꿰뚫어 보고 있는 베르길리우스가 머뭇거리는 단테에게 먼저 말을 건넸다.

"단테, 무엇을 주저하지? 궁금한 것이 있으면 망설이지 말고 어서 묻게나."

스승의 말에 용기를 얻은 그는 조심스럽게 질문했다.

"스승님의 말씀으로 모든 것을 명백히 깨달을 수 있었습니다. 그러나 아직도 풀리지 않는 의문이 한 가지 있습니다. 모든 선행이나 그 반대의 모든 행위도 근본을 따지고 보면 사랑으로 귀결되는 듯합니다. 그렇다면 대체 사랑이란 무엇입니까? 무지한 저에게 깨달음을 주십시오."

베르길리우스는 진지한 그의 표정에서 비장함을 느꼈는지 근엄한 목소리로 말했다.

"단테, 날카로운 지성의 눈을 내게로 돌려보게. 그러면 자네가 장님이라는 사실을 알지 못하고 스스로 길을 찾으려 하는 잘못을 깨닫게 될 걸세. 소경이 소경을 인도한다면 둘 다 수렁에 빠지는 결과밖에 더 있겠는가?"

단테는 자신이 여태껏 소경이었음을 깨닫지 못한 데 대한 놀라움과 부끄러움에 고개를 떨어뜨리고 말았다.

베르길리우스는 이야기를 계속해 나갔다.

"앞서도 말했다시피 영혼은 사랑을 쉽게 느끼도록 되어 있어서 일단 즐거움에 눈을 뜨게 되면 모든 것을 자신이 좋아하는 쪽으로 움직여 가게 된다네. 사람들의 자각 능력은 존재하는 모든 것에서 인상印象을 끌어내어 마음속에 담아 둠으로써 영혼의 주의력이 그 인상으로 향하게 만들지. 그리고 주의력이 그쪽으로 쏠린다면 그 기울어짐이 바로 사랑이라네. 사랑이야말로 사람과 사람 사이의 즐거움에 의해 새롭게 맺어진 자연스러운 하나의 탄생이라고 볼 수 있지. 활활 타오르는 불꽃이 끊임없이 위를 향해 오르려 하듯 사랑에 사로잡힌 영혼도 그 대상으로부터 완벽한 기쁨을 얻을 수 있을 때까지 불꽃처럼 쉼 없이 타오르게 되는 법. 하지만 그 기쁨으로까지 이르지 못한 영혼은 언제까지나 사랑의 대상을 향한 갈증에 목말라해야 하는 것. 자, 어떤가? 사랑이란 게 뭔지 이제 얼마쯤은 이해할 수 있겠지?"

단테는 고개를 끄덕이며 또다시 질문했다.

"그렇다면 무릇 사랑이란 그 자체가 모두 좋은 것이라고 주장하는 쾌락주의자들의 말은 잘못된 것이겠군요?"

"그렇다네. 아마도 그들은 영원토록 진리의 실체를 발견하지 못할 걸세. 하기야 인간들의 눈으론 사랑이 그저 좋기만 한 걸로 보일 테지. 그러나 사랑이 아무리 좋은 것이라고 하더라도 사실 무엇을 향하고 있느냐에 따라 그 가치가 달라지기 마련이지."

"스승님의 말씀을 잘 새겨듣겠습니다. 이제 어렴풋이나마 사랑이란 게 뭔지 알 것 같습니다. 하지만 만약 사랑이 우리 영혼의 의지와는 상관없이 외부로부터 생성된다면 그 방향의 옳고 그름은 영혼의 책임이 아니잖습니까?"

연이은 질문에도 불구하고 베르길리우스는 귀찮은 내색 없이 자상하게 대답해 주었다.

"글쎄…… 이성에 관계된 것이라면 설명해줄 수 있겠지만 거기에서 더 나아가면 신앙의 문제로 발전하게 된다네. 신앙에 관계된 일이라면 베아트리체를 만나게 되었을 때 그녀에게 묻는 것이 더 좋을 듯싶네. 무릇 어떤 영혼이든 물질과는 갈라져 있지만 영혼과 물질이 결합하게 될 때 그것은 특별한 힘을 지니게 된다네. 그러나 그 힘이 처음 느껴지는 것은 작용한 뒤의 일로써 마치 식물의 푸른 잎을 보고서야 그것이 살아있음을 알게 되는 것과 마찬가지의 이치지."

"그래서 인간들은 최초로 자신이 이해한 인식과 최초로 자신에게 샘솟은 욕망이 무엇으로부터 비롯되었는지를 기억해내지 못하는 거로군요."

단테는 스승의 말을 들으며 차츰 머리가 맑아지는 것을 느끼는 한편 진리의 빛에 의해 자신의 무지함이 서서히 녹아드는 것 같았다. 베르길리우스는 그의 변화를 눈치챘는지 흐뭇한 표정을 지었다.

"벌이 꿀을 만드는 것과 같은 본능이 인간에게도 있는데 이러한 본능적 욕구를 칭찬한다거나 비난한다는 건 사실 아무 의미도 없는 일이네. 예를 들어 무엇을 알고자 하는 본능적 욕구를 죄악이라고 말할 수는 없잖은가? 다만 그 욕구를 다른 모든 의욕과 조화를 이루도록 하는 게 중요한 일이라네. 그것이 바로 삶의 원리라고 말할 수도 있지. 즉 삶의 원리에서 인간됨을 결정하는 기준이 생기게 되고 선과 악을 판단하여 선택할 수 있는 이성의 능력이 주어지게 되는 거라네."

단테는 그러한 능력을 인간들에게 주신 하느님의 깊은 뜻에 감사드리지 않을 수 없었다. 그러한 능력이 있었기에 인간은 만물을 지배하는 영장이 될 수 있었던 것이 아닌가!

베르길리우스는 계속 말을 이었다.

"모든 사물의 이치를 따져 근본까지 밝혀낸 사람들은 인간의 타고난 자유를 인정했기 때문에 후세에 도덕과 윤리를 남길 수 있었던 거라네. 인간들의 마음속에서 타오르는 사랑이 모두 필연적으로 발생한 것이라고 하더라도 그것을 억제할 힘 또한 인간들의 마음속에 잠재되어 있음을 알아야 하네. 베아트리체가 고귀한 힘이라고 일컫는 것은 이 자유의지를 가리키는 것이지. 앞으로 자네가 그녀와 만나 얘기할 때는 그 점에 각별히 유의해야 할 걸세."

활활 타오르는 화로 같은 달이 밤늦게 나타나자 별들은 그 빛을 희미하게 잃어갔고 달은 태양이 가는 길을 거슬러 반대 방향으로 달리고 있었다.

자신이 태어난 피에톨라를 만토바보다도 더욱 빛나고 유명하게 만든 베르길리우스. 그의 진실과 친절함은 단테가 가지고 있던 의문의 사슬을 하나하나 풀어주고 있었다.

단테는 의문에 대한 해답을 듣는 데 너무 몰입한 나머지 마치 넋이 나간 사람처럼 정신이 몽롱해졌다. 그때 벌써 스승과 제자의 뒤쪽에서 산을 돌아온 영혼들이 다가오는 소리가 들렸다. 단테는 그 바람에 퍼뜩 정신이 들었다.

마치 옛 테베인들이 자신들의 수호신인 술의 신 바카스에게 도움을 청하기 위하여 소메노와 아소포 강가에서 등불을 밝히고 광란에 휩싸여 뛰어다닌 것처럼 언덕으로 뛰어오는 영혼의 무리들 또한 그와 흡사하게 보였다. 그들은 각자 착한 의지와 숭고한 사랑에 채찍질당하며 달리는 듯했다.

한 덩어리가 되어 뛰어온 그들은 삽시간에 두 사람 곁에 이르렀다. 그러더니 그들 중 앞장선 두 영혼이 번갈아 외쳐댔다.

"길을 떠난 마리아님이 걸음을 서둘러 유다 산골에 있는 즈가리야의 집에 들어가 엘리사벳에게 문안을 드렸다."

"시저가 일레르다를 정복하기 위해 마르세이유를 치고 스페인으로 출병했다."

영혼들의 얼굴은 눈물로 범벅이 되어 있었다. 앞선 영혼들의 말이 끝나자마자 뒤따르던 영혼들이 입을 모아 외쳤다.

"자, 어서 가자, 어서! 사랑이 모자라면 때를 놓치고 마는 법. 정성을 다하여 선행을 쌓아야만 하느님의 은총을 되살릴 수 있다."

그들의 모습을 지켜보던 베르길리우스가 갑자기 목소리를 높여 말했다.

"아, 그대들은 살아 있을 때 마음이 미지근하여 선행을 쌓는 데 게으르더니 이제 와서 그걸 보상하느라 쉴 틈 없구려."

영혼들은 정신없이 뛰면서도 베르길리우스의 말에 귀를 기울이고 있었다. 주위에는 말소리나 울부짖는 소리 대신 발자국 내딛는 소리만 가득 했다. 그제야 베르길리우스는 마음놓고 이야기를 해나갔다.

"지금 나와 함께 있는 이 사람은 하느님의 은총을 입어 현세의 육체를 이끌고 이곳을 지나가고 있소. 다시 해가 떠오르면 우리는 위로 올라갈 작정이오. 그러니 어디로 가야만 돌계단 입구에 다다를 수 있는지 가르쳐 주시오."

베르길리우스의 말을 들은 영혼 중 한 명이 앞으로 나섰다.

"우리를 따라오시오. 그러면 돌계단이 시작되는 곳으로 갈 수 있을 것이오. 우리는 현세에서 선과 덕을 많이 쌓지 못했기에 끝없이 앞을 향해 달려야만 하는 형벌을 받고 있는 중이오. 따라서 이곳에 머무르며 당신들의 물음에 자세히 대답할 수가 없는 형편이니 우리의 행동이 무례하게 여겨지더라도 용서하시오."

단테는 호기심에 가득 차 그 영혼에게 간청했다.

"멈춰서지는 않더라도 속도를 좀 늦춘 뒤 당신의 신상에 대한 이야기를 해줄 수는 없겠소?"

그는 단테의 말에 따라 다른 영혼들에게서 조금 처진 채 재빨리 자신에 대한 얘기를 해나갔다.

"밀라노가 바르바로사 황제에게 철저하게 파괴당하기 전 그 바르바로사 황제가 비교적 밀라노를 어질게 다스리던 시절 나는 베로나에 있는 산제노 수도원 원장이었던 게라르도 2세요. 그런데 베로나의 영주였던 알베르토 델라 스칼라는 나를 몰아내고 자신의 서자였던 절름발이 주세페를 수도원장 자리에 앉혀 버렸다오. 모세의 율법에 따르면 불구자는 결코 사제가 될 수 없었는데도 말이오."

그는 몹시 격분한 어조로 말을 계속 이었다.

"어엿한 성직자가 있는데도 불구하고 영주는 태생도 좋지 않고 육신도 성하지 못한 데다가 머리마저 나쁜 서자 주세페를 수도원장 자리에 앉혔던 거요. 그것도 불륜으로 낳은 마음씨 고약한 서자를 말이오. 모세의 계명까지 어겨가면서…… 아마 스칼라 영주는 곧 육신의 껍데기를 벗게 될 텐데 그 수도원으로 인해 깊은 후회와 통곡을 하게 될 것이오."

앞선 무리들과 사이가 많이 벌어진 사실을 깨달은 그 영혼은 무슨 말인가를 계속 중얼거리면서 재빨리 뒤쫓아갔다.

그가 가버리자 단테는 황망히 그 영혼의 뒷모습만 바라보았다. 그때 베르길리우스가 손가락으로 가리켰다. 단테는 그곳으로 시선을 옮겼다.

"두 영혼이 게으름에 대해 훈계와 질책을 하며 오고 있는 모습이 보이지 않나?"

베르길리우스가 가리키는 쪽을 향해 고개를 돌려보니 무리의 맨 뒤에서 큰 소리로 외치는 두 영혼의 모습이 보였다. 그 소리가 어찌나 큰지 멀리서도 똑똑히 들을 수 있을 정도였다.

"모세가 홍해를 가르고 그 길을 지나 이집트로부터 탈출한 이스라엘 백성들아!"

한 영혼이 소리치자 다른 영혼이 그의 말을 되받았다.

"너희들은 모세의 가르침을 듣지 않고 몹시 태만하였도다."

두 영혼은 번갈아 서로 한마디씩 주고받았다.

"요르단 강이 흐르는 팔레스티나에 이르기도 전에 후손들을 보기도 전에……."

"너희들은 광야를 헤매다가 죽었구나. 끝없이 헤매다가 죽어버렸구나."

"안키세스의 아들 아이네이아스여, 고생을 끝까지 함께 하지 않았던 시칠리아의 트로이 사람들이여……."

"그대들은 끝내 명예롭지 못한 삶을 살았구나."

영혼들은 둘 곁을 지나 계속 걸어갔다. 더 이상 그들의 모습이 보이지 않게 되었을 때 단테의 머릿속에는 온갖 상념이 가득 차 있었다. 그는 꼬리에 꼬리를 무는 상념 때문에 갈피를 잡지 못한 채 지그시 눈을 감고 말았다.

DANTE LA DIVINA COMMEDIA 19

탐욕貪慾

차가운 달의 한기만이 안개처럼 주위를 감싸고 있을 이른 새벽 무렵, 간혹 지평선 상에 놓이는 토성土星이나 지구에 의해 한낮의 더운 열기는 사라지고 여명이 서서히 밀려오기 시작했다. 어둠이 물러가는 동녘 하늘엔 어느새 새벽 별들이 하나둘씩 모습을 나타냈다.

꿈속에 빠져 있던 단테는 새벽녘쯤 한 여인의 모습을 꿈결에 보게 되었다. 그 여인은 심한 말더듬이인데다가 눈이 사팔뜨기였고 두 손은 잘려져 있었으며 다리는 굽은 채 뒤틀려 있었다. 자세히 살펴보니 상반신은 여자의 형상을 하고 있었으나 하반신은 물고기 모양으로 지느러미와 비늘을 달고 있었다.

창백한 그녀를 바라보고 있자니, 때마침 해가 떠올라 밤새 뻣뻣하게 얼었던 그의 몸을 녹여주었다. 단테의 몸이 녹음과 동시에 굳었던 여인의 혀 또한 풀렸는지 그녀는 벌떡 일어나 앉으며 노래를 부르기 시작했다. 그녀의 노래가 점점 고조되면서 창백했던 얼굴이 사랑을 품은 여인의 뺨처럼 발그스레해졌다.

"나는 노래하는 여인 세이렌.
아름다운 노래로 뱃사람들을 유혹한다네.
파도가 부서지는 바다 한복판
나의 노래는 사람들을 꾀어냈나니
내 곁에 있는 이는 모두 매혹 당한다네.
황홀해서 좀처럼 떠나려 하지 않는다네."

단테의 마음은 온통 그 여인의 노랫소리에 사로잡혀 시선을 떼지 못하고 있었다.

"당신은 대체 누구십니까? 누구기에 이렇듯 저의 마음을 온통 빼앗아 가는 것입니까?"

여인은 노래를 멈추곤 낭랑하고 매혹적인 목소리로 대답했다.

"제 이름은 세이렌, 노래하는 여인이죠. 지중해를 오가는 뱃사람들이 제 노랫소리에 취해 길을 잃고 바다를 헤맬 정도로 저는 아름다운 목소리를 지니고 있답니다. 이 달콤한 목소리로 오디세우스를 유혹하려 한 적도 있었으나 그는 비겁하게도 선원들의 귀를 모두 밀초로 막은 뒤 자신의 몸을 돛대에 단단하게 묶어 버렸죠. 하지만 제 노랫소리에 반해 넋 잃은 사람들은 누구를 막론하고 제대로 돌아간 사람이 없었어요."

세이렌은 큰 소리로 교만한 웃음을 터뜨렸다. 이어 계속해서 또 다른 노래를 부를 준비를 했다. 그때 거룩한 여인이 재빨리 단테의 곁에 모습을 드러냈다. 여인은 당황해하는 세이렌을 내려다보며 날카롭게 꾸짖었다.

"이 미친한 것, 빨리 사라지지 못할까!"

그녀의 외침이 울려 퍼지자 곧 베르길리우스가 나타났다.

베르길리우스는 세이렌이 있는 쪽으로 다가가더니 그녀의 옷자락을 우악스럽게 움켜잡았다. 그러고는 옷을 찢어 그 앞자락을 젖혔다. 이어서 하얗게 드러난 세이렌의 배에서 어찌나 악취가 심하게 풍겼던지 그 악취로 인해 정신이 번쩍 든 단테는 눈을 크게 뜨며 꿈에서 깨어났다.

단테는 눈을 뜨고 일어나 앉으며 주위를 두리번거리자 베르길리우스가 차분한 목소리로 말했다.

"내가 자네의 이름을 벌써 세 번이나 불렀네. 그것은 자네가 탐욕과 탐식 그리고 음란으로부터 벗어나기를 바라는 간절한 마음에서였지."

베르길리우스는 이렇듯 단테가 잠자고 있을 때조차 위험으로부터 보호하고 있었다.

베르길리우스는 단테의 손을 잡고 일으켜 세우며 말했다.

"자, 이제 어서 일어나게. 우리가 가야 할 길을 빨리 찾도록 하세."

태양은 벌써 높게 떠올라 거룩한 연옥의 산을 환히 비추고 있었다. 두 연옥 나그네는 햇살을 등지고 서쪽으로 걷기 시작했다. 단테는 베르길리우스의 뒤를 따르면서 무지개 모양처럼 또는 등 굽은 노인처럼 고개를 푹 숙인 채 깊은 생각에 잠겼다.

그때 어디선가 상쾌하고 부드러운 목소리가 들려왔다.

"여기 길이 있다. 이쪽으로 오너라."

단테가 소리 나는 쪽을 향해 재빨리 고개를 들자 한 천사가 백조의 깃 같은 날개를 활짝 펴고서 단단한 바위와 바위의 틈을 가리키며 둘에게 손짓하고 있었다.

천사는 눈부시게 빛나는 흰 날개를 움직여 둘 쪽으로 부드러운 바람을 보내며 말했다.

"애통하는 자는 복이 있나니 그들은 위로를 받을 것이다."

그 바람이 단테의 머리를 감싸고 지나가자 그는 훨씬 가볍고 상쾌해졌다.

베르길리우스는 제자의 이마를 쓸어내리며 말했다.

"자네의 이마에서 또 하나의 P자가 지워졌군 그래. 그것은 태만의 표식이었네."

단테는 너무나 기뻐서 천사에게 감사의 말을 전하려 했으나 천사는 이미 자취를 감추고 없었다.

베르길리우스와 단테는 천사가 알려준 바위틈 사이를 향해 힘겹게 올라갔다. 길을 걷다 말고 단테의 얼굴을 돌아본 베르길리우스는 근심스러운 듯 물었다.

"아까부터 줄곧 땅만 보고 걷고 있는데 혹시 무슨 고민이라도 있나?"

단테는 솔직하게 대답했다.

"예, 스승님. 새벽녘 꿈속에서 보았던 괴상한 환영이 제 머릿속에 달라붙어 한 걸음 한 걸음 걸을 때마다 더욱 선명하게 떠올라서 도저히 견딜 수가 없습니다."

베르길리우스는 인자한 아버지처럼 그의 등을 두드려 주었다.

"자네가 꿈속에서 보았던 것은 탐욕과 탐식 그리고 색욕을 상징하는 요부였네. 이제 우리는 위로 올라가서 그러한 죄를 짓고 비탄에 빠졌던 영혼들이 어떻게 죄악에서 벗어나는지를 보게 될 걸세. 자, 이제 허리를 꼿꼿이 펴고 발꿈치로 땅을 박차며 힘차게 걸어보게. 우리의 영원한 왕이신 하느님께서 이 거대한 우주의 바퀴를 돌려주시는 것에 항상 감사하고 또 거기에만 눈을 돌리도록 하게."

처음엔 자기 발톱 끝만 노려보고 있던 매가 먹이를 주려는 매잡이의 소리에 끌려 날개를 펼치고 날아가듯 단테도 베르길리우스의 말에 이끌려 힘차게 걷기 시작했다.

바쁜 걸음으로 걷다 보니 둘은 어느새 천사가 알려 준 바위틈 앞에 이르게 되었다. 베르길리우스가 앞장서고 단테는 그 뒤를 따라 바위틈 사이를 빠져 나갔다. 이윽고 앞이 탁 트인 다섯 번째 옥이 눈앞에 펼쳐졌다.

그곳 바닥에는 수많은 영혼들이 넙죽 엎드린 채 구슬프게 울고 있었다.

"우리의 마음은 먼지 속에 파묻혔고 우리의 배는 땅바닥에 붙었습니다."

영혼들은 울음 사이 간간이 긴 한숨을 내쉬며 들릴까 말까 한 목소리로 중얼거리고 있었다.

고통스러워하는 영혼들의 모습을 바라보며 베르길리우스는 단테에게 이곳에 대해 설명해 주었다.

"여기는 탐욕의 죄를 씻는 곳으로 지옥의 네 번째 옥에서도 그랬듯이 이승에서 인색했던 자와 낭비가 심했던 자들이 함께 벌을 받고 있다네."

단테가 고개를 끄덕이자 베르길리우스는 영혼들을 향해 큰 소리로 외쳤다.

"오, 선택된 영혼들이여! 하느님의 공의公儀에 따라 벌의 고통을 감수하고 나면 그대들은 반드시 천국에 오를 수 있을 테니 절대 희망을 버리지 마십시오. 희망이 있기에 당신들의 고통이 더욱 의의가 있는 것 아니겠소?"

베르길리우스는 잠시 말을 멈추었다가 온화한 목소리로 다시 말을 이었다.

"영혼들이여, 만약 당신들이 다음 돌계단 있는 곳을 알고 있다면 우리에게 그 위치를 알려주시오."

그러자 바로 둘 앞에 있던 한 영혼이 말했다.

"당신들은 이 땅바닥과 먼지 속을 엎드려서 기어가지 않아도 되니 얼마나 행복하겠소? 돌계단으로 가는 가장 가까운 길은 당신들 앞에 보이는 길 중 오른쪽으로 끊임없이 이어진 길이오. 그리로 가면 될 것이오."

베르길리우스의 물음에 대답한 영혼은 계속 엎드린 채 말을 했기 때문에 그의 모습을 자세히 볼 수가 없었다.

단테는 친절을 베푼 그 영혼을 한동안 주시하다가 뒤돌아섰다. 그 순간 지혜로 반짝이는 스승 베르길리우스의 눈동자와 마주쳤다. 베르길리우스는 이미 단테가 그 영혼과 얘기하고 싶어 한다는 사실을 눈치채고서 살며시 미소 지으며 고개를 끄덕여 허락해 주었다. 단테는 얼굴 가득 웃음을 머금은 채 고개를 숙여 스승의 허락에 감사의 인사를했다.

단테는 영혼에게 다가가 옆에 웅크리고 앉아서 물었다.

"하느님이 계신 천국으로 가기 위해 눈물로써 고통을 감수하고 있는 영혼이여. 잠시 시간 내어 저에게 당신의 얘기를 들려주십시오. 당신은 누구이며 무슨 까닭으로 이곳에 엎드려 그토록 통곡하고 있는 것입니까? 저는 살아 있는 몸으로 이곳까지 온 것이니 현세에 전할 말이 있으면 함께 말해주시오."

그 영혼은 흐느낌을 멈추더니 단테의 물음에 대답했다.

"하늘이 무엇 때문에 우리에게 벌을 내리셨는지에 대해서는 차차 알게 될 것이오. 오히려 그보다 먼저 그대가 알아둬야 할 것은 내가 사도 베드로의 후계자란 사실이오."

단테는 눈이 휘둥그레져서 되물었다.

"아니, 당신이 베드로의 후계자라고 했소?"

"그렇소. 제노바의 동쪽 해안에 있는 시에스트라와 키아베리 사이에 흐르는 아름다운 리바냐 강, 그 강의 이름은 백작을 지낸 우리 조상의 자랑스러운 이름에서 딴 것이라오. 나는 라바냐 가의 오토 부오노데 피에스키라는 속명을 가지고 있었소. 1276년 7월 교황이 되어 하드리아누스 5세라는 칭호를 받았다오. 그러나 재위 38일 만에 안타깝게 세상을 떠나 이곳으로 오게 되었소."

단테는 그 영혼과 같은 자세로 바닥에 엎드리며 물었다.

"오, 교황이시여! 거룩하신 교황 성하의 몸으로 어찌 미천한 제 발밑에 엎드려 계시는 것입니까?"

"아니오. 오히려 내가 미천한 존재라오. 나는 재위해있던 한 달 남짓한 기간 동안 지위를 더럽히지 않기 위해 무던히도 노력했다오. 그런 노력을 통해서야 비로소 교황의 망토가 얼마나 무거운 것인지를 깨달을 수 있었소. 교황의 망토에 비한다면 세상의 다른 직책은 모두 새의 깃털만큼이나 가벼운 것이었소. 아, 그러나……."

영혼은 아주 긴 한숨을 내쉬더니 다시 서럽게 울기 시작했다. 때문에 단테는 그를 위로해줄 말을 찾기 위해 한참 동안 고민해야만 했다.

"교황이시여, 제가 성하의 아픈 기억에 또 한 번 상처를 주었다면 용서하소서. 당신께서 그토록 고통스러워하시는 것을 보니 저 또한 마음이 아픕니다. 그러니 말씀하기 괴로우시면 하지 않으셔도 됩니다."

그러나 하드리아누스 5세는 고개를 흔들며 울음을 삼키고 나서 계속 이야기해나갔다.

"아니오. 나는 이미 크게 깨달은 바가 있소. 세상 사람들이 내 얘기를 듣고 나서 다시는 그와 똑같은 죄를 짓지 않게만 된다면 기꺼이 내 아픈 상처를 드러내 보이겠소."

하드리아누스 5세의 말은 무척이나 진지했다.

단테는 그의 희생을 고맙게 받아들이기로 마음먹었다.

그는 자신의 깨달음을 천천히 얘기해나갔다.

"나는 교황 자리에 오르고 난 뒤에서야 비로소 나의 잘못을 깨닫게 되었다오. 그러나 회개하기엔 이미 때가 너무 늦어 있었소."

"교황이 되신 후에 인생의 죄를 깨닫게 되었다니 얼핏 이해가 되지 않습니다."

"교황 직위에 오르고 보니 마음이 편치 않은 것은 물론이고 마음속 깊은 곳으로부터 끝없는 욕심이 치솟는 것이었소. 그러나 현세에서는 더 이상 높은 직위가 없었지요. 그러자 영원한 생명인 천상의 행복을 바라는 마음이 간절히 불타올랐다오. 그러한 욕심과 뒤엉켜 고민하는 동안 나는 한 가지를 깨닫게 되었소. 그것은 그동안 내가 하느님과 멀리 떨어진 채 비참한 탐욕의 덩어리로 살아왔다는 것이었소. 돌이켜보면 하느님의 은총을 잃은 인색하고 탐욕스런 삶이었기에 지금 내가 받고 있는 형벌은 당연한 결과일 것이요."

"그렇군요. 제 스승의 말씀대로 이곳에 있는 영혼들은 탐욕의 죄를 씻고 있는 중이로군요?"

단테는 덤덤하게 말하는 듯했지만 사실 안쓰러운 마음이 앞섰다. 하드리아누스 5세는 긴 한숨을 내쉬며 말을 이었다.

"죄와 벌은 그 가짓수가 수천수만이 되겠지만 그중 탐욕의 죄만큼 무겁고 고통스러운 것도 없을 것이오."

"그런데 하느님께서는 왜 하필 바닥에 엎드려 기어 다니는 벌을 내리신 걸까요?"

"우리들의 눈은 현세의 것에만 쏠려 있어서 빛나는 하늘을 우러러보려 하지 않았다오. 하느님께서는 그 대가로 우리들의 눈을 땅바닥에 닿게 하는 벌을 내리신 거요. 탐욕이 선을 사랑하는 인간의 소망을 모두 빼앗고 끝내는 손과 발마저 꽁꽁 묶어 선을 행하지 못하게 만드는 것처럼 정의로운 하느님께서 우리의 손과 발을 묶어 심판하셨으므로 우리는 죄가 말끔히 씻길 때까지 이렇게 엎드린 채 바닥을 기어 다녀야 하는 것이오."

단테는 그의 말을 듣고 있다가 자신도 모르는 사이에 무릎을 꿇고 앉았다. 그는 단테가 자신 앞에 꿇어 앉아 있는 것을 눈치채고는 물었다.

"당신은 왜 무릎을 꿇고 앉아 있는 거요?"

단테는 그의 물음에 대답했다.

"어찌되었든 당신은 사도 베드로의 후계자로서 교황까지 지내신 분 아니십니까? 천국의 열쇠를 가질 수 있을 만한 지존함을 지닌 당신 앞에 꼿꼿이 서서 내려다보고 있었다는 사실이 제 양심을 찌릅니다."

그러나 하드리아누스 5세는 오히려 더 미안해하며 겸손한 어투로 말했다.

"형제여, 무슨 말씀을 하고 있는 거요. 자, 어서 다리를 쭉 펴고 일어나시오. 나와 당신 그리고 다른 사람 모두는 오직 한 분이신 하느님 안에서의 한 형제며 종일 따름이오. '부활한 다음에는 장가드는 일도 시집가는 일도 없이 하늘에 있는 천사처럼 된다'라는 복음 말씀을 기억하고 있다면 당신은 내 말뜻을 충분히 이해할 수 있을 것이오."

단테는 고개를 크게 끄덕이며 그가 하는 말을 주의 깊게 들었다.

"인간의 몸은 흙으로 만들어져 죽은 뒤에는 반드시 다시 흙으로 돌아가게 마련이라오. 그리고 육체와 분리된 영혼은 영계靈界에서 머물게 되므로 현세에서의 신분은 무의미한 것이라오. 따라서 이 연옥에서는 살아 있을 때 비록 교황이었다 할지라도 존경받을 수는 없다오. 자, 이제 그대는 그대가 가던 길을 향해 떠나시오."

그는 누군가에 의해 강요받기라도 하는 것처럼 계속 단테에게 떠나라는 말만 되풀이했다.

단테는 미간을 찌푸리며 물었다.

"왜 자꾸 제에게 떠나라고만 하십니까?"

영혼은 보다 신중한 목소리로 말했다.

"내 말이 당신의 기분을 상하게 한 것이 아니라면 좋겠소. 그대가 계속 이곳에 머무르게 되면 잠시도 쉴 새 없이 눈물로 참회하며 죄를 씻어야 할 내게 방해가 되기 때문이오."

단테는 짧았던 자신의 생각에 얼굴을 붉히며 미안해서 어찌할 바를 몰랐다. 그러나 고개를 들어 볼 수 없었던 하드리아누스 5세는 계속이야기를 했다.

"당신에게 부탁이 있소."

단테는 어떻게든 그의 부탁을 들어주고 싶었다. 그래서 얼른 대답했다.

"무엇이든 말씀해 보십시오. 제 능력이 닿는 한 기꺼이 들어드리겠습니다."

"현세에 남아 있는 혈족이라곤 유일하게 조카딸 알라지아 뿐이라오. 우리 가문의 나쁜 습성이 그 아이에게도 유전되었다면 할 수 없겠지만 본바탕만큼은 착한 아이라오. 그러니 조카딸이 아직도 착한 마음씨를 지니고 있다면 나를 위해 기도해 달라고 전해주면 고맙겠소."

하드리아누스 5세는 몹시 고통스럽고 지친 듯이 보였다. 그는 말을 마치더니 힘겹게 손짓을 했다.

"자, 이제 더 이상 할 이야기가 없으니 그만 떠나주시오."

DANTE LA DIVINA COMMEDIA 20

위그카페

하드리아누스 5세는 조금이라도 빨리 자신의 죄를 씻고자 서두르는 것 같았다. 단테는 그와 계속 얘기를 나누고 싶었지만 죄를 씻고자 하는 그의 강한 의지를 방해해서는 안 된다는 생각에 더 머물고 싶은 욕망을 억누르고 베르길리우스가 있는 곳으로 돌아갔다.

단테가 돌아오는 것을 본 베르길리우스는 먼저 발걸음을 옮겼다. 참회하는 영혼들이 없는 곳만을 찾아 조심스럽게 걸어 나갔다. 바깥쪽 가장자리에는 살아 있을 때 온 세상을 죄로 가득 채웠던 영혼들이 자신의 눈물로 그 죄를 깨끗이 씻기 위해 잔뜩 엎드린 채 참회하고 있었다. 단테는 인간에게 끝없는 고통을 안겨주는 탐욕에 대해 분노가 치밀어 올랐다.

"만족을 모르는 탐욕이여! 너는 계속 남의 것만 엿보고 있구나! 오, 하느님! 현세에서는 당신의 움직임에 따라 모든 것이 변한다고 믿고 있지만 이 탐욕의 늑대를 지옥으로 떨어뜨릴 자는 도대체 누구이나이까?"

통곡하는 영혼들 사이를 지나오며 단테의 분노는 서서히 한탄에 가까운 것으로 변해갔다.

그들이 바닥에 엎드려 애달프게 눈물 흘리고 있는 영혼들을 밟지 않기 위해 조심스럽게 걷고 있을 때 갑자기 한 영혼의 울부짖는 소리가 들려왔다.

"인자하신 마리아님!"

그것은 마치 해산 중인 여인이 진통으로 인해 고통스럽게 신음하는 듯한 소리였다. 듣기조차 고통스러운 그 목소리는 간간이 숨을 몰아쉬며 계속 이어졌다.

"아기 예수님을 마구간에서 낳으시고 구유에 눕히신 것으로 미루어 볼 때 당신이 얼마나 가난한 생활을 하셨는지 짐작할 수 있습니다."

단테는 그 영혼이 두어 걸음 떨어진 가까운 곳에 있는 것을 발견했다. 그는 그가 무슨 말을 계속할지 궁금해 하며 바짝 귀를 기울였다.

"오, 파브리키우스여! 당신은 청렴결백하여 막대한 재물을 의義로써 물리치셨고 당신의 명예를 지키셨습니다. 비록 가난할망정 청빈 속에서 덕을 쌓았으니 이 또한 축복받을 은총이오!"

그 영혼의 말에 호기심이 발동한 단테는 말을 좀 더 자세히 듣기 위해 앞으로 한 걸음 나아갔다. 그 영혼은 다시 어린이와 여행자의 수호신 성 니콜라우스에 대한 이야기를 시작했다.

"성 니콜라우스가 밀라노의 주교로 있을 때. 한번은 어느 가난한 사람이 찾아와 자신의 딱한 사정을 털어놓았소. 너무 가난하여 딸 셋을 출가시킬 수가 없었기 때문에 차라리 세 딸을 팔려고 한다는 것이었소. 그를 동정한 니콜라우스는 그 집 창으로 몰래 돈주머니를 던져 넣어 처녀들이 행복하게 젊은 날을 보낼 수 있도록 도와주었다오."

단테는 공손하게 고개를 숙이며 그 영혼에게 말을 걸었다.

"이처럼 좋은 이야기를 들려주시는 이여! 어째서 혼자서만 이런 선행의 예를 새삼스럽게 말씀하고 계시는 것입니까? 생生의 종착역을 향해 달리고 있는 짧은 저의 인생을 위해서 그 이유를 말씀해 주십시오. 그리고 당신이 누구인지 밝혀주신다면 현세로 돌아간 후 당신의 은혜를 갚기 위해 착한 이들로 하여금 당신을 위해 기도하게 할 것입니다."

그 영혼은 조금도 주저하지 않고 대답했다.

"나는 착한 사람들로부터의 기도를 바라지는 않소. 하느님께서 기도 소리에 귀 기울이실 만큼 착한 자손이 내게는 없기 때문이오. 하지만 그것과 상관없이 나에 대해서 기꺼이 말해주리다."

그는 쉰 목소리로 천천히 자신의 이야길 해나갔다.

"그리스도교인의 땅에 어두운 그늘을 드리우고 있는 몹쓸 나무가 한 그루 있었고 나는 바로 그 나무의 뿌리였소. 그런 몹쓸 나무에서 어떻게 좋은 열매가 열리기를 바라겠소. 그때 나 때문에 고통을 당했던 두아, 릴, 겐트, 브리지 등의 도시는 지금도 나에게 복수할 날만을 손꼽아 기다리고 있다오. 그리고 나 또한 그들이 복수할 수 있게 되기를 하느님께 기도 드리고 있소."

그는 자신의 죄를 뼈저리게 뉘우치며 형벌을 달게 받고 있었다.

"내 이름은 위그카페, 프랑스의 왕이었소. 필립 왕과 루이 왕 등이 내 후손이며 프랑스는 오늘날까지도 그들에 의해 다스려지고 있소이다. 사실 나는 파리에서 백정의 아들로 태어난 비천한 몸이었소."

"아니, 천민 출신의 몸으로 어떻게 왕가王家의 기초를 세울 수 있었습니까?"

"카롤링거 왕가의 왕들이 모두 죽고 오직 회색 옷을 걸친 수도자 한 명만 남게 되었을 때 나는 기회를 놓치지 않고 왕국을 다스리는 고삐를 손아귀에 움켜쥐었소. 새로이 손에 넣은 권력과 동지들을 규합해서 마침내 주인이 없어진 왕관을 내 아들 로베로 2세에게 뿐만 아니라 자손 만대로까지 씌워줄 기틀을 마련했던 거요."

단테는 그가 살아 있을 때의 행적을 듣고 온몸에 소름이 돋았다. 남의 왕좌를 가로채기 위해서 얼마나 많은 사람들을 해치고 중상모략을 일삼았겠는가!

영혼은 연거푸 숨을 몰아쉬더니 다시 말을 이었다.

"내 아들은 35년 동안 나라를 다스리다 죽었고 거기서부터 대대로 축복받은 카페 가의 여러 왕들이 나온 것이오. 루이 9세가 프로벤차의 엄청난 지참금에 눈이 멀어 왕가의 명예를 실추시키기 전까지는 비록 그다지 칭송받을 만한 업적을 쌓지는 못했어도 나쁜 짓만은 결코 저지르지 않았다오."

루이 9세 샤를 앙주는 라이먼드 백작이 죽자 그의 전 재산을 상속받은 딸 베아트리체와 결혼했다. 그러고선 그 엄청난 지참금과 영지를 프랑스 왕가의 것으로 돌려놨던 것이다. 위그카페는 그 사건을 몹시 불명예스럽게 생각하는 것 같았다.

"그 결혼이 있고 난 다음부터 폭력과 거짓에 의한 약탈이 시작되었소. 그리하여 영국으로부터 프라티에, 노르망디, 가스코뉴를 빼앗고 계속해서 샤를 앙주가 교황과 음모를 꾸며 만프레디를 물리치고 이탈리아를 정복했다오. 그러고는 나폴리 왕국과 시칠리아 섬을 되찾으려 노력하던 쿠라디노 왕을 붙잡아 처형해 버렸소. 쿠라디노는 그때 겨우 열여섯 살 밖에 되지 않았었는데……."

"내가 알기론 샤를 앙주는 그것 외에도 또 하나의 엄청난 죄악을 저질렀지요. 자신의 갖가지 비행이 폭로될 것을 염려하여 성인 토마스 아퀴나스를 독살시켰으니……."

"그나마 다행스러운 건 억울하게 죽은 토마스 아퀴나스가 천국에 오를 수 있었다는 것이오. 하지만 또 다른 샤를이 프랑스에 나타나 자신과 일족을 돋보이게 하려고 그런 어리석음을 다시 한 번 드러내고 말았다오."

단테는 두려움과 궁금함으로 그에게 다시 묻지 않을 수 없었다.

"또 다른 샤를이란 대체 누구를 말씀하시는 겁니까?"

"그는 필립 4세의 아우 샤를 드 발라요. 샤를 드 발라는 피렌체 평화의 조정자를 자처하며 기병들을 이끌고 교황 보니파티우스 8세에게 파견되어 갔다오. 그러나 흑당을 돕고 백당을 몰아내는 등 편파적인 행동으로 많은 악의 씨를 뿌렸소. 그래서 피렌체는 걷잡을 수 없는 혼란 속으로 빠져들게 된 것이라오."

"유다가 예수님을 배신하고 유대인들에게 팔아 넘겼듯이 샤를 드 발라 역시 배신의 창으로 피렌체의 배를 갈가리 찢었군요."

단테는 마음속에서 불의에 대항하는 분노가 솟구쳤다.

"그러나 샤를 드 발라가 얻은 것은 막대한 재물과 영토가 아니라 죄악과 수치심뿐이었소. 죄란 가볍게 생각하면 할수록 죗값이 점점 무거워진다는 사실을 그는 몰랐던 거요. 하지만 그의 죄는 그에게서 끝나는 것이 아니라 그의 아들에게까지 이어졌다오."

"그의 아들이라면 나폴리 왕 샤를 2세를 말씀하시는 겁니까?"

"그렇소. 그자는 해적이 남의 딸을 잡아다 노예로 팔듯 자신의 딸을 흥정하여 아초 8세에게 팔아넘겼으니 이게 무슨 꼴이겠소! 우리에겐 이

제 아무 희망도 남아 있지 않소."

위그카페는 긴 한숨을 내쉬었다. 그러더니 이번에는 자신의 가문에 대해 얘기했다.

"우리 왕가는 백합꽃이 그려진 깃발을 앞세우고 교황 보니파티우스8세의 고향 알라냐에 진입했다오. 그곳에서 예수님의 대리자인 교황을 난폭하게 대하고 결국 그를 유폐幽閉시키는 죄악을 저질렀지요. 그 일은 과거와 미래의 그 어떤 죄악보다 더 크고 무거울 거요."

"그렇지요. 예수님께서도 조롱과 멸시를 받고 쓸개즙까지 맛보시며 결국 강도들 사이에서 죽음을 당하시지 않았습니까?"

위그카페는 고개를 끄덕였다.

"예수님을 대사제와 율법학자 그리고 이스라엘 백성에게 넘겨준 빌라도와 똑같은 인물이 있어서 나를 더욱 슬프게 하고 있소. 그는 바로 템플라이 수도원을 파괴하고 그 재산을 몽땅 삼켜버린 필립 4세라오. 그는 그렇게 큰 죄를 저지른 후에도 흡족함을 모른 채 탐욕의 돛을 올리고 기세등등하게 항해하고 있다오. 오, 하느님, 나의 주인이시여! 하느님의 정의와 형벌로써 저들을 심판하시는 것을 언제쯤에나 이 눈으로 볼 수 있겠나이까?"

위그카페는 감정에 복받쳐 큰 소리로 울음을 터뜨렸다.

단테는 그 순간 그가 맨 처음 성모 마리아님을 외쳐 부르던 것을 기억해냈다.

"영혼이시여, 성모 마리아님을 그토록 간절히 외쳐 부르신 이유가 무엇입니까?"

"그것은 우리가 항상 외우는 기도라오. 낮에는 선행의 예를 외우지만 밤이 되면 정반대되는 탐욕의 구절을 외운다오. 밤에 우리가 외우는 구절은 페니키아 티로스의 왕 피그말리온이 자신의 백부이며 누이 디도의 남편이었던 시카이우스의 재산을 탐하여 그를 살해하고 디도에게 자신의 죄를 감추는 대목이오. 또 프리기아의 왕 미다스가 바쿠스 신에게 자신의 손으로 만지는 모든 것을 황금이 되게 해달라고 청하였다가 결국 먹는 음식까지 황금으로 변해 못 먹게 되자 다시금 바쿠스 신에게 도움을 청하는 대목을 외우기도 하지요."

"그것은 죄를 씻기 위한 수행 과정 중 한 부분이로군요. 그 밖에도 암송해야 할 구절이 더 있습니까?"

"여리고의 부정한 재물을 감추었다가 여호수아에게 발각되어 사람들로부터 가족과 함께 돌에 맞아 죽은 아간의 이야기, 땅을 팔고 난 뒤 그 값의 일부를 감추고 하느님을 속인 사피라와 그녀의 남편 아나니아의 비참한 최후, 예루살렘의 성전에 들어가 재물을 약탈하려다가 하느님의 기사로부터 큰 벌을 받았지만 후에 회개하여 위대한 믿음의 업적을 이룬 헬리오도로스의 이야기, 폴리네스토르가 프리아모의 아들을 죽이고 돈을 빼앗은 비열한 이야기 등을 암송하고 있다오. 이 연옥의 산에 널리 퍼지도록 말이오. 그리고 우리가 마지막으로 외쳐대는 이름은 크라수스라오."

"크라수스라고요! 혹시 로마 정치의 삼두마차 중 한 사람이었던 시저를 말씀하시는 겁니까?"

"그렇소, 그는 일찍부터 돈맛에 길들여져 있던 자로서 욕심 많기로 유명했다오. 그의 욕심에 대해 익히 들어 알고 있었던 파르티아 왕은 전투에 패해 목이 잘린 그의 머릿속에 황금을 녹인 물을 흘려 넣으며 '네가 아직도 황금에 목말라한다면 이 황금을 마셔보아라'라고 했다오. 이렇듯 탐욕으로 인해 죄지은 이곳 영혼들은 늘 이러한 얘기들을 암송하곤 한다오.”

“그러나 저는 당신의 목소리밖에 듣지 못했는데요.”

“어떤 자는 큰 목소리로, 어떤 자는 작은 목소리로 암송하는데 그것은 우리들 각자의 의욕이 모두 다르기 때문이오. 다른 모든 영혼들도 함께 암송을 하고 있었지만 그중 유독 내가 목청을 높인 탓에 내 목소리만 들을 수 있었던 거요.”

그와 얘기를 하느라 벌써 많은 시간을 보낸 둘은 서둘러서 걸음을 옮겼다. 바삐 걸어가고 있을 때 갑자기 무너질 듯이 산이 흔들거렸다. 단테는 죽음 앞에 놓인 사람처럼 식은땀을 흘리며 자리에서 꼿꼿이 선 채 얼어붙고 말았다. 계속해서 사방에서는 요란한 외침 소리가 들려왔고 단테는 너무 놀라 숨이 막힐 정도였다. 그때 단테의 상태를 알아차린 베르길리우스가 가까이 다가와 부드러운 목소리로 말했다.

“두려워하지 말게. 내가 자네를 인도하고 있는 한 아무것도 걱정할 필요 없네.”

스승의 말에 비로소 마음을 놓고 나니 천둥처럼 요란한 소리가 말소리로 변해서 다시 그의 귀에 들려왔다.

“하늘 높은 곳에서는 하느님께 영광……!”

그것은 마치 예수님의 탄생 때 천사들이 입을 모아 부르던 노랫소리 같았다.

베르길리우스와 단테는 마음에 의혹을 품고 걸음을 멈춘 채 지진이 멎고 노래가 끝나기를 기다렸다.

스승과 제자는 다시 이 성스러운 길을 걸으며 땅에 엎드려 있는 영혼들을 바라보았다. 하지만 단테는 산의 진동과 노랫소리가 울려 퍼진 이유에 대해 알고자 하는 강한 욕망에 사로잡혀 아무것도 눈에 들어오지 않았다. 이처럼 미칠 것만 같은 호기심은 난생처음이었으나 자신의 능력으로는 짐작조차 할 수 없는 일이었기에 그는 깊은 생각에 잠긴 채 조심스럽게 앞으로 걸어갈 수밖에 없었다.

DANTE LA DIVINA COMMEDIA 21

스타티우스

예수님께서 먼 길을 걸어 사마리아의 시카르란 동네에 이르셔서 야곱의 우물 옆에 앉아 쉬고 계실 때였다. 때마침 제자들이 물건을 사러 시내에 가고 없었다. 예수님께서는 물을 길러 온 사마리아 여인에게 마실 물을 달라고 청했다. 그러나 사마리아 여인은 의아한 표정으로 물었다.

"당신은 유대인이고 저는 사마리아 여자인데 어떻게 저더러 물을 달라고 청하십니까?"

그 여인이 물은 것은 물 떠주기 싫어서가 아니라 유대인들과 사마리아인들은 서로 상종하는 일이 없었기 때문이었다.

그때 예수님께서는 그 여인에게 말씀하셨다.

"하느님께서 주시는 선물이 무엇인지, 또 너에게 물을 청하는 내가 누구인지 알았더라면, 오히려 네가 나에게 물을 청했을 것이다. 만약 그랬다면 난 너에게 샘솟는 물을 주었을 것이다."

여인은 고개를 갸웃거리면서 물었다.

“우물이 이렇게 깊은데다 또 당신께서는 두레박도 없으시면서 어디서 그 샘솟는 물을 떠주시겠다는 말씀입니까? 이 우물물은 우리 조상 야곱이 마셨고, 그 자손들과 가축까지도 마셨습니다. 당신께서는 이러한 우물을 우리에게 주신 야곱보다도 더 훌륭하시다는 말씀입니까?”

그러나 예수님께서는 그 말을 듣고 노하시기는커녕 오히려 인자하게 대답하셨다.

“이 우물물을 마시는 사람은 다시 목마름을 느끼겠지만 내가 주는 물을 마시는 사람은 영원히 목마르지 않을 것이다. 내가 주는 물은 그 사람 속에서 샘물처럼 솟아올라 영원히 살게 할 것이다.”

그때서야 여인은 무엇인가를 깨달은 듯 말했다.

“위대한 분이시여, 저에게도 그 물을 좀 주십시오. 그러면 다시는 목마르지 않게 될 것이고 물을 긷기 위해 여기까지 나오지 않아도 될 게 아닙니까?”

단테는 그때 예수님께 애원하며 진리의 물을 청하던 그 사마리아 여인과 같은 심정이었다. 그렇듯 그는 호기심으로 인한 갈증 때문에 몹시 괴로웠던 것이다.

순간, 부활하신 예수님께서 엠마오로 향하던 두 제자에게 나타나신 것처럼 영혼 하나가 단테의 뒤쪽에서 나타났다. 그렇지만 다른 데 정신이 쏠려 있던 그는 미처 그 존재를 알아차리지 못했다. 그러자 영혼이 먼저 말을 걸어왔다.

“형제들이여, 당신들에게 평화가 넘쳐흐르기를 기도합니다.”

둘은 깜짝 놀라 동시에 뒤돌아섰다.

베르길리우스는 그를 보더니 중세 수도자들처럼 두 손을 모으고 공손하게 허리를 굽히며 말했다.

"주님께서 항상 당신과 함께 동행하실 것입니다. 바라건대 주님의 은총으로 평화로이 축복받은 무리 안에 당신이 들 수 있기를 간절히 빕니다."

베르길리우스는 인사를 마친 뒤 그에게 자신을 소개했다.

"나는 본향本鄕인 천국으로 들어가지 못하고 끝없는 귀양살이를 할 수밖에 없는 영겁의 형벌을 받고 있는 자입니다."

"설마 그럴 리가!"

그 영혼은 베르길리우스의 말에 몹시 놀라는 듯했다.

"하느님께서 천국에 오르도록 허락지 않은 영혼이 어떻게 감히 천국의 길로 통하는 이곳 연옥까지 올 수 있단 말이오? 대체 그대들을 이곳까지 안내한 사람이 누구요?"

베르길리우스는 단테의 이마를 가리키며 대답해 주었다.

"이 사람의 이마에 새겨져 있는 세 개의 P자는 연옥의 문지기 천사가 새긴 것입니다. 이 사람은 복된 자들과 더불어 천국에 있는 영혼들과 마찬가지로 구원받게 될 몸입니다."

베르길리우스는 계속해서 단테에 대한 설명을 해줬다.

"사람의 생명을 실로 감아 할당하는 클로트는 이 사람의 생명의 실을 라케시스에게 넘겨주었지요. 그러나 밤낮으로 물레질을 했음에도 불구하고 아직 길쌈을 다 끝내지 못해서 생명의 실을 끊어야 할 아트로포스는 제 할 일을 하지 못한 채 잠자코 지켜보고만 있는 상태라오."

그 영혼은 단테가 아직도 살아 있는 사람이란 사실을 깨닫고는 무척 놀라는 눈치였다. 그러나 베르길리우스는 그에게 신경 쓰지 않고 계속해서 이야기해나갔다.

"이 사람의 영혼은 당신이나 나처럼 창조주 아래서 한 형제이긴 하지만 아직 육체에서 벗어나지 못했소. 우리처럼 이성의 눈으로 밝게 보지 못할 뿐만 아니라 자기 혼자의 힘으로는 연옥의 산꼭대기까지 올라갈 수가 없소. 그래서 내가 이 사람의 안내자가 되어 지옥의 넓은 문 림보로부터 이곳까지 인도하게 된 거요. 또한 내 능력 안에서 앞으로도 계속 이 사람을 안내할 작정이오."

잠자코 듣고 있던 영혼은 그때서야 의문이 풀렸는지 고개를 끄덕였다.

베르길리우스는 단테를 대신해서 궁금하게 생각할 부분을 그에게 물었다.

"선택받은 영혼이여, 말해주시오. 조금 전 연옥의 산에서 일어났던 지진은 무엇이며 또 연옥의 산기슭에 있는 영혼들이 왜 한꺼번에 목청을 드높여 노래했는지를……."

단테는 베르길리우스가 그 영혼에게 질문을 던졌을 때 하마터면 탄성을 내지를 뻔했다. 해답에 대한 희망이 살짝 내비쳤을 뿐인데도 목마름이 가시는 것 같은 기쁨을 느낄 수 있었기 때문이다.

질문을 받은 영혼은 기다렸다는 듯 자상하게 대답해 주었다.

"연옥의 땅이나 공기는 원래 자연적인 원인으로는 변화되지 않는다오. 어떤 변화도 일체 허용되지 않기 때문에 눈이나 비, 우박, 이슬, 서리도 내리지 않소. 또한 짙거나 옅은 구름도 피어나지 않으며 번갯불도 번쩍이지 않고, 현세에서 자주 자리를 바꾸는 무지개의 여신 이리스도 나타나지 않는다오."

단테는 더 이상 궁금증을 인내하지 못하고 그들의 대화 사이에 끼어들었다.

"그렇다면 좀 전의 그 지진은 무엇이며 영혼들의 천둥 같은 노랫소리는 대체 무엇입니까?"

“한 영혼이 죄를 다 씻고 하늘로 올라갈 때는 지진과 더불어 영혼들의 노랫소리를 들을 수 있다오. 그 외에 자연적으로 생기는 지진 따위는 절대 불가능하오. 하지만 연옥의 문 밖에서는 크고 작은 지진이 종종 일어나고 있다고 들었소. 그 이유는 마르고 강한 기가 바람이 되어 땅 속에서 나올 구멍을 찾다가 표면으로 폭발하여 나오기 때문이오.”

단테는 마치 기적을 전해 듣는 사람처럼 신비감에 휩싸였다.

“그럼 조금 전에 한 영혼이 죄를 다 씻었단 말씀입니까?”

영혼이 대답했다.

“그렇다오. 영혼이 죄의 사함을 받을 만큼 몸이 깨끗이 씻기게 되면 몸을 일으켜 하늘을 향해 움직이기 시작하지요.”

단테는 그의 말에 이어 재빨리 질문을 던졌다.

“영혼들은 자신의 죄가 씻겨졌다는 사실을 어떻게 알 수 있습니까?”

“죄가 씻겨진 증거는 오로지 의지를 통해서만 드러난다오. 천국에 이르고자 하는 간절한 소망을 갖고 진정으로 자신의 죄를 참회하다 보면 언젠가는 죄가 완전히 씻기게 마련이지요. 그 자유의지가 영혼의 몸을 저절로 일으켜 하늘로까지 오르게 만든다오. 그리하여 연옥의 영혼들 곁을 떠나서 영원한 행복을 누릴 천국으로 가게 되는 거라오.”

단테는 이야기를 듣고 있자니 그 영혼에 대한 새로운 호기심이 생겨났다.

“그렇다면 당신은 언제쯤 죄의 사함을 받고 천국에 들어갈 수 있는 겁니까?”

“나는 연옥 밖에서 300년, 넷째 옥에서 400년 그리고 이 다섯째 옥에서 500년 이상을 보냈다오. 그리고 오늘에서야 비로소 보다 나은 천국의 문턱을 넘고자 하는 의지로 몸을 일으켜 세울 수 있게 된 거요.”

단테는 눈을 동그랗게 뜨고서 그에게 물었다.

"그렇다면 좀 전 일은 당신 때문에 생겨난 것이었군요?"

영혼은 스스로가 대견스러운 듯 흐뭇한 미소를 지었다. 단테는 그의 자상한 설명을 듣고 나니 목마름이 완전히 가시고 마음에 평화가 찾아 들었다. 갈증이 심하면 심할수록 물 마시는 기쁨 또한 커지듯 단테의 영혼은 표현할 수 없는 기쁨으로 가득 찼다.

이번에는 베르길리우스가 영혼을 향해 물었다.

"당신의 설명이 우리에게 큰 기쁨을 주었으니 감사드립니다. 이제야 궁금증이 풀린 듯 합니다만 우리는 당신의 이름조차 모르고 있소. 당신의 이름과 무슨 이유로 이곳에 그토록 오랫동안 머물게 되었는지 말해 줄 수 있겠소?"

영혼은 베르길리우스의 물음에 대답했다.

"내 이름은 스타티우스요. 유다의 배신으로 예수님께서 십자가에 못 박혀 피 흘리며 돌아가셨던 그 예루살렘을 하느님의 뜻에 따라 로마 황제 베스피아누스의 아들 티투스가 파괴했을 무렵 제법 명성을 떨치던 시인이었다오. 많은 사람들은 내 시가 제법 수려하고 감미롭다며 사랑해 주었소. 로마에서는 나를 불러들여 상록수 미트로로 만든 관冠을 세 번이나 내 머리에 씌워 줄 정도였다오. 테베를 노래한 서사시 '테바이스' 12권을 남겼으나 안타깝게도 아킬레우스를 읊은 서사시 '아킬레이스'를 채 다 쓰기도 전에 이승을 하직하고 말았다오."

단테는 반가움으로 입을 다물지 못한 채 되물었다.

"당신이 정말로 스타티우스란 말씀입니까?"

영혼은 슬며시 웃으며 고개를 끄덕였다.

단테는 평소부터 그를 흠모해오던 터라 궁금히 여기고 있던 것을 물었다.

"오, 스타티우스님! 당신의 시와 명예는 후대에 길이 남을 것입니다. 시를 공부하는 사람으로서 한 가지 궁금하게 여기고 있던 부분이 있으니 말씀해 주십시오. 많은 사람들을 감동의 도가니로 몰아넣은 당신의 시적 정열은 어디에서 비롯된 것이었습니까?"

스타티우스는 자랑스러운 기쁨에 차 얘기해나갔다.

"내 시적 정열의 근원은 수많은 사람들을 감동시킨 시인 베르길리우스님의 '아이네이아스'에 있다오. '아이네이아스'야말로 나의 시를 낳고 길러준 어머니라오. 만약 그 시가 없었더라면 나의 시는 한 푼의 가치도 없었을 거요. 나는 베르길리우스님의 시를 찬미했으며 그분이 살던 시대에 같이 살 수만 있었다면 이 연옥에서 한 1년쯤 더 머무르는 귀양살이를 할지라도 즐겁게 받아들였을 것이요."

그가 말을 마치자 단테는 베르길리우스를 올려다보았다. 베르길리우스는 한 손가락을 들어 입을 막았다. 분명 당신의 신분이 밝혀지지 않기를 바라는 눈치였다. 그러나 의지란 모든 상황에서 다 굳게 지켜지는 법이 아니다. 더군다나 웃음이나 눈물은 더더욱 의지와 별 상관이 없다. 단테는 순간적으로 자신도 모르게 미소를 짓고 말았다.

스타티우스는 이미 무엇인가 이상한 낌새를 눈치챘는지 단테의 눈을 들여다보며 말했다.

"당신에게 주님의 은총이 내려지기를 바라겠소. 헌데 조금 전 그 미소가 어떤 의미였는지 알고 싶소."

단테는 이러지도 저러지도 못하는 상황에서 어찌할 바를 모르고 당황하였다. 한쪽에선 침묵을 요구하고 다른 한쪽에선 그 이유를 듣고 싶다고 하니 난감한 처지가 된 그는 그만 한숨을 내쉬고 말았다.

스승 베르길리우스는 고민을 눈치챈 듯 미소 지으며 자상하게 말했다.

"저렇듯 알고 싶어 하니 자네가 대답해 주도록 하게."

단테는 신바람 난 어린아이처럼 스타티우스에게 말했다.

"하느님의 은총으로 모든 죄를 씻고 곧 천국으로 올라갈 복된 영혼이시여, 당신은 저의 미소에 대해 궁금해하지만 제 말을 듣는다면 아마 더욱 놀라게 될 것입니다. 참 행복을 하나 더 누리시게 될 테고요. 여기 계신 분은 다름 아닌 당신에게 영웅을 노래하고 하느님을 찬양할 수 있도록 영향을 주었다는 시성 베르길리우스님이십니다. 제가 다른 이유로 웃었다고 생각하셨다면 그건 오해일 뿐입니다. 저는 이분에 대한 당신의 말씀 때문에 미소 지었던 것입니다."

단테의 설명을 들은 스타티우스는 감격한 나머지 무릎을 꿇더니 두 손으로 베르길리우스의 다리를 안으려고 했다. 그러나 베르길리우스는 끝내 만류하며 일으켜 세웠다.

"자, 어서 일어나시오. 당신도 이미 영혼이고 나 또한 같은 영혼이니 이럴 필요가 없잖소."

그는 천천히 일어서더니 베르길리우스를 향해 정중하게 머리를 숙였다.

"존경하는 스승이시여, 나의 어버이 같은 분이시여, 당신에 대한 저의 깊은 존경과 사랑을 받아주십시오. 얼마나 반갑고 기뻤으면 우리가 형체 없는 영혼인 것마저 잊고 그만 현세에서의 습관처럼 행동했겠습니까?"

DANTE LA DIVINA COMMEDIA 22

거꾸로 선 나무

두 사람을 여섯 번째 언덕으로 데려다준 천사는 단테 이마에 새겨져 있던 다섯 번째 P자를 지워줬다. 이어서 '옳은 일에 목마른 자는 복이 있나니……'라고 축복한 뒤 어느새 사라져 버렸다.

이마의 P자 하나가 지워지자 단테는 지금까지 걸어왔던 그 어떤 발걸음보다도 한결 가볍게 옮길 수 있었다. 단테는 지상 육신의 몸을 이끌고 있으면서도 영체靈體의 베르길리우스와 스타티우스의 뒤를 별 어려움 없이 빠른 걸음으로 뒤따라갔다.

베르길리우스가 스타티우스를 돌아보며 입을 열었다.

"덕으로 불붙은 사랑은 그 불꽃이 밖으로 드러나기만 하면 반드시 또 다른 곳에 불을 붙이기 마련이지. 1세기 후반에 로마에서 명성을 얻었던 라틴의 풍자시인 데키무스 유니우스 유베날리스를 보게. 그는 자신의 시 속에서 자네를 극찬했더군. 유베날리스는 자네보다 30년이나 늦게 죽었는데 나는 그가 죽은 직후 만나 보았네. 그를 통해 비로소 자네를 알게 되었지."

스타티우스는 자기를 이미 알고 있었다는 베르길리우스의 말에 짐짓 놀라는 눈치였다.

베르길리우스는 유베날리스를 만났을 때의 이야기를 해주었다.

"내가 지옥의 림보에 머물러 있을 때 방금 죽은 유베날리스의 영혼이 그곳으로 내려왔더군! 자네가 나에 대해 깊은 애정을 품고 있음을 전해 주었지. 비록 자네를 한 번도 보지 못했지만 난 이미 강한 호감을 갖고 있었네. 나로서는 자네와 동행하는 이 돌계단이 너무 짧게만 느껴져 아쉽군. 혹시 지금껏 내가 한 말에 무례가 있었다면 친한 벗처럼 이해하고 용서해주게. 그리고 이제부터는 나를 가까운 친구처럼 대해 주었으면 좋겠네."

"스승님께서 그렇게 말씀하시니 몸 둘 바를 모르겠습니다."

스타티우스는 공손하게 고개를 숙여 예의를 갖추었다. 그의 모습을 지켜보던 베르길리우스가 물었다.

"큰 덕과 지혜를 겸비한 자네의 마음속에 대체 어떻게 해서 탐욕이 자리 잡을 수 있었는지 그것이 몹시 궁금하군. 자네는 탐욕이 스며들 여지가 없을 만큼 학문에만 열중했었고 또 예지가 뛰어난 사람 아니었나?"

이 말을 들은 스타티우스는 빙긋 미소를 지었다.

"스승님의 말씀 한마디 한마디에 넘치는 사랑이 깃들어 있음을 느낄 수 있으니 제 마음이 기쁘기 한량없습니다. 제가 탐욕의 다섯 번째 언덕에서 500여 년을 보냈다 하여 현세에서 탐욕의 죄를 지은 것으로 오해받기 쉽지만 사실은 그렇지 않습니다. 하긴 참다운 이치가 감춰져 드러나지 않는다면 거짓된 것들 쪽으로 의혹이 기울어져 그릇된 판단을 일으키기 쉬울 것입니다. 그러나 저는 탐욕과는 거리가 먼 낭비의 죄 때문에 벌을 받고 있었습니다. 제가 그 낭비의 죄를 씻는 데 결정적으로 도움이 된 것은 바로 스승님께서 지으신 '아이네이아스'의 한 구절이었습니다."

베르길리우스는 전혀 뜻밖이라는 듯 그에게 물었다.

"대체 '아이네이아스'의 어떤 대목에서 감동을 얻었나?"

"제가 인간의 본성을 꾸짖는 그 시구를 암송해 보겠습니다. '오, 저주받을 황금에 대한 갈망이여, 너는 어찌하여 사람에게 탐욕을 주어 죄악을 저지르게 하는가!'라는 구절이었습니다."

단테는 스타티우스가 암송한 시구를 한 번 더 속으로 되뇌었다. 만약 잠시라도 자신이 낭비를 일삼은 적이 있다면 그 시구를 암송하는 것과 동시에 죄가 씻겨지길 희망했다.

스타티우스는 고개를 내저으며 안도의 한숨을 내쉬었다.

"제가 그때 낭비의 죄악을 바로잡았기에 망정이지 만약 그렇지 않았다면 어떻게 되었을지……. 지금쯤 지옥에 떨어져 허우적거리며 비참한 수모와 동숙했을 것입니다. 저는 낭비벽에 빠져있음을 깨닫고 죄를 뉘우치기 시작하는 한편 다른 죄들까지 함께 뉘우치게 되었답니다. 그 때문에 낭비로 인한 죄 외에 다른 죄들로 인한 벌을 면하게 되었던 것입니다. 그러나 살아 있는 동안 아니, 죽어서까지도 죄를 다 뉘우치지 못하고 마지막 심판 때 머리를 깎인 채 무덤에서 나오는 영혼들이 얼마나 많겠습니까? 이곳 연옥에서는 탐욕과 낭비가 서로 상반되는 죄임에도 불구하고 햇빛이 나무와 풀의 푸르고 싱싱함을 말려 버리듯 죄를 씻기 위해 깊은 참회를 거듭하며 한곳에서 벌을 받고 있답니다. 겉으로 드러나는 형태가 서로 다르지만 그 뿌리는 한 가지이기 때문입니다. 하느님께서는 탐욕한 자와 낭비한 자를 한곳에 두어 서로를 바라보게 함으로써 자신들의 죄를 올바르게 속죄케 하시려는 원의原義일 것입니다."

베르길리우스는 스타티우스의 말을 듣고 나서 생전에 그가 읊었던 어느 전쟁 시에 관해 묻기 시작했다.

"자네가 이오카스테에게 슬픔을 안겨다 준 그 잔혹한 전쟁에 관해 읊었던 시를 보면 테베 왕 오이디푸스는 어머니 이오카스테를 아내로 맞아 불륜을 저지르게 되네. 그 사이에서 두 아들이 태어나게 되는데 그들은 아버지가 죽자 왕위를 놓고 서로 쟁탈전을 벌이다가 둘 다 죽게 되지. 결국 불륜의 장본인이었던 이오카스테는 피눈물을 흘렸다고 적고 있네. 또한 자네는 시詩의 여신 중 하나인 클레이오에게 기원을 하고 그의 덕을 찬양하면서 그자와 어울렸지. 그런 모든 것으로 미뤄볼 때 자네의 시에서는 이교도적인 성격이 강하게 느껴지더군. 혹 그때까지는 자네에게 신앙이 없었던 것 아닌가? 설령 있었다 하더라도 믿음이 약했거나……. 하지만 믿음이 없는 선행이란 얼마나 보잘것없는 것인가!"

"스승님! 제가 어떤 동기로 신앙을 갖게 되었는지 그것이 궁금하신 거군요?"

"그렇다네. 대체 어떤 밝은 빛이 자네를 암흑 속에서 끌어내어 자네로 하여금 베드로의 뒤를 좇아 예수 그리스도를 따르는 신앙의 길로 들어서게 만들었나?"

스승의 물음에 스타티우스가 대답했다.

"그 모든 것은 스승님의 은혜였습니다. 스승님은 저를 파르나소스 산으로 보내 시적 영감을 주는 샘물을 마시도록 하셨습니다. 또 하느님 앞으로 인도하는 불을 밝혀주신 것도 스승님이셨습니다. 스승님께서 하신 일은 한밤에 등불을 밝혀주는 것처럼 숭고한 것이었지요. 뒤따르는 사람들을 위해 길을 밝혀주신 것이고요."

"과찬의 말일세."

"아닙니다. 스승님은 분명 이렇게 말씀하셨습니다. '새로운 세기가 오리라. 인류가 창조되던 그때처럼 의로움이 되돌아 하늘로부터 새로운 자손이 내려올 것이니…….' 그건 바로 예수 그리스도께서 오실 것에 대한 예언이었습니다. 이렇듯 스승님으로 인해 저는 비로소 시인이 되고 그리스도교인이 된 것입니다."

단테는 스타티우스를 바라보며 말했다.

"부족한 저로서는 이해하기 힘든 말씀입니다. 좀 더 상세히 설명해 주십시오."

스타티우스는 귀찮은 기색 없이 부드러운 미소와 함께 자상하게 설명해 주었다.

"그렇다면 스케치한 그림에 채색을 하듯 자세히 말해주겠네. 하느님께서 세워주신 예수님의 제자들에 의해 참다운 신앙의 씨앗이 뿌려져 온 세상은 그리스도교 신앙으로 가득 차게 되었다네. 그때 스승님께서 예언하신 시가 새로운 가르침을 베풀던 제자들의 말과 부합되었기에 나는 점차로 그들과 자주 만나게 되었네. 그들과 만나면 만날수록 거룩한 마음이 저절로 생겨나 어느덧 나 역시 그들과 같은 길을 걷게 되더군. 그래서 로마 황제 도미티아누스의 지독하고 잔학한 그리스도교 박해 때에도 그들과 함께 통곡할 수 있었다네."

스타티우스는 비장감에 젖어 잠시 숨을 몰아쉬더니 다시 말을 이었다.

"나는 그들의 올바른 행동과 훌륭한 가르침에 깊이 감복한 나머지 현세에 살아 있는 동안 그들을 힘껏 도왔지. 그들의 바른 행실은 나로 하여금 다른 모든 종교를 가볍게 보게 만들었네. 나는 나의 시 '테바이스' 제 9권을 끝내기 전에 세례를 받았지만 박해의 두려움 때문에 참 신앙을 숨기고 오랫동안 이교도인 양 행세하며 살았었네."

단테는 고개를 끄덕이며 말했다.

"아, 미지근했던 그 행동 때문에 네 번째 옥에서 400년 동안이나 참회를 하게 되었군요?"

스타티우스는 고개를 끄덕이고는 베르길리우스를 향해 물었다.

"스승님께 부탁이 있습니다. 만약 알고 계신다면 함께 이 언덕을 올라가는 동안만이라도 가르침을 주십시오. 라틴의 시인이었던 테렌티우스와 카에킬리우스, 플라우투스, 바글로는 지금 어디에 있습니까? 만약 그들이 지금 벌을 받고 있다면 그곳이 어디인지도 알고 싶습니다."

스타티우스가 거론한 사람들은 당대 가장 유명했던 시인들로서 부패한 시대의 죄악을 신랄하게 비판하는 시를 썼던 인물들이었다.

베르길리우스는 스타티우스의 물음에 대답해 주었다.

"그들은 또 다른 풍자시인 페르시우스와 나 그리고 시인 중의 시인 호메로스와 함께 빛이 없는 첫 번째 원 림보에서 지내고 있다네. 아홉 명의 시의 여신과 파르나소스 산에 대한 얘기를 하면서 한숨만 내쉬고 있지. 그곳에는 그들 외에도 그리스 3대 비극시인 중 하나인 에우리피데스, 아가톤, 안티폰 그리고 시모니데스 등 일찍이 월계수로 이마를 장식했던 많은 그리스인들이 있다네. 자네의 작품 '테바이스'와 '아킬레이스'에 나오는 인물로는 오이디푸스의 딸 안티고네, 티테우스의 딸 데이필레, 데이필레와 자매인 아르게이아, 여전히 불쌍한 모습으로 시름에 젖어 있는 안티고네의 동생 이스메네도 그곳에 있다네. 또한 란지아 샘물을 가르쳐 주어 테베를 침공하는 병사들의 갈증을 풀어준 여인 힙시필레, 아킬레우스의 어머니이며 바다의 여신 테티스, 아킬레우스의 연인이며 리코메데스의 딸 데이다메이아와 그녀의 자매들도 함께 있다네."

베르길리우스는 림보에 누가 머물고 있는지 스타티우스에게 자세히 설명해 주었다. 그러는 동안 그들은 어느새 언덕 꼭대기에 이르게 되었다. 태양은 그들 눈높이 바로 위에서 정오를 향해 달리고 있었다. 그곳에서 숨을 돌리며 어떤 방향으로 갈 것인가를 생각했다.

그때 베르길리우스가 말했다.

"여느 때처럼 왼쪽으로 돌아 산을 오르는 게 좋을 듯싶네."

스타티우스도 동의했으므로 베르길리우스의 뒤를 따르는 데 거리낄 것이 없었다. 산을 오르면서 베르길리우스와 스타티우스는 끊임없이 시에 대한 토론을 벌였다. 단테는 그들의 값진 말들을 한마디도 놓치지 않기 위해 정신을 바짝 차리고 귀를 기울였다. 그런데 갑자기 그들의 토론이 뚝 그치고 말았다. 단테는 아쉬움과 놀라움으로 재빨리 고개를 들어 앞을 바라보았다.

일행의 눈앞에는 향기롭고 탐스러운 열매가 주렁주렁 늘어진 나무 한 그루가 서 있었다. 그러나 보통 나무라면 아래쪽이 굵고 가지 쪽으로 갈수록 가늘어지게 마련인데 이 나무는 오히려 가지 쪽으로 갈수록 반대로 굵어지고 있었다. 아무래도 아무나 올라갈 수 없도록 하기 위한 하느님의 섭리인 듯싶었다.

단테는 두려운 목소리로 베르길리우스에게 물었다.

"스승님, 생김새가 기괴한 이 나무는 과연 무엇입니까?"

"이 나무는 생명나무의 분신이라네."

산허리에 있는 높은 바위에서 끊임없이 떨어지던 물방울이 나무의 잎사귀를 적셔 주고 있었다.

일행은 경외감에 젖어 나무 가까이로 다가갔다.

그때 나뭇잎 사이에서 크게 외치는 소리가 들려왔다.

"탐식의 죄지은 자들아! 그 과일에 손대지 말라."

그 목소리는 탐스런 열매를 눈앞에 두고 있는 이들에게 절제의 덕을 가르치고 있었다. 목소리는 계속 이어졌다.

"혼인 잔치에 술이 떨어졌음을 아들 예수님께 알린 마리아님께서는 아직도 잔치가 훌륭히 치러지기만을 바라느니라. 또한 지금은 너희들을 걱정하고 계시도다. 옛날 로마인들은 술 대신 물을 마시고도 만족해 했었고 다니엘도 채소만을 먹으며 지혜를 구했도다."

다니엘은 구약시대의 예언자다. 바빌론 왕 느부갓네살이 주는 좋은 술과 음식을 거절하고 물과 야채로만 지낸 인물이다. 그 후 다니엘은 하느님의 은총을 입고 다른 사람보다 뛰어난 지혜를 가지게 되었다.

목소리는 이들이 미처 대꾸할 겨를도 없이 계속해서 들려왔다.

"원시시대에는 도토리만으로도 맛있게 배를 채웠으며 목마르면 실개천 물로 목을 축이면서도 달콤한 감로수처럼 느꼈다. 그들의 삶은 그처럼 소박하면서도 행복했었다. 또한 세례자 요한을 보라. 그는 석청石淸과 메뚜기만으로 양식을 삼지 않았던가? 너희가 복음서에서도 볼 수 있듯이 얼마나 위대하고 빛나는 사람인가!"

DANTE LA DIVINA COMMEDIA 23

친구 포레세

허황된 것을 좇느라 일생을 허비하는 사람들처럼 단테는 그 목소리의 뜻을 이해하기 위해 나무의 푸른 잎사귀들을 뚫어지게 바라보고 서 있었다.

베르길리우스가 아버지처럼 다정한 목소리로 그를 일깨워주지 않았다면 그는 그 자리에 그대로 있을 뻔했다.

"그만 가도록 하세. 우리에게 주어진 시간이 얼마 남아 있지 않았으니 더 유효하게 시간을 아껴 써야만 하네."

말소리에 놀란 그가 고개를 돌려보니 베르길리우스는 벌써 앞쪽을 향해 걸어가고 있었다.

단테는 얼른 스타티우스와 베르길리우스의 뒤를 좇으면서 다시 그들의 토론에 귀를 기울였다. 길은 멀고 험했지만 그들의 이야기를 듣는 즐거움에 피곤을 몰랐다.

그때 어디선가 기쁨과 한탄이 뒤섞인 노랫소리가 들려왔다.

"주님, 저의 입술을 열어주소서!"

단테는 두 시인의 토론에 한참 열중해 있다가 깨어 주위를 둘러보았다.

"어디서 들려오는 노랫소립니까?"

베르길리우스는 그의 물음에 대답해 주었다.

"탐식으로 죄지은 영혼들이 자신의 죄를 씻기 위해 가는 중이라네."

베르길리우스의 말소리가 끝남과 동시에 뒤쪽에서 무수한 사람들이 달려오는 발자국 소리가 들렸다.

그들이 뒤돌아보니 얼굴이 백지장처럼 창백하고 한결같이 눈자위가 검게 움푹 꺼져 있었으며 온몸이 말라비틀어진 영혼의 무리가 세 사람을 향해 달려오고 있었다. 그들은 순식간에 이들을 앞질러 갔다. 그들은 이들 곁을 지나쳐 가면서 놀란 눈으로 주시하고 있었다.

그러나 정작 놀란 것은 단테였다. 그들의 모습은 도저히 사람이라고 볼 수 없을 만큼 말라 있어서 피부 밖으로도 골격을 알아볼 수 있을 정도였다. 옛날 테살리아 왕 트리오파스의 아들 에리식톤이 데메테르 여신 숲에 있는 오래된 떡갈나무를 도끼로 찍는 바람에 여신의 노여움을 사 그 벌로 굶주림의 고통을 당할 때 그는 견디다 못한 나머지 자신의 팔다리까지 뜯어먹고 죽었다. 그 에리식톤이 배고픔의 고통 속에서 괴로워할 때도 이들처럼 처참하게 살가죽만 남아 있지는 않았을 것이다.

단테는 혼잣말로 중얼거렸다.

"그래, 이들은 예루살렘을 잃은 유대인들이 분명해. 당시 티투스가 하느님의 도우심으로 예루살렘을 포위했을 때 한 유다의 여인이 배고픔을 이기지 못해 자기 자식을 잡아먹었다고 하지 않았던가!"

그곳에서 벌을 받고 있던 영혼들의 눈자위는 구슬이 빠져버린 반지와 흡사했다. 조물주가 사람을 만들었을 때 그 얼굴에서 양쪽 눈을 O자로 삼고 코와 눈썹 부분을 M자로 삼아서 OMO라고 새겨 넣었다는데 이들은 어찌나 심하게 말랐던지 M자가 쉽게 눈에 띄었다. 그들의 모습을 직접 보지 않은 사람들은 단테가 아무리 설명해도 아마 상상조차 하지 못할 것이다.

단테는 소름이 오싹 돋아 있는 양팔을 쓸어내리며 베르길리우스에게 물었다.

"스승님, 저들이 저렇게 흉측한 형상으로 벌 받고 있는 이유가 무엇입니까?"

"생명나무의 향기로운 열매와 시원한 물이 저들을 더욱 야위게 한 것이라네."

"무슨 말씀이신지 이해하기 힘듭니다."

그러나 베르길리우스는 그의 물음에 이렇게 대답할 뿐이었다.

"자네의 그 의문에 대해 풀어줄 만한 영혼을 찾아보는 게 더 좋을 듯 싶네. 아마 그가 나보다 더 자세히 설명해줄 걸세."

스승과 제자가 그들을 천천히 둘러보고 있을 때 영혼 중 하나가 움푹 꺼진 눈을 돌려 응시하더니 갑자기 외쳤다.

"오, 이게 어찌된 은총이란 말인가!"

목소리는 그 영혼에게서 나온 것이라고 하기에는 도저히 믿을 수 없을 정도로 힘찼다. 외모만 보았더라면 단테는 그가 누구인지 알아보지 못했을 것이다. 하지만 그의 목소리를 들었을 때 먼 추억이 불꽃처럼 환하게 밝아 오는 것을 그는 느낄 수 있었다.

그는 단테의 아내 젬마의 먼 친척으로 서로 시를 주고받던 절친한 친구 포레세 도나티였다. 하지만 그의 모습이 너무나 달라졌기에 한동안 말을 잃은 채 그를 뚫어지게 바라볼 뿐이었다.

포레세가 먼저 입을 열었다.

“너무 그렇게 빤히 쳐다보지 말게, 나는 이미 오래전에 윤기 있고 뽀얗던 피부색을 잃었다네. 자네 눈에 보이는 건 단지 말라붙은 껍질에 불과해. 살이란 살은 모두 빠져서 지금 내 몸을 감싼 건 가죽밖에 없지. 그런데 자네와 동행하고 있는 두 분은 누구신가?”

단테는 가슴속에서부터 솟아오르는 뜨거운 것을 삼키며 말했다.

“자네의 영혼과 육신이 분리되던 날, 난 이미 눈물을 한 번 흘렸네만 오늘 자네의 모습을 보니 그때보다 더 슬퍼지는군. 어쩌다가 이런 꼴이 된 건가? 물론 자네도 나에 대해 궁금한 것이 많겠지만 나 역시 자네와 똑같은 심정이라네. 이런 자네의 모습을 다시 보게 되다니 너무나 충격이 커서 아무 말도 할 수 없을 것 같네.”

포레세는 단테의 기분을 이해했는지 아무런 질문도 하지 않았다. 대신 물음에 대답해 주었다.

“영원한 하느님의 섭리로부터 내려진 힘이 저곳에 심어진 나무와 물속으로 스며들면서 이렇게 몸이 야위게 된 거라네. 여기에 있는 자들이 모두 울면서 노래를 부르고 있는 건 살아 있을 때 지나치게 많이 먹고 즐겼기 때문에 여기서는 굶주림과 목마름으로 몸을 본래대로 되돌리기 위해 씻고 있는 것이지. 그러나 아직도 그 죄를 다 씻지 못하여 생명나무의 푸른 잎 위로 떨어지는 맑은 물과 열매에서 풍기는 향기로움에 이끌리고 있다네. 그래서 나무 밑을 지날 때마다 먹고 마시고 싶은 욕망에 사로잡히게 되지. 하지만 우리는 절제의 덕으로 그것을 참고 견뎌나가야만 한다네.”

단테가 혀를 차며 이맛살을 찌푸렸다.

“그 고통이 얼마나 크겠나! 자네가 나와 함께 보냈던 나날, 또 내가 자

네와 더불어 향락을 일삼던 날들을 지금 와서 돌이켜 본다 한들 그것은 오히려 자네에게 더 큰 고통만 안겨줄 걸세."

그러나 포레세는 고개를 내저었다.

"그것은 고통이 아니라 오히려 하느님의 은총이라네. 자네, 예수님께서 인간의 죄를 대신하여 십자가에 못 박히실 때 '엘리 엘리 라마 사박다니?'하고 부르짖으신 것을 기억하겠지?"

"물론이지. '나의 하느님, 나의 하느님, 어찌하여 나를 버리셨나이까?'라는 뜻이 아닌가. 그런데 왜 그걸 묻는 거지?"

"그때 하느님께서는 예수 그리스도로 하여금 기쁜 마음으로 당신의 섭리에 따라 십자가의 죽음을 택할 수 있도록 의지를 보이신 거라네. 이와 마찬가지로 이곳에 있는 영혼들 또한 하느님의 뜻에 따르겠다는 의지에 힘입어 참고 견디며 나무 밑을 무사히 지나갈 수 있는 거라네."

"포레세, 생각해보니 자네가 현세를 떠난 지 아직 5년도 채 되지 않았군. 임종 전까지 회개를 미뤄왔던 자들은 살아 있을 때 회개하지 않고 지낸 만큼 연옥 문밖에서 지내야 하는 걸로 알고 있네. 그런데 어떻게 벌써 연옥 안에 들어올 수 있었나? 나는 자네가 저 아래 연옥 문밖에서 아직도 속죄하고 있을 거라고 생각하고 있었네."

포레세는 빙긋 웃으며 대답했다.

"내가 이곳까지 올 수 있었던 건 어질고 착한 나의 아내 넬라 덕분이라네. 그녀가 눈물 흘리며 경건하고 애절하게 열심히 기도해준 은혜로 인해 연옥 문밖에서 연옥 문 안으로, 또 다섯 개의 옥을 거쳐 이곳까지 올 수 있었다네."

넬라는 포레세가 죽은 뒤 홀로 아들을 키우며 말없이 옳은 일을 실천하고 있었다. 그녀의 갸륵한 행동은 하느님을 기쁘게 하기에 충분한 것들이었기에 아마도 하느님께서 그녀의 기도를 들어주신 모양이었다.

포레세는 넬라의 자랑을 늘어놓기 시작했다.

"오래전부터 사르데냐 섬의 바르바니아가 풍기문란하기로 소문나 있지만 내 정숙한 아내 넬라가 사는 토스카나의 피렌체에 비한다면 오히려 깨끗한 편이지. 오죽하면 피렌체를 토스카나의 바르바니아라고까지 했겠는가. 하지만 넬라는 그런 무리들에게 눈길 한번 돌리지 않고 오직 하느님만을 섬기며 기도로써 하루하루를 보내고 있다네."

"넬라는 훌륭한 여인이네. 세상에 휩쓸리지 않고 고결한 품성을 지키며 살기란 결코 쉬운 일이 아니지. 넬라의 정숙함은 모든 여인들의 본보기가 될 걸세."

단테의 말을 들은 포레세는 안타까운 듯 말했다.

"정말 뭐라고 해야 할지 모르겠군. 나에게는 벌써부터 미래가 환히 보인다네. 그것도 그리 멀지 않은 미래의 일이……."

단테의 미래에 대한 강렬한 욕구가 포레세를 다그쳐 묻게 만들었다.

"이보게, 자네 눈에 보이는 미래에 대해 내게 말해주게."

포레세는 탐탁찮은 말투로 이야기해나갔다.

"피렌체의 뻔뻔스런 여자들이 어떻게 옷을 입고 다니는 줄 아나? 아마 신사라면 그 여인들 앞에서 고개도 들지 못할 거야."

그 즈음 여자들은 속이 훤히 비치는 레이스로 된 옷이나 가슴이 드러나 보일 정도로 앞자락이 파인 옷들을 입고 다녔다. 또한 어떤 여자들은 풍만한 엉덩이를 강조하기 위해 옷 모양새를 요란스럽게 꾸미기도 했다.

포레세는 혀를 차면서 말을 이었다.

"조만간 그런 풍기문란을 바로잡기 위해 옷에 대한 규제령이 내려질 걸세. 생각해보게. 아무리 미개한 나라의 야만인들이라도 여인의 가슴이나 엉덩이를 가리라는 규제령이 필요했던 적이 한 번이라도 있었는가? 이처럼 부끄러운 일이 또 어디에 있겠나! 그러나 머지않아 그 뻔뻔스런 여인들에게 하늘에서 천벌을 내릴 거라는 사실을 알게 된다면 아마도 벌써부터 큰 소리로 울부짖겠지."

단테는 그의 예언이 실감나지 않아 아무 말 없이 고개만 갸웃거렸다. 그러자 포레세는 장담이라도 하듯 재차 말했다.

"내 말을 믿지 못하는 모양이군. 하지만 두고 보게. 지금 자장가를 들으며 잠들고 있는 어린아이들의 볼에 수염이 채 자라나기도 전에 그 여인들은 회한悔恨의 통곡을 하게 될 걸세."

포레세는 말을 마치고 나서 잠시 단테를 살펴보더니 얼굴색이 갑자기 더 하얗게 질렸다. 그는 떨리는 목소리로 물었다.

"단테, 이게…… 이게 어찌된 일인가? 사실대로 말해 주게. 어째서 자네 발밑에 그림자가 생기는 거지?"

포레세는 눈을 크게 뜬 채 그의 발밑 그림자를 뚫어지게 바라보고 있었다.

단테는 잠시 베르길리우스에게 눈길을 옮겼다.

"둥근달이 떠 있던 4월 8일, 현세와 지옥의 문턱에서 헤매고 있는 나를 이분께서 지옥의 어둠을 헤치고 구해 주셨네. 그래서 나는 살아 있는 몸 그대로써 육체와 하느님까지 잃은 채 형벌을 받고 있던 지옥의 백성들 속으로 가볼 수 있었고 이분께서 힘과 용기를 내게 불어넣어 주셨기에 그곳을 빠져 나와 연옥의 산에 올라 여러 개의 옥을 거쳐 여기까지 올 수 있었네."

포레세는 '세상에!'라는 짧은 감탄사를 내뱉으며 계속 단테의 이야기에 귀 기울였다.

“아마도 이분은 베아트리체가 있는 천국에 이르기 직전까지 나의 안내자가 되어주실 걸세. 그러나 그곳에 도착하게 되면 이분과 헤어져야만 한다는 사실이 슬픔을 안겨준다네. 이분은 바로 시의 아버지라 불리던 시성 베르길리우스님이시고 다른 한분은……”

단테는 스타티우스를 손으로 가리키며 말했다.

“이분은 이제 막 이곳의 죄를 모두 씻고 영혼의 본향 하늘을 향해 올라가시는 스타티우스님이시라네. 아까 지진이 일어났던 것은 바로 이분께서 하늘로부터 받은 은총 때문이었네.”

DANTE LA DIVINA COMMEDIA 24

젠투카

그동안 쌓였던 이야기를 나누며 순풍에 돛을 단 배처럼 기세 좋게 포레세와 단테는 앞을 향해 걸어 나갔다. 너무 말라서 마치 두 번 죽은 것처럼 보이는 그곳의 또 다른 영혼들은 단테가 아직 살아 있음을 알고는 푹 꺼진 눈꺼풀 속에서 경탄의 눈초리를 보내며 슬슬 피해갔다.

단테는 조금 앞서 걷고 있던 베르길리우스와 스타티우스를 가리키며 말했다.

"저분들이 저렇게 천천히 걷는 것은 우리를 배려해서 일 것이네. 결코 발걸음이 늦어서가 아니야."

이미 그 사실을 눈치챈 포레세 역시 고개를 끄덕였다.

단테가 포레세에게 물었다.

"산타클라라 수도회의 수녀였던 자네의 누이동생 피카르다는 어디에 있나? 또 이곳에 있는 영혼들 중에 내가 알 만한 인물이 있다면 가르쳐 주게."

“내 여동생은 자네도 알다시피 아름다움과 착함이 남달랐지. 이미 천국에 올라 승리의 영광을 누리고 있다네.”

포레세는 피카르다 얘기를 하다 말고 너무나 대조적인 연옥의 동료들에 대한 얘기를 꺼냈다.

“여기서는 모두가 너무나 오랫동안 굶주렸기 때문에 본래 그들의 모습을 알아볼 수가 없다네. 그러나 굳이 자네가 이곳에 있는 영혼들에 대해 알고 싶어 한다면 이름쯤 말해주는 건 그리 어려운 일이 아닐세.”

포레세는 손가락을 들어 한 영혼을 가리키며 말했다.

“저 사람은 보나준타라고 하네. 루카의 시케리아 파 시인이었지. 그리고 저쪽 다른 영혼들보다 유독 더 심하게 야위어 있는 사람은 로마의 성 교회를 다스렸던 교황 마르티누스 4세일세. 그는 수십 킬로미터나 떨어져 있던 베르나치아에서 백포도주를 가져다 마셨고 또 볼세나 호수에 있는 뱀장어를 잡아다가 그 포도주에 넣어 취하게 한 다음 구워먹었다고 하네. 대단한 탐식가였어.”

포레세는 그밖에도 많은 사람들의 이름을 차례차례 열거하며 알려주었다. 그때마다 모두 자신의 이름이 불리는 것이 흐뭇한 듯 영혼들은 누구 하나 얼굴을 찌푸리지 않았다.

단테는 그들 중 지옥의 아홉 번째 옥 얼음구덩이에 빠져 있던 루지에리 대주교의 아버지로, 지옥의 여섯 번째 옥에서 불에 그을린 관 속에 묻혀 있던 오타비아노 추기경의 형제 우발디노델라필라와 많은 백성들을 지팡이로 다스리던 라벤나의 대주교 보니파티우스를 보았는데, 그들은 너무나 허기진 나머지 허공을 깨물어 씹고 있었다. 또 마르케세의 모습을 볼 수도 있었다. 그는 포를리의 명문가 출신으로 피엔차의 장관까지 지낸 적이 있다. 그러나 그가 술을 어찌나 많이 마셨던지 피엔차 사람들은 그를 가리켜 술 마시는 것 말고는 하는 일이 전혀 없는 사람이라고까지 부를 정도였다.

단테는 포레세로부터 설명을 들은 여러 영혼들 중에서 유난히 루카의 보나준타에게 눈길이 끌렸다. 왜냐하면 그에게서 처음부터 대화를 나누고 싶어 하는 강한 열망을 엿보았기 때문이었다.

보나준타는 죄를 씻느라 고통스러운 몸, 특히 그 고통이 심하게 느껴지는 입 언저리를 씰룩거리며 혼잣말로 '젠투카'라고 중얼거렸다.

단테는 그에게 다가가 호의를 보이며 말을 건넸다.

"당신의 눈빛을 보니 대화하고 싶은 열망으로 가득 찬 것 같은데…… 하고 싶은 말이 있으면 마음을 열고 이야기하십시오."

보나준타는 기다렸다는 듯 망설임 없이 말했다.

"루카에 한 여자가 태어났소. 아직 베일을 쓰지는 않았지만 그 여인의 덕과 겸손 덕분에 내 고향은 당신의 마음에 쏙 들 만큼 아름답게 될 것이니 이 예언을 가슴속 깊이 간직해 두시오. 지금 내 이야기가 믿기지 않더라도 뒷날 실제 증명될 것이오."

베일을 쓰지 않았다는 점으로 미뤄보아 그 여자는 아직 결혼을 하지 않은 게 분명했다.

"그 여인이 누구인지 말해줄 수 있겠소?"

"젠투카!"

단테는 그때서야 보나준타가 중얼거리던 것이 그 여인의 이름이었음을 알 수 있었다. 그는 대답을 마친 뒤 단테를 자세히 살펴보다가 질문을 던졌다.

"대답해 주시오. '사랑을 잘 알고 있는 숙녀여'라는 시를 읊어 새로운 시의 세계를 개척해낸 사람이 바로 당신입니까?"

그의 질문은 한편으론 단테를 우쭐하게 만들기에 충분했다. 그러나 그는 교만을 버리고 겸손하게 대답했다.

"사랑은 나누면 나눌수록 커지는 법. 그래서 지금까지 사랑이 영감을 줄 때마다 펜을 들어 그 사랑이 속삭이는 대로 저는 글을 옮겼을 뿐입니다."

보나준타는 단테의 대답을 듣더니 연거푸 감탄사를 터뜨렸다.

"과연! 당신의 얘기를 듣고 보니 야코보 다 렌티니, 아레초의 구이토네 델 비바 그리고 나의 시가 왜 그대의 작품보다 뒤떨어졌는지 그 까닭을 알 수 있을 것 같소. 당신과 피렌체의 신파시인新派詩人들은 사랑이 불러주는 대로 펜을 움직였지만 우리들의 펜은 그렇지 못했기 때문이었군요."

보나준타는 자신이 알고자 했던 것에 대한 답을 들었다는 듯 만족해하며 웃고는 입을 다물었다.

나일 강가에서 겨울을 보내는 학들이 긴 목과 날씬한 몸매로 질서정연하게 떼 지어 공중을 날아가듯 이곳에 있는 영혼들도 죄를 씻고자 하는 마음이 강해서인지 날씬하고 마른 몸으로 발걸음을 재촉하고 있었다. 그러나 뛰다가 지치면 같이 가던 자를 앞서 보내고 가쁜 숨이 진정될 때까지 천천히 걸어갔다. 포레세는 그렇게 일행을 먼저 보내고서 뒤에 쳐져 단테와 함께 걸었다.

한동안 얘기를 주고받다가 포레세가 아쉬운 듯 말했다.

"이제 헤어지면 언제 다시 만날 수 있을까?"

단테 역시 그의 말을 듣고 못내 서운한 감정이 들었다.

"글쎄, 내가 앞으로 얼마를 더 살게 될지 모르겠지만 피렌체의 불행을 더 이상 보지 않기 위해서라도 하루속히 이 연옥으로 오고 싶은 마음이 간절하네. 그러나 내가 바라는 만큼 빨리 죽어 현세를 떠나지는 못할 것 같아.”

단테는 한숨을 내쉬느라 잠시 말을 멈추었다가 다시 이어나갔다.

“내가 태어났고 앞으로 계속 살아가야 할 고향 피렌체는 날이 갈수록 선과 덕이 사라져 가고 있네. 앞으로는 더욱 악화되어 피비린내가 나는 당쟁 속에서 비참한 최후를 맞게 될 운명인 듯해. 희망의 소식을 들으며 지혜를 얻고 싶은데 결국 그 불행을 봐야 할 것 같아서 벌써부터 눈물이 나오려고 하네.”

포레세는 단테의 걱정스런 말을 듣더니 위로의 말을 건넸다.

“너무 염려 말게. 흑당의 수령으로 피렌체의 불행을 빚어낸 장본인이었던 나의 형 코로소 도나디는 결국 반역죄에 몰려 도망치다가 말에서 떨어지는 바람에 붙잡혀 창에 찔려서 지옥으로 가게 될 운명, 더 이상 말하려니 가슴이 찢어질 듯 고통스럽군.”

잠시 하늘을 올려다본 포레세가 서둘러 말했다.

“자, 나 먼저 가보겠네. 같이 이야기를 나누며 걷다 보니 꽤 많은 시간을 허비해 버렸어. 이곳은 시간만큼 귀한 것이 없지. 나 또한 하루속히 죄를 씻어야 한다네.”

그는 말을 마치고 가볍게 작별을 고하더니 마치 전쟁터의 기사처럼 재빨리 앞으로 달려 나갔다. 단테는 앞쪽으로 아득히 멀어져 가는 포레세의 뒷모습을 바라보면서 그가 했던 말들을 되새겨 보았다.

드디어 영혼들의 모습이 시야에서 완전히 사라졌을 무렵, 때마침 길모퉁이에 접어든 이들의 눈에 또 한 그루의 과일나무가 들어왔다. 그리고 그 나무 밑에서는 사람들이 두 손을 벌린 채 무어라고 소리를 지르고 있었다. 그 모습은 마치 과일을 따지 못하는 어린아이가 무턱대고 달라고 떼쓰는 것처럼 보였다. 하지만 먹을 것을 달라고 아무리 떼를 써 봐도 소용없는 일이었다. 나무의 열매는 손에 잡힐 듯 잡힐 듯 하면서도 잡히지 않아 오히려 영혼들을 더욱 애타게 할 뿐이었다.

이윽고 영혼들은 자신들의 노력이 헛되다는 사실을 깨달았는지 우르르 떠나버렸다.

연옥을 순례하고 있는 일행은 곧 많은 사람들의 기도와 눈물을 매정하게 물리친 그 큰 나무 밑에 도착할 수 있었다.

"가까이 오지 말고 그냥 지나쳐 가거라. 하와가 따먹었던 선악과善惡果가 열리는 나무는 이 연옥의 산 위인 천국에 있으며 그 지혜의 나무로부터 이 나무가 생겨난 것이다."

갑자기 나뭇가지 사이에서 엄청난 목소리가 들려왔다. 일행이 그 말에 따라 나무를 지나쳐서 높이 솟아 있는 벼랑을 바라보며 위로 올라가기 시작했을 무렵 좀 전의 그 목소리가 다시 들려왔다.

"구름 속에서 생겨나 저주받은 반인반마伴人伴馬 켄타우로스들, 그들은 포식하고 술에 취하여 테세우스와 싸움을 벌인 끝에 많은 수가 목숨을 잃었도다. 또한 승리의 영광을 나누어 받지 못한 이스라엘 병사들을 기억하라. 판관 기드온이 하느님의 명령에 따라 이스라엘 병사들 중 미디안을 칠 병사들을 뽑을 때 자기의 욕심을 억제하지 못하고 무릎을 꿇어 많은 물을 마신 병사들을 탈락시켜 하느님의 영광을 누리지 못하게 하지 않았더냐!"

이렇듯 음식을 탐한 자들이 얼마나 큰 형벌을 받게 되는가를 들으면서 단테 일행은 길 안쪽을 따라 걸어갔다. 일행들 모두가 각자의 생각에 깊이 잠겨 앞으로 걸어가고 있을 때 어디선가 갑자기 우렁찬 목소리가 들려왔다.

"너희들 셋은 도대체 무엇을 생각하며 걷고 있느냐?"

단테는 마치 갓 태어난 겁먹은 짐승처럼 소스라치게 놀랐다. 그리곤 반사적으로 고개를 돌려 목소리가 들려온 쪽을 바라보았다. 일행의 눈 앞에는 불꽃처럼 붉은 빛을 내며 누군가가 서 있었다. 용광로 속의 유리나 쇳물일지라도 그처럼 붉은 빛을 띠지는 못할 것이다.

그는 단테의 위아래를 샅샅이 훑어보더니 말했다.

"더 위로 오르려거든 여기서 왼쪽으로 꺾어서 돌아가라. 평화를 찾는 자들은 누구나 반드시 이 길을 거쳐 가야만 한다."

그 모습이 너무나 눈부셨기에 다시 고개를 떨어뜨려야 했다. 단테는 시선을 바닥에 못 박은 채, 마치 목소리만 듣고 따라가는 장님처럼 발로 땅을 더듬으며 베르길리우스의 뒤를 바짝 따라갔다. 단테는 작은 목소리로 베르길리우스에게 물었다.

"스승님, 온몸을 불사르듯 붉은 빛을 띠고 우리에게 길을 알려준 저분은 누굽니까?"

베르길리우스 또한 조심스런 목소리로 대답했다.

"저분은 바로 일곱 번째 연옥의 문을 지키는 천사라네."

봄날의 부드러운 산들바람이 꽃들의 향기를 가득 싣고 불어와 단테의 이마를 쓸고 지나갔다. 그는 곧 그 바람이 자연적으로 생긴 것이 아니라 신들이 먹는 음식인 암브로시아 향내가 나는 날갯짓으로 천사가 일으킨 바람이라는 걸 이내 알 수 있었다.

천사는 바람을 일으키며 은은한 목소리로 말했다.

"맛에 대해 지나친 탐욕을 부리지 않고 언제나 옳은 일에 주려 있는 사람은 행복하다. 그들은 하느님의 크나큰 은총을 받을 것이다."

베르길리우스는 단테를 바라보더니 가볍게 미소 지었다.

"자네의 이마에서 또 하나의 P자가 지워졌네. 이제 자네의 몸과 마음은 한결 더 가볍고, 기쁨으로 가득 찰 것일세."

단테는 한 손을 들어 이마를 더듬으며 이미 글자가 지워진 사실을 깨닫게 되었다.

연옥 영혼들은 자신의 본성적인 습관처럼 범한 죄를 정화하기 위해 형벌을 스스로 겸손과 인내로 견뎌 내야만 했다. 사후 세계의 시간이란 그곳 하루가 살아 있을 때 이승 시간으로 일천 년이라고 한다. 그 영혼들이 연옥에서 속죄하는 기간은 각각 영혼들 자신이 지은 죄와 형벌을 이겨나가는 태도에 따라 다르다. 그들에게는 자유의지가 이미 상실되어 있는 만큼 공의로운 심판대로 연옥 생활을 해야만 하지만, 기간 단축은 아직 지상에 살아 있는 선한 사람의 기도가 가장 큰 도움이 된다.

단테가 지옥으로부터 연옥까지 무사히 순례할 수 있었던 것은 성모 마리아님, 성녀 루치아, 영원한 연인 베아트리체 그리고 자신의 안위보다 이승에 대한 사랑의 마음을 갖춘 단테의 선의 마음, 또 평소 존경하던 베르길리우스와 그 밖의 여러 인물들로부터 배려와 도움이 있었기에 가능했다.

불가능이 가능으로 바뀐 이 사건에는 인간이란 영성을 지녔고 사회적 동물인 만큼 현세에서도 상호 인격 존중과 함께 공존하며 살아가고, 죽어서조차 단순 개인으로 머물러 있지 않는다는 협력의 필요성에 대한 메시지가 강렬하게 담겨져 있다.

DANTE LA DIVINA COMMEDIA 25

영성靈性의 신비

오직 목적만을 생각하며 서두르는 자는 자신 앞에 무엇이 가로막든 상관하지 않고 제 갈 길을 가기 마련이다. 그런 것처럼 위로 올라가는 틈새가 좁아져 한 사람씩밖에 지나갈 수 없는 돌계단을 단테의 일행은 아무 말도 하지 않고 한 사람씩 차례대로 통과했다.

머리 위의 태양은 정오를 지나 활기찬 오후를 향해 치닫고 있었다. 이 시간이라면 그 어떤 것에도 방해받지 않고 가고자 하는 곳을 얼마든지 올라갈 만했다. 말없이 걷고 있는 동안 단테의 머릿속에는 해답을 알 수 없는 의문이 꼬리를 물며 끝없이 맴돌고 있었다.

새끼 황새가 날기 위해 날개를 폈다가 날 기력이 없어 그만 다시 날개를 접듯 단테 역시 스승에게 묻고 싶은 열망에 사로잡혀 막 입을 열려고 했다가 말문을 열 의욕을 잃어버렸다. 혹시 바쁜 걸음에 방해가 되거나 두 시인을 귀찮게 만들지나 않을까 하는 염려스런 마음에서였다.

여전히 발걸음을 재촉하던 베르길리우스는 벌써 그의 마음을 읽었는

지 다정하게 말을 걸었다.

"활시위가 당겨진 화살이니 쏘아야 하지 않겠나?"

단테는 스승의 말에 용기를 얻어 마음껏 질문을 했다.

"스승님, 이곳 연옥에 있는 자들은 모두 영혼들뿐이잖습니까? 그렇다면 굳이 육체에 필요한 영양을 섭취할 필요가 없을 텐데 어째서 그렇게 앙상하게 말라비틀어져 있었을까요?"

베르길리우스는 그의 질문에 고개를 끄덕이더니 대답해 주었다.

"장작불이 다 타서 재가 되었을 때 멜레아그로스의 생명도 다했음을 자네가 기억해 낸다면 그 이유를 쉽게 이해할 수 있을 걸세."

단테가 그 전설을 떠올리고 있을 때 베르길리우스가 다시 말을 이었다.

"자네가 움직일 때마다 거울 속에 비친 자네의 모습도 그대로 따라 움직이는 것처럼 영혼들 또한 실상實像을 그대로 재현한다는 점을 생각해 보면 자네의 의문이 쉽게 풀릴 걸세."

멜레아그로스는 칼리돈의 왕 오이네우스와 왕비 알테아 사이에서 태어났다. 운명의 여신들은 그의 탄생을 기념하기 위해 직접 방문하여 선물을 내려주었다. 먼저, 수명을 정하는 여신 클로토는 그에게 용기를 주었고, 생명의 실을 물레에 감는 여신 라케시스는 강건함을 주었으며, 생명의 실을 끊는 여신 아트로포스는 나무토막 하나를 불에 던지며 그 나무토막 하나가 다 타는 날 아이가 죽게 될 것이라고 예언했다.

이 말을 듣고 깜짝 놀란 왕비 알테아는 재빨리 불을 끄고는 나무를 꺼내 깊숙한 곳에 감춰두었다.

멜레아그로스는 용감하고 강건하게 성장했다. 하지만 불행하게도 두 외삼촌을 죽이는 사건을 저지르고 말았다. 이에 격분하게 된 알테아 왕비는 숨겨두었던 그 운명의 나무토막을 꺼내 자신이 구하려던 자식의 생명나무토막을 불 속에 던져 넣었다. 그 나무토막이 다 타버리자 멜레아그로스는 결국 그 자리에서 죽고 말았다.

그러나 단테는 아무리 생각해봐도 그 이유를 알 수가 없었기에 고민하지 않을 수 없었다.

그때 베르길리우스가 그의 마음을 헤아리며 말했다.

"자네가 충분히 이해할 수 있도록 여기 스타티우스에게 부탁해서 의구심을 명백히 풀어주도록 하겠네. 원래 사랑의 영성에 관한 것은 그리스도교 교리에 관련된 것이므로 나보다는 그리스도교인이었던 스타티우스가 설명하는 게 더 나을 듯싶네."

말을 마친 베르길리우스가 고개를 돌려 스타티우스를 바라보자 그는 상기된 목소리로 설명을 시작했다.

"내가 단테 자네 앞에서 죽은 다음에 심판받는 영혼들의 상황에 대해 설명하게 되다니 참으로 우스운 일이군. 하지만 조금이라도 도움이 될까 하는 마음에서 용기 내어 말하겠네."

스타티우스는 잠시 생각에 잠기는 듯하더니 다시 입을 열어 말을 이었다.

"자네가 만일 내 말을 잘 듣고 받아들인다면 자네의 의문을 푸는 데 도움이 될 걸세. 정액으로 쓰일 가장 깨끗한 피는 쉽게 혈관으로 빨려 들어가지 않는다네. 마치 따로 준비해둔 음식처럼 고스란히 남아서 번성의 씨앗이 되기 위해 심장으로 들어간 뒤 그곳에서 힘을 얻게 되지."

스타티우스의 이론은 아리스토텔레스와 토마스 아퀴나스의 교리에 의거하고 있었다. 그는 계속해서 사람의 육체와 영혼이 만들어지는 과정에 대해서 설명했다.

"혈관 속으로 흘러 들어갔던 피가 사람의 몸에 양분이 되어 그 사람의 생명을 지켜주듯, 정액은 남성의 아래로 내려가 여성이 간직한 자연의 그릇 속에서 방울져 흐르게 된다네. 그 정결한 곳에서 남성의 능동적인 피와 여성의 수동적인 피가 섞이게 되면서 작용을 시작하는데 그 과정에서 먼저 인간의 육체가 만들어지고 다음에 영혼이 생겨난다네."

단테는 마치 어머니로부터 비밀스러운 이야기를 전해 듣는 꼬마처럼 호기심 어린 눈빛으로 스타티우스를 계속 바라보았다. 이어서 스타티우스는 영혼의 성장과정에 대해 설명해 주었다.

"이렇듯 정액의 능동적인 힘으로 만들어진 영혼은 하나의 발달 단계를 거쳐야 한다네. 그건 영양과 생장生長, 번식능력만을 갖고 있는 식물의 혼魂과 감각활동을 하는 동물의 혼이 합쳐지는 것인데 그렇게 함으로써 인간에게는 동물의 초기 발달 단계인 해파리처럼 꿈틀거리는 감각과 온갖 기관들이 만들어지게 되지. 바야흐로 심장으로부터 얻어진 육체 구성의 힘이 태아의 각 기관으로 펴져 나간다네."

단테는 '영양을 섭취하고 성장해가는 태아의 첫 단계는 그래서 식물과 비슷할 수밖에 없는 것인가' 하는 생각이 들었다. 그러나 식물의 혼과 뚜렷이 구분되는 한 가지가 있다면 식물의 혼은 그쯤에서 발육의 단계를 멈춰버리지만 태아는 계속적으로 발육해 나간다는 것이었다.

"단테, 육신을 이끌고 이 연옥까지 온 자여! 보잘것없는 생명체가 어떻게 해서 언어와 이성을 갖춘 인간으로 변화되어 가는지 알고 있는가?"

단테는 자신이 알고 있는 모든 지식을 총동원하여 그 물음에 대답했다.

"아리스토텔레스는 '가능지성可能知性에 의하면 오관을 통해 외부의 변화를 받아들이고 그것에 의해 형상을 그려 각종 관념의 결론을 이끌어낸다'고 말했습니다. 이것이 곧 이해력이며 이성이라고……. 또한 아베로에스는 아리스토텔레스의 이론에 근거하여 좀 더 상세한 설명을 덧붙였습니다. 즉, '가능지성은 다시 수동지성受動知性과 능동지성能動知性으로 나뉘는데 인간의 출생과 동시에 이 두 지성은 혼과 결합을 하고 또 죽은 후에는 분리된다'고……."

스타티우스는 고개를 내저으며 말했다.

"그렇다면 가능지성에 딸린 인간의 기관은 인정되지 않는다는 말인가? 자네가 알고 있는 이론은 허점투성이네. 아베로에스는 그렇게 해석하지 않았네. 능동지성만 혼에서 분리된다고 했는데 자네가 이를 착각했을지도 모르지. 자, 이제부터 내가 자네에게 진리를 말해줄 테니 가슴을 활짝 열고 잘 들어보게."

단테는 스타티우스의 말에 잔뜩 긴장하며 귀 기울였다.

"태아에게 뇌의 조직이 완성되면 하느님께서는 태초에 그러셨던 것처럼 자연의 오묘한 조화를 흐뭇해하시며 그 생명체에 힘찬 새 영혼, 즉 이성理性을 불어넣어 주신다네. 식물 혼과 동물 혼은 자연작용으로 완성되지만 인간 속의 이성은 하느님께서 인간에게 주신 영성靈性이라네. 새롭게 탄생한 영혼은 이미 태아의 몸속에서 꿈틀거리고 있는 식물 혼과 동물 혼을 모두 자기의 실체 속으로 받아들여 오직 하나의 영혼, 다시 말해 통일적 실체를 이루게 되고 그것은 살아서 느끼고 나아가서는 스스로 움직이기까지 한다네."

단테는 경이로움에 놀라 눈을 휘둥그렇게 떴다. 스타티우스의 말은 그 누구에게서도 들을 수 없었던 것이었지만 무엇보다도 근거가 있는 옳은 말인 듯했기 때문이다. 스타티우스는 단테의 표정을 살피더니 다시 말했다.

"내 말에 그리 놀랄 것까지는 없네. 태양열과 포도즙이 어우러져 술이 되는 이치를 생각해보게. 이때 태양열을 하느님의 입김으로, 포도즙을 동물 혼으로, 술을 새로운 인간의 영혼으로 본다면 이해하기가 한결 쉬울 걸세."

"그렇다면 인간의 육체에서 영혼이 분리된 이후에는 어떻게 되는 것입니까?"

"여신 라케시스가 물레를 돌려 생명의 실을 다 감으면 인간의 영혼은 육체의 옷을 벗게 된다네. 그러면 인간적 능력인 감각과 감정, 신적 능력인 기억, 이해, 의지의 본질만 남게 되는 거지. 그때는 육신에 속한 모든 인간적 능력이 소멸되는 대신 영혼에 속해 있던 신적 능력은 더욱 활발하게 움직인다네. 그런 다음, 놀라운 일이지만 영혼은 제 스스로 지옥으로 향하는 아케론 강가나 연옥으로 향하는 테베레 강가에 도달하여 비로소 자기의 갈 길을 찾게 된다네."

단테는 지옥과 연옥에서 건넜던 강들을 기억해냈다. 그곳에 있던 영혼들의 표정 하나하나까지…….

"이와 같이 한 영혼의 갈 길이 정해지면 생명체가 형성될 때와 같은 힘이 그 영혼의 주위에 작용하여 마치 살아 있을 때와 똑같은 형태를 구성하게 된다네. 그리고 비를 머금은 대기가 태양빛을 받으면 형형색색 무지개가 되어 빛나듯 영혼이 멈춰서면 주변의 대기는 그 힘이 발산하는 대로 각각의 형태를 이루게 된다네."

"불이 옮겨지면 불길도 따라다니듯, 그 새로운 형태의 뒤에 영혼이 따라다닌다는 말씀이십니까?"

"그렇다네. 그리하여 영혼의 모습은 이후부터 그것에서 유래되어 그림자라 불리고 그것은 모든 감각 능력, 심지어 시각까지도 갖추게 된다네. 그 덕분에 우리는 말을 하고 웃기도 하며 눈물을 흘리거나 한숨을 짓기도 한다네. 아마 자네도 지금까지 그런 모습을 수차례 봐왔을 걸세. 그러나 욕망이나 그 밖의 감정이 영혼에 닿으면 그에 따라 그림자의 모습도 변하게 되는데 이것이 곧 자네가 그렇게도 궁금하게 생각했던 부분이지."

스타티우스의 긴 설명을 들으며 걷다 보니 어느새 연옥의 마지막 언덕에 이르게 되었다. 이들 일행은 거기서 오른쪽 모퉁이를 돌았다.

그때 이들이 서 있던 왼쪽 절벽에서 맹렬한 불꽃이 뿜어져 나왔고 오른쪽 언덕에서는 그 불꽃의 맹렬함 못지않은 바람이 일어 그 불꽃을 도로 밀어내고 있었다. 그렇게 해서 불꽃과 바람 사이에는 한 사람만이 겨우 지나갈 만한 좁은 길이 생겼다. 왼편으로는 불이 무서웠고 오른편으로는 아래로 떨어질까 두려운 곳이었다.

베르길리우스가 앞장서서 그곳을 빠져나가며 주의를 주었다.

"잠시도 발밑에서 눈길을 떼어서는 안 되네. 조금만 방심해도 돌이킬 수 없는 일이 생기게 될 것이야."

그때 그 맹렬한 불길 속에서 '지극히 인자하신 하느님'으로 시작되는 노랫소리가 들려왔다. 단테는 발밑을 주의하면서 그쪽을 돌아보았다. 그 불길 속을 걸어가고 있던 영혼들은 노래가 끝나자 입을 모아 외쳤다.

"이 몸은 처녀입니다."

이 말은 천사 가브리엘이 처녀 마리아님에게 '이제 잉태하여 아들을 낳을 터이니 이름을 예수라 하라'고 말했을 때, 동정녀 마리아께서 천사에게 대답한 말이었다.

영혼들은 입을 모아 다시 노래를 불렀다. 그리고 그 노래가 끝나자 큰 소리로 외쳤다.

"디아나가 숲에서 비너스의 독을 맛본 엘리체를 쫓아냈도다."

사냥의 여신 디아나는 처녀의 순결을 스스로 굳게 지키며 자신의 부하인 님프들에게도 그것을 요구했다. 그러나 님프 중 한 명이었던 엘리체가 미와 사랑의 여신 비너스의 음탕한 색정의 독에 감염되어 제우스에게 능욕을 당하고 아들 아르카스를 낳게 되었다. 그 때문에 엘리체는 디아나에게 쫓겨났고 제우스의 아내 헤라의 질투까지 받아 곰이 되어버렸다. 다행스럽게도 훗날 제우스가 엘리체 모자를 하늘의 별로 만들었다.

영혼들은 다시 노래를 불렀다. 덕을 소중히 여겨 정조를 지킨 여인들

과 그 남편들의 이름을 소리 높여 부르기 시작했다. 영혼들은 불꽃에 휩싸여 활활 타오르며 내내 그렇게 노래와 칭송을 번갈아 하고 있었던 것이다.

그렇게 함으로써 자신들의 죄에 대한 진정한 뉘우침이 이루어져 이마에 남아 있는 마지막 P자의 상처, 즉 죄가 은총의 입맞춤으로 치료되는 영광을 누리기 위해서였다.

DANTE LA DIVINA COMMEDIA 26

불꽃으로 죄를 씻는 영혼

온통 푸른빛이던 서쪽 하늘은 태양에서 내뿜는 햇무리로 인해 벌써 하얗게 변해있었다.

"단테, 조심하게. 잠시도 발밑에서 눈을 떼선 안 된다고 한 내 말을 잊지 않았겠지?"

베르길리우스는 단테가 벼랑 아래로 떨어지는 것이 두려워서라기보다는, 눈으로라도 불륜의 사음죄邪淫罪를 범하게 될까 걱정스러워 계속 주의를 일깨웠다.

사음죄란 자기의 아내나 남편이 아닌 자와 음행淫行을 하는 것인데 자칫하면 이곳까지 왔던 모든 노력이 물거품으로 되어버릴지도 모른다.

그림자가 비친 곳에는 불길이 유난히 붉게 타는 듯이 보였다. 그 불길 속에 있던 영혼들은 단테의 그림자를 보는 것만으로도 신기해했다. 그것이 원인이 되었는지 한동안 영혼들 사이에서는 소란이 일었다. 그러더니 제각기 한마디씩 내뱉기 시작했다.

"저자는 영혼뿐만 아니라 현세의 육신까지 이끌고 이곳까지 온 모양이군."

"그렇게나 말일세. 햇빛을 가로막고 서 있잖은가!"

그들 중 호기심 많은 몇몇은 불꽃 속에서 벗어나지 않으려고 조심하면서 순례자 일행을 향해 다가왔다. 그들은 언제나 하느님의 뜻에 순종하는 영혼들로서 고행을 오히려 기뻐했다. 그뿐 아니라 그러한 마음을 밖으로 드러내려 하지 않기 때문에 몸을 태워 죄를 깨끗이 씻는 불꽃 속에서조차 결코 벗어나지 않으려고 조심스럽게 행동하고 있었다.

이들 쪽으로 다가온 영혼 중에 하나가 단테에게 말을 걸었다.

"그대가 다른 이의 뒤를 따라가고 있는 것은 걸음이 느려서가 아니라 겸손한 마음으로 그들을 공경하기 때문인 것 같구려. 그대에 대한 궁금증으로 목이 탈 지경이니 불길로 죄를 씻고 있는 나에게 대답해 주시오. 그대의 대답을 듣고자 하는 이는 나뿐만이 아니오. 물이 귀한 인도나 에티오피아 사람들보다 더 목말라하는 이곳의 모든 영혼들이니 부디 우리의 희망을 저버리지 마시오."

단테는 불길에 휩싸여 있는 그 영혼에게 말했다.

"하느님의 뜻에 순종하며 자신이 지은 죄를 씻기 위해 벌을 받고 있는 영혼들이여 궁금한 것이 있으면 물어보시오. 제가 알고 있는 것이라면 기꺼이 대답해 드리겠습니다."

그 영혼은 기다렸다는 듯 재빨리 말문을 열었다.

"어떻게 그대가 태양을 가로막을 수 있는지 그 이유를 말해주시오. 내가 보기에 당신은 아직 죽음의 그물에 걸리지 않은 모습인데……."

단테가 신상에 관해 밝히려 했을 때 마침 다른 광경 하나가 그의 눈길을 빼앗는 바람에 대답이 보류되었다. 그의 주위에 몰려든 영혼들의 맞은편에는 불붙은 길 한복판으로 다른 무리들이 오고 있었다.

단테는 놀란 나머지 걸음을 멈춘 채 그들을 물끄러미 바라보았다.

서로의 무리를 발견한 영혼들은 제각기 서로 얼싸안더니 반갑게 인사를 나누었다. 그것은 마치 개미떼와 개미떼가 서로 만나 한 마리씩 얼굴을 맞대고 더듬이를 비벼 먹이가 있는 곳을 알려 주는 모습과 흡사했다.

다정스런 인사가 끝나고 다음 걸음을 채 옮기기도 전에 벌써 영혼들은 큰 소리로 차례차례 외쳤다. 나중에 다가온 자들이 '소돔과 고모라여!'하고 외치자, 단테와 같은 방향으로 걷던 영혼들은 '암소 속으로 들어가서 자신의 음욕을 채운 파시파에여!' 하고 화답했다.

소돔과 고모라는 구약성서에 나오는 팔레스티나의 도시로써 극도로 성性이 문란했던 곳이다. 소돔에는 특히 남색자들이 많았다. 하느님께서는 불과 유황의 비를 내려 두 도시를 멸망시키셨다.

파시파에는 크레타 섬의 왕 미노스의 아내였다. 그녀는 바다의 신 포세이돈이 미노스에게 선물한 황소에게 정욕을 느낀 나머지 나무로 만든 암소 속에 들어가 음욕을 채웠다. 그 결과 파시파에는 몸은 사람이요, 머리는 황소인 미노타우로스를 낳아 부정한 여인의 대표적 인물로 전해지게 되었다.

마치 학의 무리가 한 패는 태양을 꺼려 북극의 얼음산으로 가고 또 한 패는 추위를 꺼려 남쪽의 사막을 향해 날아가듯 영혼들은 서로 번갈아 가면서 한 무리는 '지극히 인자하신 하느님'으로 시작되는 노래를 불렀고, 다른 무리는 '이 몸은 처녀입니다'라고 울부짖었다.

그러나 아까부터 계속 단테의 대답을 기다리고 있던 영혼들은 여전히 궁금한 표정으로 바라보고 있었다. 그들은 단테의 대답을 듣기 전에는 결코 자리를 뜨지 않을 것처럼 보였다.

그는 그들의 희망에 따라 천천히 말문을 열었다.

"언젠가는 하느님의 평화를 누리게 될 축복받은 영혼들이여! 젊어서 죽든 나이 들어서 죽든 오직 하느님의 뜻일 테지만 지금 나의 육체는 그 속으로 뜨거운 피가 흐르고 있답니다. 즉, 영혼과 육체가 하나인 채 그대들 앞에 서 있는 것이지요."

영혼들은 자신들의 생각이 옳았음을 확인한 듯 가벼운 신음 소리를 토해내며 고개를 끄덕였다.

단테는 그들에게 자세히 설명해 주기 위해 다시 입을 열었다.

"저는 닫힌 눈을 밝게 뜨기 위해 천상으로 향하고 있는 길이오. 겸손한 천상의 여인 성모 마리아님의 간청으로 하느님께서 이 같은 은총을 내려주셨지요. 바라건대 당신들의 소원도 하루바삐 성취되어 사랑으로 가득 찬 저 광대한 천국에서 당신들을 맞아들일 수 있기를 예수님의 이름으로 간절히 기도합니다."

그는 그들에게 축복의 말을 전한 뒤 질문을 던졌다.

"자, 나에 대한 모든 것을 밝혔으니 이번에는 당신들이 내 물음에 대답할 차례요. 당신들은 도대체 누구이며 당신들과 엇갈려 지나간 무리들은 또 누구누구입니까?"

순간 영혼들의 얼굴에는 놀라움과 당혹감이 서렸다. 그 모습은 마치 시골사람이 도시에 나와 이리저리 두리번거리며 입을 벌린 채 어리둥절해하는 꼴과 흡사했다.

그러나 지식과 인격을 갖춘 사람이라면 속히 마음의 평정을 찾아 놀라움을 진정시키는 것처럼 앞서 단테에게 말을 걸었던 영혼은 이내 차분한 목소리로 대답했다.

"은총을 가득 받고자 영혼들의 세계를 직접 체험하고 있는 그대여, 참으로 복되도다! 우리와 엇갈려 지나간 자들은 그 옛날 시저가 비티니아 왕 니코메데스와의 관계 때문에 여왕이라고 조롱받던 것과 같은 죄를 범했던 자들이오. 즉, 자연의 법칙을 거스르고 동성연애를 했던 자들이지. 그래서 그들은 '소돔과 고모라여!'하고 자신들의 죄를 소리 높여 외치며 부끄러움에 더욱 뜨거운 불길을 끼얹는 것이라오."

"그렇다면 당신들은 왜 파시파에를 외쳤던 거요?"

"우리들은 이성 간에 인륜의 법칙을 지키지 않고 짐승처럼 정욕만 쫓아 존엄한 성性을 문란케 한 죄를 범했기 때문에 우리는 다른 무리들과 엇갈릴 때마다 큰 소리로 파시파에의 이야기를 외치며 부끄러움을 불태우는 것이오. 그대는 이곳에 있는 영혼들에 대해 모두 알고 싶어 하지만 내게는 그걸 모두 말할 만한 시간적 여유나 지식이 없다오."

단테는 풀 죽은 목소리로 그 영혼에게 졸랐다.

"그렇다면 당신에 대해선 말씀해 주실 수 없으시겠습니까?"

영혼은 한동안 단테의 얼굴을 뚫어지게 살펴보더니 이윽고 고개를 끄덕였다. 단테에게서 갈망渴望을 읽었던 것이다.

"좋소. 그대의 청을 받아들여 나에 대해 이야기해 주겠소. 나는 이탈리아의 볼로냐 사람으로서 한때는 이탈리아 최고의 시인으로까지 불렸던 구이도 구이니첼리요. 다행히도 죽기 전에 잘못을 회개하여 이곳에 올 수 있었던 거요. 이게 다 하느님의 크신 사랑 덕분이지요."

구이도 구이니첼리라면 시인들의 아버지라고 불릴 만큼 아름답고 달콤한 시구를 자유자재로 구사했던 위대한 시인이었다.

단테는 그의 이름을 듣고 너무나 반가운 나머지 무아지경에 빠져 자신도 모르게 그에게 한걸음 다가갔다. 그러나 어느 순간 불꽃의 열기에 깜짝 놀라 그 자리에 멈춰서고 말았다.

단테는 한동안 안타까운 마음으로 구이도 구이니첼리를 바라보다가 입을 열어 굳게 맹세했다.

"시인이시여, 저의 온 마음을 다해 영원히 당신을 기억하겠습니다."

단테의 말을 들은 구이도가 대답했다.

"그대여, 그대가 나에게 보여준 모습이 생생하게 내 머릿속에 남아 있소. 아마 죄의 기억을 씻어주는 레테 강의 물일지라도 결코 지우지는 못할 것이오. 또 그대의 말이 모두 진실임을 믿고 있소. 그런데 그대는 어째서 그토록 나를 연모하며 또 굳이 말과 표정으로 드러내는 것인지 그 까닭을 알고 싶소."

"그 모든 것이 당신의 아름다운 시와 노래 때문입니다. 당신은 시에 속어俗語를 구사함으로써 새로운 시의 세계를 펼쳤으니 그 새로운 시풍詩風이 계속되는 한 당신은 모든 이들로부터 언제까지나 사랑과 존경을 받게 될 것입니다."

그는 단테의 말이 끝나자 고개를 끄덕이며 손가락을 들어 앞서 걸어가는 영혼들 중 하나를 가리켰다.

"형제여, 저분은 100여 년 전 프로방스의 투르바드르 파 시인으로서 우리의 모국어를 더욱 아름답게 다듬었던 위대한 시인 아르날도 다니엘로라오. 사랑의 시든 산문이든 그 누구의 작품보다 빼어났지. 하지만 작품과 진리보다 세상의 평판에 더 귀 기울이고 있는 자들은 그 사실을 인정하려 들지 않는다오. 저분보다 프랑스 레모지의 시인 지로드 드 보르네유 같은 자가 더 낫다고들 떠들어대고 있으니……. 어리석은 자들 같으니라고."

구이도는 혀를 차더니 가까운 예를 들어 설명했다.

"한때 세간에서 격찬의 말을 들었던 아레초 출신 구이토네 델 비바를

보시오. 사람들은 소문에 휩쓸려 유행처럼 그의 사상을 따르고 사랑하지 않았소? 하지만 결국 새로운 진리가 밝혀지자 모두 그의 곁을 떠나가 버렸잖은가."

구이도의 말대로 구이토네 델 비바의 명성은 한때의 바람에 지나지 않았으며 지금은 그의 사상을 기억하는 사람조차 많지 않을 것이다. 구이도 구이니첼리는 잠시 말을 멈추었다가 다시 이었다.

"하느님의 특별한 은총을 받은 그대여, 그 영광스런 몸으로 예수 그리스도가 계시는 천국으로 들어가거든 부디 나와 이 연옥에 있는 사람들을 위해 주님의 기도문을 한 번만 외워주시오. 여기 있는 사람들은 죄지을 힘조차 없기 때문에 이곳에서 필요한 만큼만…… 설령 '우리를 유혹에 빠지지 않게 하시고 악에서 구하소서!' 라는 부분을 빼고 기도해 준다 해도 우리에게는 큰 도움이 될 것이오."

말을 마친 구이도 구이니첼리는 뒤에 있는 다른 영혼에게 자리를 비켜주려는 의도였는지 다시 불길 속으로 자취를 감추었다. 그 동작이란 마치 물속으로 헤엄쳐 들어가는 물고기처럼 재빠르고 유연했다.

단테는 구이도 구이니첼리가 좀 전에 손가락으로 가리켰던 아르날도 다니엘로에게 다가가서 자신이 그의 명성을 되찾기 위해 노력하고 있음을 밝혔다. 그는 몹시 기뻐하면서 선뜻 입을 열었다.

"그대의 친절에 뭐라고 답례를 해야 할지 모르겠소. 나는 지금 과거의 어리석음을 뉘우치며 울고 있다오. 그러나 또 한편으론 하느님의 은총이 충만하게 내려지기를 기다리면서 노래를 부르며 위를 향해 가고 있는 중이오. 그대를 이 연옥 산꼭대기로까지 이끌어 주신 하느님의 은총을 믿고 그대에게 한 가지 부탁을 할까 하오. 부디 가끔씩이라도 좋으니 나의 괴로움을 기억해 주시오."

그의 말은 아마도 자신을 위해 기도해 달라는 뜻인 것 같았다. 아르날도 다니엘로는 말을 마친 뒤 자신의 남아 있는 죄를 빨리 씻기 위하여 더 깊은 불 속으로 뛰어들어갔다.

DANTE LA DIVINA COMMEDIA 27

성관聖冠

불꽃 바깥쪽의 비탈진 언덕 위에 천사 하나가 나타나 청아한 목소리로 외쳤다.

"마음이 청결한 자는 복이 있나니 저희가 하느님을 볼 것임이요……."

예수님께서 십자가에 못 박혀 거룩한 피를 흘리신 골고다 언덕에 서서히 여명이 밝아 올 때면 스페인은 이미 한밤중이고 인도 갠지스 강의 물결은 한낮의 태양 아래 일렁이고 있을 것이다. 이곳 연옥은 날이 저물어 일몰의 눈부심으로 장관을 이뤘다.

단테의 일행은 목소리를 따라 천사가 있는 쪽으로 다가갔다.

천사는 이들을 향해 말했다.

"거룩한 영혼들이여, 이 불꽃으로 죄를 씻지 않고서는 더 이상 앞으로 나아갈 수 없도다. 어서 불꽃 속으로 들어가 저편에서 들려오는 노랫소리에 귀 기울여라."

천사의 말을 듣는 순간, 단테는 지옥에서 거꾸로 생매장된 채 발바닥을 불태우며 벌 받던 자들이 떠올라 얼굴이 파랗게 질린 나머지 창백해졌다. 단테는 옷에 불이 붙지 않도록 팔짱을 끼고 몸을 앞으로 쑥 내밀어 불꽃 속을 들여다보았다. 하지만 그의 눈앞에는 여전히 화형당해 새까맣게 탄 사람의 육체만 떠오를 뿐이었다.

단테가 쭈뼛 굳은 몸으로 잔뜩 긴장하고 있자 베르길리우스가 제자 쪽으로 몸을 돌리더니 말했다.

"단테, 이곳은 형벌이 있을지언정 죽음은 없다네. 그러니 나를 믿고 염려하지 말게. 생각해보게나. 영원한 고통만 있는 험한 지옥에서도 무사히 순례를 마칠 수 있었는데 하물며 하느님이 계신 곳과 가까운 이곳에 와서 무슨 걱정인가. 자네가 이 불꽃 속에서 천 년을 보낸다 한들 머리카락 한 올 타지 않을 테니 굳은 믿음을 가지게."

베르길리우스의 격려에도 불구하고 그의 발걸음은 선뜻 옮겨지지 않았다.

베르길리우스는 더욱 다정한 목소리로 달래듯 말했다.

"아직도 자신감과 믿음이 생기지 않는다면 불 가까이로 가서 자네의 옷자락을 쥐고 시험해보게. 자, 이제 의심과 두려움일랑 훌훌 털어버리고 저쪽만 바라보며 마음놓고 앞으로 가게!"

베르길리우스의 말에 따라야 한다는 사실을 알면서도 단테의 몸은 생각과 달리 움직여지지 않았다. 그가 완강하게 버티고 서 있는 것을 본 베르길리우스는 잠시 당황해하며 말했다.

"단테, 뭘 망설이는가! 이것이 바로 베아트리체와 자네 사이의 벽일세."

베르길리우스의 말을 듣는 순간, 단테는 오래된 전설 하나를 기억해냈다.

바빌론의 청년 피라모스는 그의 연인 티스베와 뽕나무 아래에서 만나기로 약속했었다. 그러나 불행이 두 사람 사이를 가로막고 있었다. 약속 장소에 먼저 도착한 티스베가 피라모스를 기다리고 있는데 갑자기 굶주린 사자 한 마리가 나타난 것이다. 티스베는 목도리를 떨어뜨린 것도 모른 채 가까스로 도망을 쳤다.

뒤늦게 약속 장소에 나온 피라모스가 볼 수 있었던 것은 갈가리 찢겨진 그녀의 목도리와 사방에 흩어진 사자의 발자국뿐이었다. 전후 사정을 알 수 없었던 피라모스는 틀림없이 티스베가 사자에게 잡혀 먹혔을 거라는 생각에 칼을 꺼내 스스로 목숨을 끊고 말았다. 한편 도망쳤다가 다시 약속 장소로 돌아온 티스베는 뽕나무 아래 쓰러져 있는 피라모스를 발견하게 되었다. 그녀는 허겁지겁 달려가 자신이 살아 있음을 알렸으나 때는 이미 늦어버리고 만 것이다.

결국 이 불행을 극복할 의지를 잃은 티스베 역시 피라모스의 칼로 그 자리에서 자결하고 말았다. 이때 그녀의 피가 치솟아 뽕나무 가지 끝을 물들였고 피라모스의 피는 땅속으로 흘러 스며들어 뽕나무 뿌리를 적셨다. 뽕나무 열매인 오디는 그 이후로부터 핏빛처럼 붉게 변했다고 한다.

다 죽어 가던 피라모스가 티스베의 이름을 듣고 마지막까지 그녀를 바라보았던 것처럼 단테는 줄곧 머릿속에서 맴돌고 있었던 베아트리체의 이름을 듣는 순간 온몸에 전율이 일었다. 그리고 두려움이 누그러지며 용기가 치솟기 시작했다.

스승은 그런 제자의 모습을 지켜보더니 마치 사과 한 개로 아이를 달래듯 미소 지었다.

"왜 그러나? 아직도 계속 이곳에 남아 있고 싶은 건가?"

말을 마치자마자 불 속으로 먼저 뛰어든 베르길리우스는 스타티우스에게 단테의 뒤에서 따라오도록 부탁했다. 단테는 오직 베아트리체만 생각하며 불길 속으로 몸을 던졌다. 그가 불 속으로 들어가자 불길은 더욱 거세져 몸을 식히려면 차라리 끓는 유리 속으로 몸을 던지는 편이 나을 것만 같았다.

인자하고 속이 깊은 베르길리우스는 제자에게 그곳의 뜨거움을 인내할 수 있는 용기를 주기 위해 계속 베아트리체에 대한 이야기를 하면서 걸었다.

"벌써 그녀의 샛별 같은 눈동자가 보이는 듯하군."

저편에서 노랫소리가 들렸고 이들은 그 소리를 향해 계속 나아갔다. 오로지 그 노랫소리에만 의지한 채 맹렬한 불길 속을 지나 드디어 언덕에 이르렀다.

그때 눈앞의 맑은 빛 속에서 목소리가 들려왔다.

"내 아버지의 축복을 받은 사람들이여, 어서 오너라."

그 빛은 너무나 눈이 부셔서 감히 우러러볼 수조차 없었다. 목소리는 이들 쪽을 향해 계속 들려왔다.

"해가 지고 저녁이 오고 있으니 서쪽 하늘이 어두워지기 전에 쉬지 말고 서둘러라."

이들은 그 목소리를 따라 발길을 재촉하여 곧장 바위 사이로 난 길을 따라 위로 올라갔다. 그러나 어느새 낮게 기울어진 햇빛이 단테 앞에 그림자를 떨어뜨리더니 돌계단을 몇 개 오르기도 전에 완전히 해가 저물어 버렸다. 더 이상 그 앞에는 그림자가 지지 않았고 바다는 하늘과 맞닿은 수평선 쪽으로부터 온통 하나의 색으로 물들어왔다.

연옥 순례의 일행은 사방이 칠흑 같은 어둠으로 휩싸이기 전에 각기 돌층계 위에 잠자리를 정했다. 밤에는 연옥의 산을 오를 수 없다는 법칙이 있었기에 오르고자 하는 희망 또한 함께 사라지는 듯했다.

먹이를 찾을 때까지 산꼭대기를 극성스럽게 돌아다니는 산양도 햇볕이 뜨거울 때면 그늘 속으로 들어가 얌전히 되새김질만 하는 법이다. 그 동안 목동들은 지팡이에 몸을 의지한 채 들짐승들로부터 산양을 보호하기에 여념이 없다.

이들 세 사람의 모습도 꼭 그와 흡사하여 단테는 마치 어린 산양이 된 느낌이었고 두 시인은 목동 같았다. 사방에는 높다란 바위들이 병풍처럼 둘러져 이들을 추위로부터 보호해 주었다. 이들은 바위틈을 통해 밖의 모습을 볼 수 있었다. 하늘과 가까운 곳이어서인지 공기가 맑아서인지 모르겠지만 하늘의 별들이 현세에서보다 더 크고 또렷하게 보였다.

단테는 그 별들을 바라보며 지금까지 봐왔던 일들을 되새겨 보았다. 그는 이렇듯 회상에 잠겨 있다가 어느새 스르르 잠이 들었다. 그리고 얼마 후 꿈속에서 앞으로 일어날 일들에 대한 계시를 받았다.

사랑과 미의 여신 비너스로 이름 붙여진 금성金星이 동녘 하늘에서 이들이 있는 산으로 그 빛을 비추기 시작할 때 젊고 어여쁜 여인이 꿈속에 나타나 꽃을 따고, 노래를 부르고, 이야기하면서 들판을 걸어가는 것이 눈앞에 어른거렸다.

"내 이름을 알고 싶어 하는 분에게 알려드립니다. 저는 레아라고 합니다. 꽃목걸이를 만들기 위해 이 가냘픈 손으로 꽃을 따며 헤매고 있답니다. 그 꽃목걸이를 걸고 하느님 앞에 나아가 더 예쁘게 보이기 위해서죠. 그러나 내 동생 라헬은 온종일 하느님 곁에 앉아 떠날 생각을 안 합니다. 라헬은 영혼의 거울이신 하느님께 자신을 비춰보고, 때로는 하느님의 무한한 자비심을 묵상하면서 기뻐하고 있죠. 동생은 하느님을 볼 수 있는 자신의 아름다운 눈을 좋아하지만, 저는 덕의 화환으로 몸을 단장하기 위해 움직이는 것을 더 좋아한답니다."

레아와 라헬은 라반의 딸로서 둘 다 야곱의 아내가 되었던 여인들이다.

먼 여행에서 돌아오는 나그네는 집이 가까워질수록 빨리 집에 도착하고 싶은 마음이 더욱 간절해져 잠을 설쳐가며 날 밝기만을 기다리기 마련이다. 밤잠을 설친 단테 역시 어둠이 채 가시지도 않은 새벽부터 일어나 졸린 눈을 비볐다. 정신을 차리고 자리에 앉아 주위를 살펴보니 두 시인은 마치 그 자리에서 밤을 꼬박 새운 사람들처럼 가부좌 자세로 앉아 있었다.

단테가 잠에서 깨어난 것을 본 베르길리우스가 말했다.

"세상 사람들이 그토록 갈망하던 인생의 참된 행복을 구하는 데는 여러 방법이 있다네. 나는 오늘에야말로 달콤하고 참된 행복의 열매로 자네의 굶주림을 면하게 해 주겠네."

베르길리우스의 말은 일찍이 그가 받았던 그 어떤 선물보다도 반가운 것이었다. 그로 인해 위로 오르고 싶은 마음이 더욱 간절하진 단테는 한 걸음 한 걸음마다 날개가 돋쳐서 날아갈 것만 같았다. 계단을 껑충껑충 뛰어올라 맨 위에 서게 되었을 때, 베르길리우스가 말했다.

"단테, 자네는 무한한 고통만 있는 지옥의 영원한 불도 보았고, 속죄를 하고 나면 저절로 사그라지는 연옥의 일시적인 불도 보았네. 나는 지금껏 슬기와 재주로 자네를 여기까지 데리고 올 수 있었네. 그러나 나의 이성적 능력은 사람을 인도하여 현세적 행복까지는 이끌 수 있었어도 그 이상의 영원한 행복까지 안내하기에는 능력의 한계가 있을 뿐만 아니라 자격조차 없다네."

단테는 지금 베르길리우스가 무슨 말을 하려는지 도무지 이해할 수가 없었다. 스승은 손가락을 들어 정면을 가리켰다.

"고개를 들어 우리를 향해 밝아오는 저 태양을 보게. 또 햇살을 받아 아침 이슬이 빛나고 있는 화초와 나무들도 보게. 이곳에서는 모든 것이 씨 없이도 땅에서 저절로 돋아난다네. 아름다운 눈에서 눈물을 흘리며 나를 자네 곁으로 보냈던 그녀가 기쁜 마음으로 자네를 마중 나올 때까지, 자네는 마음대로 초목들 사이를 돌아다녀도 좋다네. 이제부턴 모든 게 자네의 자유라네."

"스승님께선 어째서 지금 그런 말씀을 하시는 겁니까?"

단테는 두려움과 서운한 감상에 젖어 베르길리우스에게 물었다.

그는 이유를 설명해 주었다.

"영원한 행복이란 오직 신앙으로만 누릴 수 있는 것. 아무리 하느님의 은총을 받은 자네라 할지라도 베아트리체의 안내 없이는 이해할 수 없는 일이지. 그러므로 이제부터는 그녀를 안내자로 삼아야 한다네. 앞으로는 말이나 가르침을 기대하지 말고 자네의 의지대로 행동하게."

"하지만 스승님, 저는 아직 너무나 연약하고 보잘것없는 존재입니다. 그런 제가 어떻게……."

베르길리우스는 주눅이 들어 소심해진 단테의 모습을 보더니 가볍게 그의 등을 어루만지며 용기를 북돋워 주었다.

"자네의 의지는 자유롭고 바르고 온전하니 그 의지가 시키는 대로 실천하게. 만약 그렇지 않으면 앞으로의 일들이 순탄하지 못할 걸세."

베르길리우스는 제자의 머리에 한 손을 올려놓더니 잠시 후 다시 말을 이었다.

"이제 자네의 머리에 행동의 최고 자유의지의 표식인 왕관과 양심의 최고 자유의지인 성관聖冠을 씌워 주겠네."

단테는 이제 현세에서의 최고 권리와 영혼 세계에서의 최고 지위에 오르는 한편 현세의 모든 속박으로부터 벗어나 자유의 경지에 이르게 되었다.

지상낙원의 인격화人格花 마텔다

옛날부터 교회에서는 하느님의 숲 지상낙원이 이 지구 동쪽 끝 제일 높은 산에 있다고 믿어왔다. 정말 그 믿음처럼 하느님의 숲은 죄를 씻는 연옥의 산꼭대기에 위치하고 있었다. 새롭게 비춰오는 햇빛으로 짙푸르던 하느님의 숲이 밝아졌다.

늘 이런 지상낙원을 꼭 한 번 거닐고 싶다는 소망이 간절했던 단테는 경이로움으로 가득 차서 조심스럽게 한 걸음 한 걸음 발을 내디뎠다. 숲의 안팎을 보고 싶은 마음에 사로잡힌 단테는 더 이상 스승 베르길리우스의 허락을 기다리지 않고 둑을 떠나 들판을 천천히 거닐기 시작했다.

지상낙원의 들판은 발걸음을 옮길 때마다 흙에서 향기로운 냄새가 피어났다. 또 어디선가 기분 좋은 산들바람이 살랑살랑 불어와 상쾌하고 부드럽게 그의 이마를 쓸고 지나갔다. 바람에 가볍게 흔들리는 나뭇가지들은 서쪽을 향해 부드럽게 고개를 숙이고 있었고 늘어진 그 가지 위에는 온갖 새들이 모여 앉아 산뜻한 아침 노래를 부르고 있었다. 아침의 산들바람은 새들의 지저귀는 소리에 따라 잎사귀 사이를 오가며 살랑거리는 흔들림으로 장단을 맞추고 있었다.

그 모습은 마치 바람의 신 아이올로스가 여러 바람을 붙잡아 두었다가 사하라 사막에서 이탈리아나 지중해로 뜨거운 동남풍을 보낼 때, 그 바람으로 인해 아드리안 해海 연안의 항구 키아시에 있던 소나무 숲에서 가지와 가지가 서로 맞부딪치며 내는 화음과 흡사했다.

천천히 걸었는데도 그는 어느새 태고의 성스러운 숲 속 한가운데까지 들어가 있었다. 어디로 들어왔는지 이미 숲의 입구는 보이지 않았다. 그때 마침 길을 가로지르는 맑은 냇물 한 줄기가 잔잔한 물결을 일으키며 흐르고 있었다. 물가에 돋아 있는 풀들은 냇물의 흐름에 따라 모두 북쪽으로 비스듬히 누워있었다.

냇물이 어찌나 맑은지 세상에서 제아무리 맑다고 소문난 물일지라도 감히 이 냇물과는 비교조차 할 수 없을 것 같았다. 현세의 물은 아무리 맑더라도 약간의 티가 섞여 있게 마련인데 이 물에는 한 점 티끌도 보이지 않았다. 그렇지만 햇빛이 비치지 않는 숲으로 그늘진 곳에서는 제법 어둡이 흐르고 있었다.

단테는 눈을 들어 강 건너편을 바라보았다. 그곳에는 이름 모를 온갖 화사한 꽃들이 피어 있었다. 그때 갖가지 상념에 사로잡혀 있던 그를 깨우기라도 하려는 듯 꽃들로 뒤덮여 아름답게 채색된 오솔길을 홀로 걸어오고 있는 여인의 모습이 눈에 띄었다. 그녀는 발길이 닿는 곳에 피어 있는 꽃송이를 꺾으며 단테가 있는 쪽으로 다가오고 있었다.

단테는 예의를 갖추고 조심스럽게 그녀에게 말을 건넸다.

"오, 아름다운 분이시여! 얼굴은 마음의 거울이라고 합니다만 당신의 얼굴을 보니 자신 스스로를 사랑의 빛으로 불태우고 있는 분 같군요. 괜

찮으시다면 부디 이쪽으로 가까이 와 주십시오. 이 눈으로 당신의 모습과 당신의 목소리를 좀 더 또렷이 보고 들을 수 있도록 덕을 베푸십시오. 당신의 모습을 보니 예전 페르세포네가 꺾었던 꽃을 잃고 그 어미가 그녀를 잃었던 시절이 떠오릅니다."

페르세포네는 제우스와 데메테르 사이에서 태어난 딸이다. 흔히 꽃 중의 꽃을 비유할 때 그녀의 이름이 거론되곤 했다. 하루는 그녀가 들에서 꽃을 꺾고 있을 때 난데없이 마왕 플루톤이 나타나 어머니 데메테르가 보는 앞에서 납치해 가버렸다. 그 후 페르세포네는 지옥에서 여왕이 되었다.

단테는 눈앞에 나타난 여인을 보고서 아름답기로 손꼽히는 페르세포네를 기억해냈던 것이다.

춤추는 무희가 재빨리 땅을 밟고 빙그르르 돌아 앞으로 나아가는 것처럼 그 여인도 울긋불긋한 들꽃을 밟으며 수줍은 소녀처럼 얌전하게 눈을 내리뜬 채 그가 있는 쪽을 돌아보더니 부탁을 들어주려는 듯 가까이 다가왔다. 동시에 아름다운 목소리가 또렷하게 들렸다. 이윽고 냇가에 다다른 그녀가 눈을 들어 단테를 쳐다보았다. 그녀의 얼굴에 가득 찬 미소와 사랑스런 눈길을 본 그는 정신이 아뜩해질 지경이었다.

'사랑의 여신 비너스가 자신의 아들 큐피트가 잘못 쏜 화살에 맞아 아도니스와 사랑에 빠지게 되었을 때의 그녀의 눈망울도 저 여인의 눈동자처럼 맑고 아름답게 빛나지는 못했으리라.'

그 여인은 건너편 기슭에 서서 갖가지 꽃을 꺾어 꽃목걸이를 엮으며 웃고 있었고 냇물은 햇살을 받아 보석처럼 빛나고 있었다. 홍해는 모세 일행을 위해 갈라졌건만 이 냇물만큼은 그를 위해 결코 길을 내주지 않았으므로 비록 폭이 세 걸음밖에 되지 않는 냇물이었지만 그에게는 더

없이 원망스러운 거리처럼 여겨졌다.

단테가 그녀의 미모에 넋을 잃고 냇물을 건너지 못하는 안타까움에 빠져 있을 때 그녀가 입술을 열어 꿈결에서처럼 은은히 말했다.

"이곳에 처음 오신 그대들은 사람들의 보금자리로 선택된 이곳에서 내가 웃는 것을 보고 놀라워하며 의아하게 여길 것입니다. 하지만 '야훼시여, 당신의 업적을 생각하면 이 몸은 행복합니다' 하고 노래했던 다윗왕의 성스러운 시가 빛을 내려 당신의 마음속에 낀 안개를 거두어 줄 것입니다. 나를 불러 노래를 청한 이여, 궁금한 것이 있거든 주저하지 말고 물어보십시오. 어떠한 물음이라도 기꺼이 대답해 드리겠습니다."

단테의 조급함이 얼른 그녀에게 질문을 던지게 만들었다.

"이곳에 물이 흐르고 숲이 노래하며 바람이 일어 속삭이는 것은 내가 알고 있던 어떤 지식과 믿음에 어긋나는 것들입니다. 어떻게 해서 이런 일이 일어날 수 있습니까?"

단테는 이미 스타티우스를 통해 연옥에는 자연적인 현상의 변화가 없다는 것으로 알고 있었다. 그렇기 때문에 이곳에서 흐르고 있는 물과 바람, 숲의 움직임을 이해하기가 힘들었던 것이다.

여인은 여전히 미소를 머금은 채 대답했다.

"당신이 가지고 있는 의문의 실타래를 풀어 드리겠습니다. 하느님께서는 흙을 빚어 아담을 만드실 때 그에게 선한 마음을 불어넣어 주셨답니다. 또 그 선한 마음이 영원한 평화와 행복을 유지할 수 있도록 이곳 지상낙원에서 살도록 하셨죠. 그러나 아담과 하와는 하느님께서 주신 자유의지의 선물을 교만하게 잘못 사용함으로 인하여 잠시 동안밖에 머물 수 없게 되었답니다. 그리고 그 죗값으로 즐거움이 슬픔과 고통으로 뒤바뀌게 되어버린 것이죠."

"그럼 이곳이 바로 그 에덴동산이란 말씀입니까?"

여인은 고개를 끄덕이며 다시 이야기를 해나갔다.

"이 연옥의 산은 자연의 변화로부터 영혼들을 지켜주기 위해 하늘 높이 치솟아 있는 것입니다. 그렇기 때문에 연옥의 문 안으로는 현세에서와 같이 비, 바람, 서리, 눈 등의 자연변화가 들어올 수 없는 것이죠. 하지만 대기는 천구 둘레의 어느 한 곳이 깨지지 않는 한 원동천原動天과 함께 동쪽에서 서쪽으로 빙글빙글 돌기 때문에 기압의 변화가 없는 연옥의 산 위에도 항상 동쪽에서 서쪽으로 흐르는 약한 바람이 생겨난답니다. 이 바람이 산에 있는 풀과 나무들에 부딪쳐 음악이 되고 한 번 흔들린 풀과 나무들은 그 힘으로 공기를 한껏 머금었다가 사방으로 퍼뜨려서 바람을 일으키게 되는 것입니다."

단테는 그녀의 말을 이해할 수 있었으나 또 다른 의문이 생겼다.

"그런데 어떻게 이곳에서 풀과 나무들이 자랄 수 있습니까? 누가 씨를 뿌리고 물을 주면서 가꾸는 겁니까?"

"사람들이 살고 있는 현세에서는 기름진 땅과 알맞은 날씨에 의해 온갖 식물이 잉태됩니다. 하지만 이곳에서는 씨를 뿌리지 않아도 풀과 나무들의 싹이 저절로 자라납니다. 그러나 이상하게 생각할 필요는 없습니다. 이곳의 땅은 온갖 씨앗들을 가득 품고 있다가 필요할 때 자신이 알아서 싹을 틔워 내보내니까요. 더욱이 이곳에는 현세에서 볼 수 없는 꽃과 열매들도 많이 있답니다."

그녀는 친절하게 대답해 주었고 단테는 질문의 고삐를 늦추지 않았다.

"이 냇물은 어디에서부터 흘러오는 것입니까?"

"이 냇물은 당신이 지금까지 보고 왔던 다른 강물처럼 대기의 작용으로 비가 내려 채워진 어느 수맥에서 흘러나오는 것이 아니라 바로 영원토록 마르지 않는 샘에서 솟아 흐르는 것이지요. 그 샘은 다시 두 개의 물줄기로 흐르며 이쪽 물줄기는 사람에게서 죄의 기억을 지우는 레테 강이고 저쪽은 모든 선행의 기억을 새롭게 하는 에우노에 강이죠. 먼저 레테 강물을, 그리고 나중에는 에우노에 강물을 마셔야만 한답니다. 그렇지 않고 한쪽만 마시면 아무 소용이 없게 되지요. 이 강물의 물맛은 꿀처럼 달고 얼음처럼 시원해서 그 어떤 것과도 비교할 수가 없답니다."

"당신의 친절한 설명으로 모든 의문이 풀렸습니다."

"한 가지만 더 덧붙여서 말씀드리겠습니다. 당신이 질문했던 것은 아니지만, 제 말을 들으면 당신도 틀림없이 기뻐하시리라 믿습니다."

단테는 그녀가 무엇을 말할 것인가 궁금해 하며 귀를 쫑긋 열었다. 그런 그의 모습을 본 그녀는 기쁘고 흐뭇한 표정으로 이야기를 시작했다.

"먼 옛날 황금시대와 그 행복했던 광경을 시로 읊었던 이들은 아마도 이 땅에 대한 것을 파르나소스 산에서 꿈꾸었을 것입니다. 아직 아무런 죄도 짓지 않은 아담과 하와가 이 에덴동산에서 살았을 때 그때는 항상 봄이 만연했고 온갖 과일이 향기로운 단내를 풍기며 익어가고 있었습니다. 신들은 이곳에서 마시며 즐겼던 그 음료 '넥타르'가 바로 이 레테와 에우노에의 강물이었습니다."

그에게 있어서 그녀의 말 한마디 한마디는 참으로 놀랍고 신기하기만 했다. 단테는 존경심에 가득 찬 목소리로 그녀에게 물었다.

"지혜롭고 아름다운 분이시여, 제게 이토록 자세한 설명을 해주시니 뭐라 감사드려야 할지 모르겠군요. 그런데 전 아직껏 당신의 이름조차 모르고 있습니다."

"나의 이름은 마텔다예요. 지상낙원의 인격화이며 정신적 표상이랍니다."

단테는 그녀에게 두 시인을 인사시키고 싶은 마음이 샘솟아 고개를 돌려 시인들 쪽을 바라보았다. 어느새 시인들은 그의 등 뒤로 다가와 그녀를 바라보고 있었다. 단테는 다시 마텔다 쪽으로 고개를 돌리고서 말없이 바라보았다.

DANTE LA DIVINA COMMEDIA 29

황금 촛대

"복되어라, 죄의 허물을 벗고 거역한 죄를 용서받은 이!"

마텔다는 사랑을 속삭이는 여인처럼 노래를 부르기 시작했다. 태양을 우러러보기 위해 또는 태양을 피하기 위해 그 옛날 요정들이 숲 속을 경쾌하게 걸어갔듯이 마텔다는 노래 부르며 냇물을 거슬러 둑을 따라 걷기 시작했다.

걷는다기보다는 차라리 춤을 추는 듯 그녀의 발걸음은 우아하고 경쾌했다. 단테는 거의 무의식적으로 강 건너편에 있는 그녀를 따라 발걸음을 옮겼다. 그녀가 총총걸음으로 걸으면 그의 걸음 역시 빨라졌고 그녀가 우아하게 천천히 걸으면 그도 마찬가지로 여유 있게 발길을 옮겼다.

그녀의 걸음과 단테의 걸음을 합쳐 채 백 걸음도 걷기 전에 냇물이 꺾어져 냇물과 똑같이 구부러진 기슭을 따라 동쪽으로 걸어갔다. 몇 걸음 가지 않았을 때 마텔다가 단테에게 몸을 돌리며 말했다.

"사랑하는 형제여, 잘 보고 들으세요."

그 순간 한줄기의 빛이 숲을 뚫고 나오며 사방으로 치달았다. 단테는 번갯불이 아닌가 싶어 눈이 휘둥그레졌다. 번개는 번쩍하고 이내 사라져 버리기 마련인데 그 빛은 여전히 계속해서 찬란한 빛을 내뿜었다.

'도대체 이게 뭘까?'

단테는 혼잣말로 중얼거리면서 주위를 둘러보았다. 그때 그 찬란한 빛을 꿰뚫고 아름다운 노랫소리가 들려 왔다. 순간 그는 갑자기 가슴속에서 하와의 무모한 짓에 대한 분노가 솟구쳤다.

하늘과 땅, 온 우주의 창조물들이 모두 하느님께 순종하고 있을 때 창조된 지 얼마 되지 않은 오직 하나뿐이었던 여인이 복종 속에 머물러 있기를 거부했으니……. 만약 하와가 신의 섭리에 순종하여 금단의 열매를 따먹지만 않았더라면 자신은 태어나면서부터 이미 형언할 수 없는 행복을 안고 이 아름다운 낙원에서 영원토록 살고 있었을 것이 아닌가!

그러나 단테는 베아트리체를 만날 희망을 안고 영원한 행복을 상상하면서 마텔다의 뒤를 따라갔다. 얼마나 앞으로 나아갔는지 알 순 없었지만 갑자기 푸른 숲 밑의 공기가 불타오르듯 환하게 빛났다. 아울러 아름다운 노랫소리가 더욱 가깝게 들려왔다.

단테는 그 노랫소리를 들으면서 간절한 목소리로 외쳤다.

"오, 거룩한 시의 여신들이여! 저는 지금껏 그대들을 위해 굶주림과 추위와 불면에 시달렸으니 이제 그 보상을 구하렵니다. 시의 여신들이 사는 헬리콘 산의 성스러운 두 개의 샘 히포크레스와 아가니페여, 저를 위해 용솟음쳐 주오. 천체의 일을 맡고 있는 우라니아여, 제가 아름다운 천상을 시로 읊을 수 있도록 도와주시오."

흥분으로 상기된 채 발걸음을 옮기던 단테의 눈앞에 황금으로 된 일곱 그루의 나무가 보였다. 하지만 그것들은 상당히 멀리 떨어진 곳에 있

었으므로 눈이 착각을 일으킨 것이나 아닐까 하는 생각이 들었다.

여인을 따라 황금나무처럼 생긴 그 곁으로 가까이 다가갔을 때 그는 비로소 그것이 일곱 개의 황금 촛대라는 사실과 조금 전부터 들려왔던 노랫소리가 찬양의 노래 '호산나'였음을 알 수 있었다. 그는 그 아름다움과 정교함에 놀라 말도 제대로 못한 채 손가락으로 촛대를 가리키며 마텔다를 바라보았다. 그녀는 부드럽게 미소 지으며 설명해 주었다.

"이것은 일곱 교회를 상징하는 것으로서 각각 슬기, 통달, 의견, 지식, 용기, 효경, 경외심을 나타내고 있습니다."

그녀의 말이 끝남과 동시에 일곱 개의 황금 촛대에서는 불꽃이 치솟아 올라 맑게 갠 밤하늘의 보름달보다도 더 밝게 빛났다. 단테는 너무나 감탄한 나머지 벌어진 입을 다물지 못한 채 돌아서서 베르길리우스를 쳐다보았다. 역시 그의 눈에서도 제자 못지않은 경이와 감탄의 빛이 서려있었다. 단테는 다시 고개를 돌려 앞을 바라보았다. 그런데 그 신성한 황금 촛대들이 신부의 걸음걸이보다도 더 천천히 이들이 서 있는 쪽을 향해 다가오고 있었다.

그때 마텔다가 호된 목소리로 단테를 꾸짖었다.

"당신은 어찌하여 빛나는 불빛에만 정신이 팔려 뒤따르고 있는 것들은 보지 못합니까?"

단테는 그녀의 말에 얼굴을 붉히며 정신을 가다듬었다. 그런 다음 자세히 바라보니 과연 일곱 개의 황금 촛대에 인도된 많은 사람들이 흰옷을 입은 채 촛대 뒤를 따르고 있었다. 그들의 옷은 밝은 하늘의 흰 구름보다도, 새의 깃털보다도 더 하얗고 깨끗했다. 맑고 투명한 냇물은 단테 왼편에서 여전히 반짝이고 있었다. 몸을 굽혀 들여다보았다면 거울처럼 그의 모습이 훤히 비쳤을 것이다.

냇물을 사이에 두고 촛대의 행렬과 마주 서게 되었을 때, 단테는 눈을 크게 뜨고 촛불을 바라보았다. 불꽃이 앞으로 나아가면 그 뒤를 따르는 공기는 붓끝으로 채색한 듯 길게 꼬리를 끄는 모양이 마치 깃발처럼 펄럭였다. 불꽃 위쪽 대기는 태양이 만들어 낸 활처럼 휜 무지개와 달무리들이었다.

일곱 개의 불꽃은 단테의 시력이 미치지 못하는 아득한 저편에서 나부끼고 있었지만 눈짐작으로 보아 좌우 양쪽 끝의 거리가 열 발짝쯤 되는 것 같았다. 이렇게 아름다운 하늘 아래로 머리에 순수한 신앙과 교의를 상징하는 백합화관을 쓴 스물네 명의 장로들이 둘씩 짝지어 가볍게 걸어오고 있었다. 그들은 모두 입을 모아 노래 불렀다.

"은총을 가득히 받은 이여! 기뻐하여라. 모든 여인들 가운데 가장 복되십니다."

이 찬미가는 대천사 가브리엘과 사촌언니이자 세례자 요한의 어머니였던 엘리사벳이 성모 마리아님에게 드린 인사말이었다. 구약의 예언자들이라고 할 이 장로들은 성모 마리아님을 축하하고 그 아름다움을 찬양했던 것이다.

그녀는 아담의 딸들 중 가장 복되었고 하느님께 순종했던 그 아름다움 역시 영원히 빛나는 것이었다.

잠시 후 냇물 건너편 기슭의 꽃들과 푸른 풀을 밟으며 그들이 사라졌을 때 갑자기 초록색 잎의 관을 쓴 네 마리의 짐승이 잇달아 나타났다.

그 짐승의 등 쪽에 각각 돋아있는 여섯 개의 날개마다 눈들이 가득 박혀 있었다. 단테는 그들의 모습을 보며 백 개의 눈을 가졌다는 괴물 아르고스를 연상했다.

날개가 여섯 개씩 달린 짐승을 보고 놀라워하는 그에게 이미 알고 있었다는 듯 베르길리우스가 말했다.

"저 짐승들은 성서에 나오는 사자, 황소, 사람, 독수리를 뜻하고 또 한편으로는 마태오, 마르코, 루카, 요한 등의 복음사가를 상징하기도 한다네. 저들이 머리에 쓴 초록색 잎은 예수 그리스도에 대한 희망을 나타낸 것이지. 그리고 날개 밑으로 보이는 사람의 손은 빠르게 전파되는 복음을 뜻하는 것이고 날개에 달린 많은 눈들은 복음의 진리가 모든 사물에 적용된다는 의미를 나타내고 있다네."

자세히 살펴보니 그 네 마리의 짐승들로 둘러싸인 한가운데에 커다란 바퀴가 두 개 달린 수레가 보였다. 그 수레의 상반신은 독수리이고 하반신은 사자인 그리프스에 의해 끌려가고 있었다. 그리프스의 몸뚱이에도 역시 세 쌍의 날개가 달려 있었고 양쪽 날개끼리 서로 닿거나 가리는 일 없이 모든 날개가 하늘을 향해 뻗어 있었다.

베르길리우스는 단테에게 그 수레에 대해서도 설명해 주었다.

"수레는 교회를 상징하고 있고 커다란 두 개의 바퀴는 구약과 신약 또는 성 도미니쿠스와 성 프란치스코를 말하기도 한다네. 그리고 수레를 이끄는 저 그리프스는 신성과 인성을 동시에 지니신 예수 그리스도를 상징하고 있지. 독수리 형상의 상반신은 황금빛으로 찬란히 빛나는 신성을 나타내고 사자 형상의 하반신은 붉고 흰빛이 어우러져 인성을 나타낸다네."

한니발의 군사를 무찌른 로마 장군 스키피오 아프리카누스나 최초의 로마 황제 아우구스투스도 이처럼 화려한 수레는 타보지 못했을 것이다.

파에톤이 태양의 수레의 말 다루기에 서툴러 우주를 좌충우돌하다가 땅 가까이까지 다다라 초목은 물론 도시의 건물과 추수할 곡식까지 화염에 잠기게 했다. 샘은 물론 강까지 말렸고 결국 지구를 불바다로 만들었다. 오늘날 이디오피아인들은 이때의 열 때문에 갑자기 체내의 검은 피가 피부 표면에 몰려 피부가 검어졌고 리비아도 역시 그 열 때문에 물이 증발되어 사막이 되었다고 전해진다.

제우스가 불태워버린 그 태양의 수레일지라도 이 수레의 화려함에 비한다면 보잘것없으리라!

수레의 오른쪽 바퀴 가까이로 세 여인이 춤을 추면서 걸어왔다. 그중 한 여인은 불길 속에 있다 해도 구별할 수 없을 만큼 새빨갛게 보였고 다른 한 여인은 살과 뼈조차 초록빛 에메랄드로 만들어진 듯 보였다. 그리고 마지막 한 여인은 방금 내린 눈보다도 더 새하얗게 보였다. 그 여인들은 하나가 노래하면 다른 두 명이 그 노래에 맞춰 때로는 천천히 때로는 매우 가볍고 빠르게 춤을 추었다.

베르길리우스는 단테가 청하기도 전에 먼저 그 여인들에 대해 설명해 주었다.

"저 세 여인들은 중 흰색은 믿음, 초록색은 소망 그리고 빨강색은 사랑을 가리키는 등 세 가지 덕을 나타내고 있지! 믿음, 소망, 사랑의 세 여인이 서로 돌아가며 노래하고 춤추는 것은 서로 앞서거니 뒤서거니 이끌어주는 관계에서 비롯된 것이라네."

베르길리우스의 상세한 설명이 끝나자마자 왼쪽 바퀴 옆으로 자줏빛 옷을 입은 네 명의 여인이 나타났다. 그녀들 중 눈이 셋·달린 여인이 노래를 부르면 나머지 세 여인 역시 그 노랫소리에 맞춰 즐겁게 춤을 추었다.

단테는 베르길리우스를 바라보며 말없이 설명을 구했다.

"저 네 명의 여인들은 각기 지혜와 정의, 절제, 용기를 나타내고 있다네. 노래 부르고 있는 눈 셋 달린 여인은 지혜의 여신으로서 저 세 개의

눈으로 과거, 현재, 미래를 모두 내다볼 수 있는 능력을 갖고 있지. 과거와 현재와 미래는 모든 덕행의 근본이 되므로 지혜의 여신이 나머지 세 덕을 이끌고 있는 것이라네."

수레 양편에 나누어 서 있던 일곱 여인의 뒤로는 옷차림이 다른 두 노인이 따르고 있었다. 여인들의 표정이 부드럽고 화사함에 비해 노인들은 모두 엄숙하고 점잖은 분위기를 풍겼다.

그들을 잠자코 바라보고 있던 베르길리우스가 말했다.

"나란히 걷고 있는 노인 중에 한 분은 의사이자 사도행전을 썼던 루카라네. 하느님께서는 만물 중 가장 사랑하는 인간을 위해 위대한 명의名醫 히포크라테스를 세상에 보내셨고 다른 이들로 하여금 그의 계보를 잇도록 하셨지. 다른 한 노인은 로마서를 쓴 성 바울로라네. 그는 구원의 투구와 성령의 검으로 무장하고 있다네. 바울로가 비록 냇물 건너편에 있기는 하지만 나에게까지 그 위압감이 느껴지는군."

두 노인의 뒤를 이어 곧 남루한 차림의 네 노인이 보였고 그 모든 이들의 맨 뒤에서 날카로운 인상을 가진 노인 하나가 꾸벅꾸벅 졸면서 걸어오고 있었다. 이들 일곱 노인은 앞에서 지나갔던 스물네 명의 장로들처럼 흰옷을 입고 있었지만 머리에는 백합화관 대신 붉은 장미화관을 쓰고 있었다. 조금만 더 멀리서 보았더라면 이 일곱 노인의 머리가 불타고 있는 것으로 착각했을 정도였다.

베르길리우스는 일곱 노인들에 대해서도 설명해 주었다.

"남루한 차림을 하고 있는 네 노인은 야고보서, 베드로서, 요한 Ⅰ, Ⅱ서, 유다서를 쓴 분들이라네. 그리고 맨 마지막에 뒤따르고 있는 노인은 요한묵시록을 쓰기도 했다네. 그는 명상에 잠겨있기 때문에 어쩌면 졸고 있는 것처럼 보일지도 모르겠군. 하지만 그의 눈빛은 예리한 통찰력으로 밝게 빛나고 있다네. 한편 유다서를 쓴 노인은 야고보서를 쓴 노인의 동생으로 거짓 율법학자들에 대한 심판 내용과 모든 이들이 주님의 사랑과 평화를 누릴 수 있도록 하는 경고와 교훈, 찬양과 기도에 대해서 가르치고 있다네."

"스승님, 저분들이 쓰고 있는 갖가지 화관에 대해서도 알고 싶습니다."

"흰 빛, 푸른 빛, 붉은 빛 중에서 백합의 흰 빛은 구약의 정신으로 예수 그리스도께서 오실 것에 대한 신앙을 표현한 것이고, 잎사귀의 푸른빛은 복음서의 정신으로써 희망이 채워졌음을 의미하며 장미의 붉은 빛은 신약의 정신 사랑을 나타낸 것이라네."

단테의 입에서는 저절로 감탄사가 새어 나왔다. 그 누가 이보다 더 조화롭게 세상을 창조하고 만물의 이치를 정할 수 있단 말인가.

베르길리우스의 자상한 설명을 듣고서야 비로소 모든 의문이 풀릴 무렵, 그 화려한 수레가 단테의 맞은편에 멈춰서며 우레와 같은 소리를 냈다. 그러자 위엄 있던 행렬은 마치 더 이상 나갈 것을 금지당한 것처럼 선두의 촛대를 비롯하여 모든 것이 제자리에 멈춰섰다.

이 환상적인 장면은 요한묵시록을 그대로 옮겨 놓았다. 단테가 눈으로 바라본 시각적인 이미지 안에 역동성이 돋보이고 하나하나에 또 이미지를 부여하여 보는 각도에 따라 이해하고 각각 흥미를 느끼도록 교묘히 이끌어 내고 있다.

DANTE LA DIVINA COMMEDIA 30

베아트리체와의 만남

황금 촛대의 행렬이 멈추었을 때 뒤따르던 스물네 명의 장로들은 일제히 수레 쪽으로 몸을 돌렸다. 그들의 행동은 교회의 평화를 위한 상징적인 의식이었다. 구약의 소망은 그리스도에 의한 교회 건설에 있었다. 즉 교회를 통해서만 소망이 채워져 하늘의 평화를 누릴 수 있었다는 이유 때문이었다.

신들의 하늘 엠피레오에 떠 있는 일곱 개의 별들은 지는 일은 물론 뜨는 일조차도 없이 항상 그 자리에 머무르면서 오직 죄악의 안개에만 가끔씩 가려진다고 한다. 그 엠피레오의 일곱 성좌처럼 황금 촛대들은 고고한 자태를 뽐내고 있었다. 또한 항구로 돌아오는 뱃사람들을 인도하는 북두칠성과도 같이 그 일곱 개의 황금 촛대들은 인간의 영적생활을 보다 올바르고 안정되게 이끌어 주는 듯했다.

순간 그들 중 하나가 하늘의 큰 사명이라도 받은 듯 큰 소리로 외쳤다.

"나의 신부여, 어서 레바논에서 나오너라!"

그가 똑같은 말을 세 번씩이나 반복하자 모두들 그 소리를 따라 외쳤다.

"나의 신부여, 어서 레바논에서 나오너라!"

최후의 심판을 알리는 나팔 소리가 울리면 축복받은 자들은 재빨리 육체를 입고 무덤에서 차례차례 일어나며 '알렐루야'를 외칠 것이라고 했다. 그것과 마찬가지로 지금 백 명도 넘는 영원한 생명의 사자使者들이 입을 모아 하느님의 수레를 향해 찬양하고 있었다. 또한 일찍이 예수님께서 예루살렘에 입성하실 때 많은 군중들이 '호산나! 다윗의 자손, 주님의 이름으로 오시는 이여, 찬미 받으소서. 지극히 높은 하늘에서도 호산나!'라고 외쳤듯이 백 명도 넘는 영혼들이 한결같이 입을 모아 '복 되도다, 오시는 이여!'라는 찬미의 노래를 부르기 시작했다.

"오, 두 손 넘치도록 한 아름의 백합꽃을 드리세."

그들은 찬양의 노래를 계속하며 성스러운 하느님의 수레 주위에 꽃들을 가득히 뿌렸다.

베르길리우스는 자신의 시 '아이네이아스'에서 '한 아름의 백합꽃을 다오. 나에게 검붉은 꽃들이 흩어지게 하라'고 읊은 바 있었다. 단테는 지금의 상황이 스승의 시와 너무도 잘 맞아떨어지고 있음을 느끼고서 놀라움을 금할 수 없었다.

단테는 언젠가 동녘 하늘이 장밋빛으로 물들어오며 하루의 시작을 알리던 모습을 경이롭게 바라보았던 때가 있었다. 태양의 얼굴이 아침안개의 너울에 가려져 누구나 그 태양을 똑바로 바라볼 수 있을 때였다.

지금 그때의 광경과 흡사하게 수레 주위로 흩어지는 꽃구름 속에서 새하얀 면사포를 쓰고 그 위에 올리브 잎 왕관을 쓴 여인이 나타났다. 그 여인은 초록색 망토 밑에 불타는 것처럼 보이는 주홍색 옷을 입고 있었다.

단테는 즉시 알아볼 수 있었다. 과연 그녀가 누구인지!

흰색의 믿음, 초록색의 소망, 주홍색의 사랑. 이 세 가지 덕을 갖춘 옷을 입고 지혜와 평화의 올리브 왕관을 쓰고 나타난 여인……. 그 여인은 바로 자신이 꿈에서조차 그토록 그리워했던 베아트리체라는 것을 말이다. 하지만 아직 죄를 다 씻어내지 못한 자신의 모습이 그녀 앞에서 너무나도 초라했다. 더불어 그의 마음속엔 형언할 수 없는 만감과 상념이 교차하여 수렁에 빠져드는 것 같은 깊은 번민에 사로잡혔다.

어린 시절, 천사 같은 그녀를 처음 만났다. 당시 그녀의 나이는 불과 아홉 살에 지나지 않았다. 하지만 이미 그녀의 모습에서 기쁨과 사랑이 가득 찬 행복을 느낄 수 있었다.

그녀가 현세를 떠난 지 꼭 십 년이 되었다. 그 이후로 그녀와의 처음 만남에서 느꼈던 떨림과 설렘을 잊고 지냈다. 그녀가 면사포로 얼굴을 가리고 나타났기 때문에 눈만으로는 그녀를 알아볼 수 없었지만 늘 그녀에게서 품어 나오는 신비하고 은밀한 힘이 다시 한 번 단테의 마음을 사로잡았다.

지난날 순결하고 지순했던 그 사랑의 감정이 다시금 단테의 마음속에서 용솟음쳤다.

"오, 베아트리체! 나의 영원한 신부! 오직 기쁨과 행복으로만 충만한 나의 영원한 사랑이여!"

하지만 그 말은 단테의 가슴과 혀끝에서만 맴돌 뿐 정작 입밖으로는 튀어나오지 않았다. 단테는 마치 무서움을 느낄 때나 고통스러울 때 어머니의 품으로 달려드는 어린아이처럼 왼편으로 눈을 돌려 베르길리우스를 찾았다.

"어진 스승님이시여, 저를 좀 도와주소서. 제 온몸의 피가 지금 모조리 들끓고 있습니다. 그 옛날 타올랐던 사랑의 불꽃이 다시금 타오르는 듯합니다."

아, 그러나 있어야 할 그 자리에 베르길리우스의 모습은 이미 보이지 않았다. 다정한 어버이, 인자한 스승, 친절한 안내자 그리고 그가 의지할 수 있는 든든한 버팀목이 되어 주었던 시인 베르길리우스는 한마디 작별인사도 없이 어느새 그곳을 떠나고 없었다. 아마도 그것이 하늘의 법칙이었는지…….

단테가 나약해질 때마다 언제나 의지가 되었던 스승 베르길리우스. 지금 이 순간만큼은 그 어떤 즐거움도 그를 잃은 허전함을 메울 수는 없었다. 스승을 잃고 슬퍼하는 사나이의 눈에선 이슬 같은 눈물이 하염없이 흘러내렸다. 그 누구도 그의 눈물을 멈추게 할 순 없었다.

"단테, 울어서는 안 됩니다. 어지신 베르길리우스께서 떠났다 하여 벌써 눈물을 흘리시다니요. 당신은 보다 큰일을 위해 울어야 할 몸입니다."

귀에 익은 베아트리체의 음성이 어디선가 들려 왔다. 그리고 얼마 후 마치 배 위의 병사들에게 용기를 북돋워 주고 있는 제독처럼 그녀가 그의 눈앞에 모습을 드러냈다. 여전히 냇물 건너편에서 면사포를 드리운 채 머리에는 지혜의 여신 미네르바에게 바쳤다는 올리브 왕관을 쓰고 있었다. 그녀에게서는 왕녀다운 기품이 엿보였다.

그녀는 아름답고 자애로웠지만 엄숙한 목소리로 말했다.

"잘 보세요, 제가 누구인지를……. 저는 바로 당신이 잘 알고 있는 베아트리체입니다. 그런데 당신은 어떻게 이 산으로 올라올 수 있었죠? 당신은 구원의 은총을 받은 영혼만이 이곳에 올 수 있다는 사실을 모르고 계셨던가요?"

단테는 말없이 강물 속으로 시선을 옮겼다. 꿈에도 그리던 그녀의 물음에 부끄러움을 견디지 못하고 고개를 숙인 채 그만 레테 강물에 눈물을 떨어뜨리고 말았다. 맑은 강물은 초라한 그의 모습을 거울처럼 비춰주고 있었다. 단테는 자신의 모습을 바라보는 것조차 부끄러워 눈길을 다시 숲이 우거진 쪽으로 옮겼다.

그녀에게선 사랑하는 자식을 엄하게 꾸짖어 올바른 길로 인도하려는 어머니의 자상함 같은 것이 느껴졌다. 그러나 그에게 와 닿는 것은 심한 낭패감과 씁쓸함뿐이었다.

그녀가 말을 마치자 곧바로 천사들이 노래를 부르기 시작했다.

하느님, 당신께 이 몸 피하오니
다시는 고난을 겪지 않게 하소서.
제 말에 귀 기울여 주시고 죄에서 부디 건져 주소서.
이 몸 피할 바위 되시고 성채 되시어 저를 보호하소서.
하느님, 그 이름의 힘으로 저를 이끌어 인도하소서.
당신은 은신처이시니,
마귀가 쳐 놓은 그물에서 건져 주소서.
진실하신 하느님,
이 목숨 당신 손에 맡기오니 구해 주소서.
저는 헛된 우상을 섬기지 아니하며
오직 하느님께 의지하나이다.
저의 환난을 굽어보시고
곤경에 빠진 이 몸을 돌보셨으니
한결같은 당신의 사랑에 기뻐하며 감사드리옵니다.
저를 또한 원수의 손에 넘기지 아니하시고…….

천사들은 여기까지만 노래를 불렀고 그 뒤의 소절은 부르지 않았다. 아마 지금 단테의 처지에 맞지 않기 때문인 것 같았다.

이탈리아의 등줄기인 아펜니노 산맥 너머 숲 사이로 유고의 달마티아 산맥에서 차가운 북동풍이 불어오면 아펜니노 산맥에 내려 쌓인 눈은 돌덩이처럼 단단하게 얼어붙곤 했다. 그러나 그늘 하나 없는 아프리카 사막에서 뜨거운 바람이 불어오면 눈은 그 더운 입김에 견디지 못하고 녹아서 땅으로 흘러내리기 마련이다.

그와 마찬가지로 천체의 선율에 맞춘 천사들의 노래를 듣기 전까지는 한숨과 눈물이 얼어붙어 흘러나오지 않더니 천사들의 찬미가를 듣는 순간 얼어붙었던 마음이 녹아 탄식과 눈물이 끊임없이 흘러나왔다.

그 감미로운 찬미의 노래 속에는 단테에 대한 동정의 의미가 담겨져 있었다.

"고귀한 여인이여, 어찌 당신은 그의 사기를 꺾으려 하십니까?"

그것은 말보다 오히려 더 큰 위로가 되었다.

그때까지도 여전히 수레의 왼편에 기품 있게 서 있던 베아트리체가 경건하고 자비로운 음성으로 주위의 영혼들을 향해 말하기 시작했다.

"당신들은 영원한 빛 속에서 늘 깨어 있었기 때문에 현세에서 일어나고 있는 모든 일들에 대해 잘 알고 있잖습니까? 그것이 아주 사소한 일이거나 꿈속의 일일지라도 말입니다. 제 말은 모든 것을 다 알고 계시는 당신들을 향한 게 아닙니다. 저쪽에서 눈물을 흘리고 있는 분으로 하여금 제 뜻을 깊이 깨닫게 하여 진실로 자신의 죄를 뉘우치게 하려는 것입니다."

단테는 그 말이 자신에게 들려주기 위함인지 아니면 진짜 영혼들에게 하는 말인지 분간하기 힘들었다. 그는 얼굴이 화끈 달아올라 잠자코 그녀의 말에 귀 기울였다.

"모두가 알고 있듯이 인간의 운명은 별자리의 위치와 하느님의 은총에 따라 탄생될 때부터 구별됩니다. 저분 역시 하느님의 은총을 받아 젊은 시절에 이미 훌륭한 재능을 인정받았고 타고난 덕까지 겸비하고 있습니다."

베아트리체의 말에 그는 약간의 위안을 얻었으나 뒤에 올 말이 두려웠다.

"그러나 재능은 가만히 내버려 두면 썩거나 나쁜 곳으로 흐르기 쉽습니다. 좋은 씨를 뿌린 밭이라도 그대로 방치해 두면 황폐해지는 것과 같은 이치입니다. 타고난 재능을 썩히거나 흘려보내는 일은 더욱 커다란 죄악이죠."

단테는 베아트리체가 무슨 말을 하고 있는지 잘 알고 있었다. 때문에 아무런 대꾸도 못하고 잠자코 듣고 있을 수밖에 없었다.

"저는 살아 있을 때는 물론 죽는 순간까지도 하느님께서 주신 온갖 지혜와 덕으로 저분을 도왔습니다. 샛별처럼 빛나는 눈동자로 저분을 옳은 길로 인도하기 위해 애썼으며 그것을 위해 끊임없이 하느님께 기도드렸지요."

단테는 그녀가 자신을 잊지 않고 기도해 주었다는 사실만으로도 큰 감동이었다.

단테는 마음속으로 그녀에게 말했다.

'나 또한 그대를 잠시도 잊어 본 적이 없다오.'

그러나 베아트리체는 그에게 눈길 한번 주지 않은 채 계속 이야기해 나갔다.

"제가 스물다섯 되던 해, 저의 영혼은 육체를 떠나 이곳 하늘나라로 오게 되었습니다. 그 후 제게는 천상에서의 새로운 삶이 시작되었습니다. 그러나 저분은 천상에서 바라는 뜻과는 달리 현실의 사물에만 집착하여 인생을 헛되이 보냈습니다. 뿐만 아니라 마음마저도 저를 떠나 향락과 타락 속으로 빠져 들었죠. 제 영혼이 천상으로 올라와 아름다움과 덕을 키우는 동안에도 저분은 어떤 약속도 지키지 않은 채 허상뿐인 현실의 행복만을 좇기에 급급했습니다."

그녀의 말 한마디 한마디는 바늘이 되어 단테의 심장에 날카롭게 꽂혔다. 결국 그의 심장이 바늘꽂이처럼 되었을 때도 고통보다는 오히려 부끄러운 마음이 앞섰다. 또한 그녀에게 실망만을 안겨 준 자신이 더없이 원망스럽기만 했다.

베아트리체는 그런 그의 심정을 아는지 모르는지 말을 멈추지 않았다.

"심지어는 제가 저분 꿈속으로까지 여러 번 들어가 일깨워주며 바른 길로 인도해 보았지만 그것도 오래가지 않고 잠시일 뿐, 곧 어처구니없는 타락의 길을 다시 찾아 헤매는 것이었습니다. 저분을 구원하기 위해 저는 거의 날마다 눈물로 시간을 적셨답니다. 결국 저는 최후의 선택을 하게 되었죠. 저분의 회개를 재촉하기 위해서는 영원한 형벌과 가혹한 고통만이 있는 지옥의 길을 순례하도록 할 수밖에 없었고, 인자하신 베르길리우스님께 눈물로 부탁을 드려 마침내 이곳까지 안내하도록 했지요."

베르길리우스를 처음 만났을 때 이미 들은 이야기 중, 성모 마리아님과 성녀 루치아에 대한 얘기도 있었다. 안타까움에 눈물로 하루하루를 보냈던 그녀에게 용기를 준 분이 바로 성녀 루치아였고, 성모 마리아님께서는 하느님께 간청을 드려 그에게 은총이 내려지도록 하셨다고 했다.

베아트리체는 고개를 돌려 그의 모습을 똑바로 바라보더니 단호하게 말했다.

"눈물 흘리며 진실로 자신의 죄를 참회해도 부족할 사람이 자신이 범한 죄를 씻지도 않은 채 레테 강을 건너고 또 그 강물을 마셔 죄의 기억을 지워버린다는 것은 하느님의 거룩하신 섭리를 깨뜨리는 일이 됩니다."

DANTE LA DIVINA COMMEDIA 31

세 가지 은총

"성스러운 냇물 건너편에 있는 그대여, 제게 말해주세요. 제 말 속에 털끝만큼의 거짓이라도 있었나요? 그렇다면 이제 당신은 진정한 참회로써 죄악을 씻어내야만 합니다."

영혼들 앞에서 단테의 죄를 낱낱이 드러냈던 베아트리체는 이번엔 그의 얼굴을 뚫어지게 바라보며 물었다.

"무슨 생각을 하고 계세요?"

그는 질문에 무슨 대답이든지 하려고 했지만 이미 갈가리 찢긴 마음의 상처 때문에 말이 입속에서만 맴돌 뿐이었다.

베아트리체는 잠시 기다렸다가 다시 입을 열었다.

"구원을 저버린 당신의 죄가 아직도 이 레테 강물에 씻겨지지 않았으니 어서 대답해 주세요."

단테는 두려움과 혼란이 뒤섞인 심정으로 간신히 말했다.

"그렇소, 당신의 말은 모두 사실이오."

그러나 그의 목소리는 바로 곁에 있는 사람조차 알아듣기 힘들 정도로 작았다. 활을 쏠 때 지나치게 시위를 당기게 되면 활이 부러지거나 시위가 끊어지게 마련이다. 그래서 과녁을 향해 날아가야 할 화살이 목표물을 향해 보지도 못하고 바닥에 떨어지게 된다.

그녀의 꾸짖음은 과녁에 닿아보지도 못하고 힘없이 떨어지는 그 화살처럼 단테를 보잘것없는 초라한 존재로 만들었다. 도저히 견디기 힘든 큰 짐으로 인해 그의 눈과 입에서는 눈물과 한숨이 끊임없이 새어나왔지만 목소리만큼은 정작 맥없이 속으로 기어들어 갔다.

단테의 그런 모습을 보면서도 베아트리체는 가혹한 채찍질을 멈추지 않았다.

“당신은 사람들이 그렇게 바라는 하느님의 은총을 받을 수 있도록 기도했던 저의 간절한 소망을 저버렸습니다. 대체 어떤 함정과 장애물이 당신 앞에 있었기에 앞으로 나아가야 할 소망마저 빼앗겨 버린 것입니까? 세상의 쾌락과 죄악이 대체 어떤 유혹이었기에 하느님의 사랑과 제 기도마저 외면한 채 그것들 속으로 들어가셨나요?”

그녀의 계속되는 질문에 단테는 괴로운 한숨만 내쉴 뿐 달리 어떤 대답을 할 수가 없었다. 그러다가 겨우 입술을 떨며 울음 섞인 목소리로 말했다.

“온갖 유혹으로부터 내 마음을 지켜주던 당신이 세상을 떠난 뒤 내 눈앞에 보이는 모든 것들이 나를 그 거짓의 쾌락 속으로 밀어 넣었소.”

그녀가 말했다.

“당신이 비록 입을 다물거나 거짓 고백을 한다 해도 전지전능하신 하느님께서는 모든 것을 다 알고 계십니다. 그렇기 때문에 당신이 아무리 죄를 감추려고 애써도 그 죄가 숨겨지거나 없어지지 않습니다. 하지만 진정 눈물로써 참회하고 죄를 뉘우친다면 하느님의 법정에서는 당신의 죄에 대한 하늘의 분노를 풀도록 할 것입니다. 또한 공의로운 심판을 하실 때에도 그것을 참작하시어 자비로우심을 베풀어 주실 것입니다."

베아트리체는 그것이 마지막 희망이라도 되는 것처럼 말했다.

"지금이라도 늦지 않았으니 지난날 당신이 지은 그 치욕적인 죄들을 가슴 깊이 느끼고 뉘우치세요. 설사 요녀 세이렌의 헛된 쾌락적 유혹을 받게 되더라도 결코 흔들리지 말고 참된 결심을 위해 마음을 더욱 굳게 가지도록 노력하세요."

베아트리체의 말 속에는 간절한 소망이 담겨 있었다. 그는 느낌만으로도 충분히 그 의미를 알 수 있었다.

"단테, 이제 그만 눈물을 거둬들이고 제 말에 귀 기울여 보세요. 당신은 제가 죽어 땅속에 묻혔기 때문에 그런 타락의 길로 빠져든 거예요. 지금은 티끌이 되어 흩어져 버린 저의 아름다웠던 육체만큼 당신의 눈을 기쁘게 해줄 그 무엇이 세상엔 없었던 거죠. 그런데 왜 저의 죽음으로 인해 깨달은 세상의 덧없음과 상처받았던 그 마음을 또다시 헛된 현세의 것들로 채우려 하셨나요?"

'이 세상 그 어느 곳에도 당신이 떠난 그 빈 공간을 채울 만한 것이 없었소!'

단테는 속으로만 그녀를 향해 외칠 뿐, 그녀가 약한 자신의 마음을 알고 실망할 것이 두려워 입밖으로 꺼낼 수가 없었다.

"단테, 당신은 세상의 모든 유혹을 떨쳐 버리고 영원한 생명을 누리는 천국을 사모해야만 했습니다. 그런데도 당신은 헛된 세상의 행복과 젊은 여인들과의 무절제한 향락에만 자신의 몸을 맡긴 채 저의 인도를 뿌리쳤습니다."

그녀의 말은 매우 단호한 어조로 이어졌다.

"당신은 상처를 입지 말았어야 할 몸이었어요. 새도 새끼 때는 두 번 세 번 화살을 맞을 때가 있지만 온전히 날개가 자란 후에는 아무리 그물을 치고 화살을 쏴도 용케 그것들을 피해 자신의 몸을 지킬 수가 있게 되죠. 당신은 저의 영혼을 쫓아 영원한 삶을 누렸어야 했는데……."

하느님의 사랑을 받아들이지 않은 배은망덕한 죄에는 영원한 형벌만이 기다릴 뿐이다. 아무리 애지중지 사랑했던 것들도 지옥으로 떨어진다면 결코 붙잡아 주지를 못할 것이다. 아니, 붙잡아 주기는커녕 오히려 비웃음을 던져버릴지도 모른다. 이렇듯 죄를 진 영혼은 지옥밖에 갈 곳이 없단 말인가!

어린아이는 잘못해서 꾸지람을 들으면 말없이 고개를 숙이고 땅만 쳐다보기 마련이다. 단테 역시 그처럼 고개를 푹 숙인 채 말없이 땅바닥만 내려다보고 있었다.

단테는 천국과 지옥의 두 열쇠는 모두 자신의 손에 쥐어져 있었고 천국과 지옥의 선택 또한 결국 자신의 의지에서 비롯되었음을 다시 한 번 명확히 깨달을 수 있었다.

베아트리체는 그런 그의 모습을 보며 다시 말했다.

"스스로 부끄러움을 느꼈다면 슬퍼만 말고 뻣뻣한 수염을 치켜들고 이쪽을 똑똑히 보세요. 당신은 천국의 아름다움을 보면서 지금껏 현세의 행복만 좇은 사실에 대해 더욱 부끄러움을 느끼고 가슴 아파해야 합니다."

그런 말을 듣고 고개를 치켜든다는 것은 이탈리아의 추운 북동풍이나 북아프리카에서 불어오는 사막의 열풍에 힘없이 쓰러지는 떡갈나무보다 더 고통스럽고 어려운 일이었다. 더욱이 '얼굴'이라고 하지 않고 '뻣뻣한 수염'이라고 한 그녀의 말에는 가시가 돋쳐 있었다. 그 말은 어린 아이처럼 굴지 말고 뻣뻣한 수염이 돋은 어른답게 행동하라는 핀잔이 분명했다.

하느님의 무한한 사랑을 저버린 몸으로 감히 누구에게 호소할 수 있겠는가. 모든 것이 처음부터 끝까지 자신의 탓이었고 또한 잘못이었던 것을……. 그러나 그는 아직도 마음 한구석에 남아 있는 알량한 자존심 때문에 선뜻 고개를 들지 못하고 주저했다. 이윽고 아주 어렵사리 고개를 들어 베아트리체를 바라보았다.

베아트리체에게 꽃을 뿌리던 천사들은 어느새 움직임을 멈추고 서 있었다. 아직도 눈물로 시야가 흐려져 있는 그의 눈동자 속엔 아름다운 베아트리체의 모습이 들어왔다. 그녀는 신성神性과 인성人性을 동시에 갖춘 그리프스와 마주 보고 있었다.

현세에 살아 있었을 때 베아트리체는 그 누구보다도 아름다운 여인이었지만 지금 강 건너편에서 베일을 쓰고 있는 그녀는 살아 있을 때보다도 훨씬 더 아름다웠다.

그녀를 바라보고 있자니 그녀와의 사랑을 깨뜨리고 그 사랑을 앗아가 버리게 만들었던 세상에서의 허무한 쾌락이 새삼 더 원망스러웠다. 또한 자신의 눈을 여인의 사랑으로부터 외면하게 만든 그 모든 죄악 역시 증오스러웠다. 그는 비로소 회한悔恨의 가시에 찔려 쓰라림을 느끼게 되었다.

이러한 후회와 한탄으로 괴로워하며 몸부림치는 동안 죄책감이 혈관과 뼛속으로 파고들어 날카로운 비수처럼 심장에 꽂혔다. 순간 정신이 아뜩해지며 온몸의 기운이 다 빠져 나간 그는 그만 그 자리에 푹 쓰러지고 말았다.

얼마쯤 시간이 흘렀을까. 그가 정신을 차리고 보니 어찌된 영문인지 자신이 냇물에 잠겨 목만 내민 채 숨을 쉬고 있는 게 아닌가. 그리고 한 여인이 물 위에서 내려다보고 있었다.

"아, 당신은 들에서 혼자 꽃을 꺾고 있었던 마텔다……."

마텔다는 단테가 정신을 차린 것에 기뻐하며 말했다.

"나를 잡으세요. 팔을 뻗어 나를 꼭 잡으세요."

그가 그녀의 말대로 팔을 뻗어 손을 맞잡자 신기하게도 작은 나뭇잎처럼 가볍게 물 위를 걸어 나갈 수 있는 것이 아닌가. 그가 그녀의 도움으로 레테 강을 건너 죄의 기억을 씻어야만 갈 수 있다는 축복받은 강기슭에 가까이 다가갔을 때 베아트리체의 아름다운 천상의 기도 소리가 들려 왔다.

"우슬초로 저를 정결케 하소서. 그러면 제 몸이 깨끗해지리다. 저를 씻어주소서, 눈보다 더 희게 되리이다."

그녀의 목소리는 누가 흉내 내거나 상상할 수조차 없을 만큼 고결하고 아름다웠다.

마텔다는 두 팔을 벌려 단테의 머리를 껴안은 다음 레테 강물에 입이 잠길 만큼 깊숙이 밀어 넣었다. 덕분에 그는 무의식중에서도 물을 마실 수밖에 없었다.

마텔다는 물에 흠뻑 젖은 그를 건져내더니 춤을 추고 있던 네 명의 천사에게로 데려갔다. 예지, 정의, 절제, 용기의 네 가지 덕을 상징하는 그 천사들은 저마다 그를 얼싸안고 기뻐했다.

"우리는 이곳에서 지금 요정의 모습을 하고 있지만 하늘에서는 별이랍니다. 교회가 아직 생겨나기 전, 그러니까 베아트리체가 현세에 태어나기 이전에 그녀는 천국에서 가장 아름다운 천사였습니다."

한 천사가 말하자 다른 한 명이 그녀의 말을 받았다.

"저희는 베아트리체님의 시녀였으며 이교도들까지도 구원시키려고 했던 현세의 덕을 대표하고 있답니다. 또한 교회가 아직 건설되기 전에는 교회와 신학을 위한 길을 닦는 임무도 맡고 있었지요."

네 명의 천사들은 차례차례 돌아가며 말했다.

"이렇듯 저희는 하느님의 진리를 인식할 수 있는 신학으로까지만 모든 이들을 이르게 할 뿐입니다."

"하느님 안으로 깊숙이 들어갈 수 있게 하는 일은 바로 믿음, 소망, 사랑을 상징하는 세 여인이 맡고 있지요. 보세요, 당신을 바라보고 계시는 베아트리체님의 눈동자 속에 깃들어 있는 한없는 기쁨을……."

네 천사들은 베아트리체가 서 있는 그리프스들 앞까지 그를 데리고 가서 말했다.

"그토록 간절히 만나기를 소망하셨던 베아트리체님 앞으로 이렇게 당신을 모셔왔습니다. 자, 이제 마음껏 바라보세요. 쪼개진 작은 비취 알갱이들이 당신의 마음속에 마치 화살처럼 박혀 있지 않습니까?"

천사들은 베아트리체의 아름다운 눈동자를 진한 녹색을 띤 비취에 비유했다. 불길보다도 더 뜨거운 열정에 휩싸인 단테는 베아트리체를 바라보았건만 그녀는 눈 한 번 깜박이지 않은 채 오직 그리프스에게로만 시선을 집중하고 있었다.

단테는 그리프스들을 바라보고 있는 베아트리체의 눈동자를 유심히 살펴보았다. 그녀의 눈동자 속엔 그리프스의 모습이 가득 채워져 있었다. 어떤 때는 인격의 사자 모습으로, 또 어떤 때는 신격인 독수리 모습으로, 마치 거울 속에 비친 태양처럼 빛나고 있었다.

그리프스가 조금도 움직이지 않고 있었음에도 그녀의 눈동자 속에서는 매 순간마다 그 모습들이 바뀌고 있었다. 단테는 그저 신기하고 어리둥절할 수밖에 없었다. 단테가 베아트리체의 아름다운 눈동자를 들여다보고 있는 동안 또 다른 세 여인이 자신들의 노래에 맞춰 우아하게 춤을 추며 앞으로 걸어 나왔다.

"오, 베아트리체여! 거룩한 눈을 그에게로 돌리세요. 당신을 만나기 위해 그는 멀고 험한 나그네 길을 걸어왔답니다. 아무쪼록 우리들의 청을 받아들여 그로 하여금 당신의 숨겨진 두 번째 아름다움까지도 보게 하세요."

그녀들이 노래하고 있는 두 번째 아름다움이란 믿음, 소망, 사랑이라는 하늘의 삼덕三德(향주삼덕向主三德-신덕信德, 망덕望德, 애덕愛德) 즉, 성령의 힘으로 신앙을 갖고 있는 사람들에게 부여된 세 가지의 은총을 일컫는 것이었다. 또한 첫 번째 아름다움이란 예지, 절제, 용기, 정의라는 현세의 사덕四德(사추덕四樞德-지덕知德, 의덕義德, 용덕勇德, 절덕節德) 즉, 초자연적 윤리의 덕을 말하는 것이었다. 여기서 사덕은 단테가 이곳까지 올 수 있도록 사랑을 베풀어준 베아트리체의 첫 번째 아름다움을 뜻하는 것이고 삼덕은 이곳에서 천국으로까지 그를 인도하게 될 그녀의 두 번째 아름다움을 말하고 있는 것이었다.

단테는 마음속으로 외쳤다.

'오, 영원히 살아 있는 빛이여! 몸이 창백하게 야윈 채 시신詩神의 산 파르나소스 그늘 밑에서 쉬고 있는 시인이나 그곳의 샘물을 마셔 시상詩想이 풍부해진 시인이라 할지라도 지금 하늘의 은총에 감싸여 거룩하고 신비롭게 빛나는 베아트리체의 아름다운 모습을 그대로 옮겨 놓지는 못하리라. 베일을 젖히고 드러난 그녀의 아름다움에 넋을 잃고 황홀해지지 않을 자, 어디 있겠는가?'

DANTE LA DIVINA COMMEDIA 32

신학神學의 길

단테는 베아트리체에 대한 그리움으로 10년 동안 얼마나 괴로워했던가! 그는 이 순간 그 소망을 모두 채울 듯이 그녀를 바라보았다. 그의 눈동자 속에는 온통 그녀의 모습뿐이었고 다른 감각들은 모두 마비된 듯했다. 그녀의 성스러운 미소와 옛 사랑의 열정은 아직도 그의 두 눈을 멀게 만들기에 충분했다.

"마치 베아트리체에게 빨려들 것처럼 몰입되어 있군요."

단테는 웃음 섞인 그 목소리를 듣고서야 부끄러움에 얼굴을 붉히면서 세 여인 쪽으로 눈길을 돌렸다. 그러나 태양을 정면으로 바라보고 있다가 눈길을 돌려 다른 곳을 보면 앞이 캄캄하고 아무것도 보이지 않듯 지금 사랑에 눈이 먼 그는 주위에 보이는 것이 아무것도 없었다.

그때 그의 눈에는 희미하게 빛나는 수레가 보였다. 그것은 베아트리체의 몸에서 발산되는 강한 빛을 보고 난 후의 잔영인 듯했다. 영광스런 이 행렬은 갑자기 오른쪽으로 방향을 틀더니 오던 길을 거슬러 올라가고 있었다.

수레는 태양과 일곱 촛대의 빛나는 불빛을 정면으로 받으며 천천히 움직였다. 그들은 서쪽으로 흐르는 레테 강을 따라왔다가 지금 막 솟아오른 태양을 향하여 동쪽으로 선회하고 있었다. 그 모습은 마치 전투 중 선두가 적진 앞에서 방향을 바꿀 때 적의 기습을 막으려고 방패를 쳐들고 기수의 대열에 따라 돌고 있는 광경이었다.

구약에 나오는 스물네 명의 장로들은 수레의 앞머리가 방향을 틀기 전에 이미 대열 앞으로 빠르게 걸어 나갔다. 그러자 일곱 여인들도 춤을 추며 수레바퀴 가까이로 되돌아왔다. 그리프스는 베아트리체가 탄 거룩한 수레를 끌고 있으면서도 깃털 하나 움직이지 않았다.

단테의 손을 잡고 강을 건너게 해 주었던 아름다운 여인 마텔다와 스타티우스 그리고 단테는 오른쪽 수레바퀴가 내는 자국을 따라 발걸음을 옮겼다. 이렇게 해서 하와가 뱀의 유혹에 빠져 죄악을 저질러 점점 황폐해져 가고 있던 지상낙원을 헤치고 천사들의 장단에 맞춰 앞으로 나아가게 되었다.

활을 세 번 쏠 정도의 거리를 지났을 때 수레에 타고 있던 베아트리체가 아래로 내려섰다. 그러자 그곳에 있던 천사들은 모두 입을 모아 "아담"이라고 속삭였다. 그것은 아마도 하와에게 이끌려 그녀가 따 준 금단의 열매를 먹은 아담의 죄를 책망하는 소리인 듯했다.

나뭇잎이 다 떨어지고 가지만 앙상하게 남은 한 그루의 나무 앞에 도착한 그들은 나무를 빙 둘러서 에워쌌다. 그들이 에워싼 나무는 선과 악을 알게 하는 나무였다. 높이 올라갈수록 잔가지가 겹겹으로 뻗어 있었다. 또 그 나뭇가지들은 워낙 높은 곳으로까지 뻗어 있어서 화살을 쏘더라도 도저히 꼭대기까지는 닿을 수 없을 것처럼 보였다.

그때 나무 둘레를 에워싼 무리 중 스물네 명의 장로들이 한 목소리로 외쳤다.

"그리프스여! 향기로운 이 나무의 열매를 입으로 쪼지 않았으니 참으로 복되십니다. 이 나무의 열매는 먹을 땐 달콤하지만 배불리 먹고 난 뒤에는 배가 뒤틀리고 매우 고통스럽답니다."

그들의 말은 하느님께 순종한 예수 그리스도께서 "카이사르의 것은 카이사르에게, 하느님의 것은 하느님께로 돌리라"고 하시며 세속적인 권력에 굴복하지 않으셨음을 찬미하는 것이었다.

그 말에 화답이라도 하듯, 이번에는 신성과 인성을 동시에 지닌 그리프스가 소리쳤다.

"그래서 모든 정의의 씨가 이렇게 지켜지느니라."

그리프스는 끌고 왔던 수레를 나무 쪽에 갖다 붙이더니 나뭇가지 하나에 끌채를 잡아맸다.

하늘에서는 창조주께서 첫째 날 만드셨다는 위대한 태양이 쌍어궁과 그 뒤에서 반짝이는 백양궁과 한데 어우러져 찬란한 빛을 내뿜고 있었다. 그리고 지금은 온갖 풀들과 나무가 싹을 내밀고 세상의 모든 빛이 온통 파릇파릇하게 되살아나는 계절이었다.

이런 계절의 길목임에도 그 앙상한 나뭇가지들은 붉은 장미꽃보다는 엷지만 제비꽃보다는 짙은 빛을 내는 꽃들을 한껏 피우고 있었다.

예수 그리스도께서 인류의 완전한 구원을 위하여 피를 흘리신 이후로 이 앙상한 나뭇가지들은 꽃을 피울 수 있었지만 아담과 하와를 완전한 무죄 상태로 돌이킬 수는 없었기에 꽃의 색깔은 제비꽃보다 약간 짙은 정도에 머물고 말았다.

단테는 그 나무의 꽃을 유심히 살펴보면서 천국의 형제들이 부르는 찬미가에 귀를 기울였다. 그러한 아름다운 노래는 일찍이 현세에서 듣거나 불러보지 못했던 것으로 너무나 달콤한 자장가처럼 자꾸만 그의 눈을 감기게 만들었다.

백 개의 눈을 가진 아르고스는 호르메스에게서 목축牧畜의 수호신 판과 님프 시링크스의 사랑 얘기를 듣다가 잠이 들어 호르메스에게 목이 잘려 죽었다. 그때 아르고스의 잠든 모습을 그려낼 수만 있다면, 아마 모델을 보고 그림을 그리는 화가처럼 단테 역시 자신의 잠든 모습도 그려낼 수 있었을 것이다. 하지만 그것은 생각일 뿐 불가능한 일. 어떻게 잠들어 있는 상태에서 자신의 자고 있는 모습을 그릴 수 있겠는가.

베드로와 요한 그리고 야고보는 모든 천사들이 그리스도의 영광을 드러낸다는 그 열매를 동경했다. 그래서 예수님께서 그 나무의 꽃을 보여주시겠다고 하자 선뜻 나서서 그리스도를 따라 산에 올라가게 된 것이다.

높은 산에 올라가자 예수님의 얼굴은 해와 같이 빛났고 옷은 빛과 같이 눈부셨다. 그리고 난데없이 모세와 엘리야가 나타나 예수님과 함께 이야기를 나누는 것이었다.

그때 갑자기 구름들이 주위를 덮더니 그 속에서 "이는 내 사랑하는 아들, 내 마음에 드는 아들이니 너희는 그의 말을 들으라"는 소리가 들려왔다. 베드로를 비롯한 제자들은 두려움에 떨며 땅에 엎드렸다. 그러자 예수님께서 말씀하셨다.

"두려워하지 말고 모두 일어나라."

그 말씀에 정신을 차리고 앞을 보니 모세와 엘리야의 모습은 이미 온데간데없었고 예수님의 모습은 예전처럼 바뀌어 있었다.

한동안 꿈속을 헤매던 단테는 천국으로 올라가는 행렬의 눈부신 한

줄기 빛 때문에 잠결에서 깨어났다.

"일어나세요, 대체 무얼 하고 계시는 거예요?"

그가 잠에서 깨어 정신을 차리고 보니 상냥한 마텔다의 모습이 한눈에 들어왔다. 단테는 주위를 두리번거리며 의혹에 사로잡혀 물었다.

"베아트리체는……?"

그의 물음에 마텔다가 대답했다.

"보세요. 베아트리체님은 새순이 돋은 저 나무 밑에 앉아 계시잖아요. 하늘의 세 가지 덕과 땅의 네 가지 덕을 상징하는 천사들이 그녀의 주위를 둘러싸고 있죠. 그리고 나머지 천사들은 그리프스의 뒤를 따라 노래 부르면서 하늘을 향해 올라가고 있습니다."

단테는 고개를 들어 마텔다가 가리킨 쪽에서 베아트리체의 모습을 발견했다. 그 후 마텔다가 무언가를 계속 이야기했지만 베아트리체의 모습에 눈멀고 귀먹어 버린 그에게는 아무 소리도 들리지 않았다.

베아트리체는 그리프스가 나뭇가지에 매어 놓은 수레를 지키기라도 하듯 맨땅에 앉아 있었다. 그리고 일곱 여인들은 거센 광풍에도 흔들리지 않는 그 일곱 개의 황금 촛대를 각각 손에 들고서 베아트리체를 둘러싸고 있었다.

베아트리체는 단테가 자신을 뚫어지게 바라보고 있다는 사실을 깨닫고는 자애로움이 가득 찬 목소리로 말했다.

"당신은 잠시 여기서 지내야 합니다. 그런 다음 예수님이 계시는 저 천국의 백성이 되어 저와 함께 영원히 사는 거예요. 자, 저 수레가 변하는 모습을 똑똑히 지켜보세요. 그리고 현세로 돌아가거든 본대로 정확하게 글로 남겨 어지러운 세상 사람들을 구해야만 합니다."

단테는 다시금 경건하고 엄숙한 마음을 되찾았다. 그리고 눈을 돌려 나무와 붙어 있는 수레를 유심히 살펴보았다.

그때 먼 곳으로부터 큰 새 한 마리가 쏜살같이 날아와 나무 위에 앉았다. 새는 비가 내릴 때 먹구름 속에서 번쩍이는 번개보다도 더 빠르게 움직였다. 그 새는 제우스의 독수리였다. 독수리는 공중으로 높이 날아오르더니 이번에는 수레에 몸을 부딪쳤다. 그러자 수레는 거센 파도에 휩쓸린 위태로운 조각배처럼 중심을 못 잡고 제멋대로 흔들거렸다.

제우스의 독수리는 원래 로마 제국을 상징하고 있었다. 또한 그 독수리가 나무를 괴롭히는 것은 바로 네로와 디오클레티아누스 같은 폭군들이 하느님의 율법에 복종하지 않은 것을 의미했다. 또한 수레를 부숴버릴 듯이 부딪친 것은 그 폭군들이 교회를 박해한 사실에 대한 표현이었다.

이번에는 어디서 나타났는지, 암 여우 한 마리가 입맛을 쩍쩍 다시면서 수레를 향해 달려들었다. 그 여우는 맛있는 먹이라곤 한 번도 먹어보지 못한 듯 바싹 야위어 있었다. 그러나 베아트리체가 교리를 지키기 위해서 암 여우로 변한 이단자들의 죄악을 날카롭게 꾸짖자 그 여우들은 꽁무니가 빠지도록 도망쳤다.

암 여우가 달아나자 독수리도 수레 안에 제 깃털만 수북이 뽑아놓고 날아왔던 곳을 향해 다시 되돌아갔다. 독수리가 날아간 그 하늘에서 갑자기 비탄에 잠긴 소리가 들려 왔다.

"오, 나의 쪽배여, 짐을 잘못 실었구나!"

그 말이 끝나자마자 수레의 바퀴와 바퀴 사이의 땅이 두 쪽으로 갈라지더니 그 사이로 용 한 마리가 솟아올랐다. 그 용은 어느새 수레를 휘감고는 창처럼 빳빳이 세운 꼬리로 수레를 푹 찔렀다가 잡아 뽑으면서 수레 밑의 한쪽을 떼냈다. 그러더니 유유히 사라지는 것이었다.

그 용의 뒷모습을 보면서 베아트리체가 말했다.

"저 용은 종교 분쟁을 뜻하는 것입니다. 수레 밑의 한쪽을 떼내어 간 것은 로마 교회에서 그리스 교회가 분리된 것을 뜻하지요. 그럼에도 불구하고 교회들은 아직도 세속적인 이익을 얻는 데만 열중하고 있으니……."

기름진 땅에서 풀이 무성하게 자라듯 수레가 뜯긴 부분도 깃털로 수북하게 덮였다. 그건 아마도 분리된 교회의 부끄러움을 가리려는 의도 같았다. 또한 깃털은 세속적인 권력과 부의 상징으로 현세의 교회들이 권력과 부를 누리고 있음을 단적으로 드러내고 있었다.

수레는 이렇게 깃털로 덮이고 덮여 끝내는 그 모습을 전혀 알아볼 수 없도록 만들어 버렸다. 그런데 깃털로 덮였던 수레 여기저기에서 비집고 나오는 무언가가 보였다. 자세히 보니 그것은 짐승의 머리 모양을 하고 있었다. 끌채 부분에서 셋, 수레의 네 모서리 쪽에서 각각 하나씩 나타났다.

단테는 끌채 부분의 세 머리를 가리키며 베아트리체에게 물었다.

"황소처럼 양쪽 머리에 뿔이 돋은 저것들은 대체 무엇이오? 일찍이 본 적이 없는 괴상한 형상을 하고 있군요."

"저 괴물들은 각각 교만, 질투, 분노의 죄를 상징하고 있답니다. 자신들의 죄로 인해 이웃들이 희생당했기 때문에 이마에 두 개의 뿔을 달게 된 것이지요. 그리고 저쪽 네 모서리에 돋아난 괴물들은 각각 인색, 음란, 탐욕, 나태의 죄를 상징하고 있으며 그 죄들은 자신에 대한 것이므로 하나의 뿔만이 머리에 달려있지요."

방자한 창녀로 변한 교황 보니파티우스 8세는 마치 높은 산꼭대기에 우뚝 서 있는 고고한 성처럼 그 괴물들 위에 떡 버티고 앉아 있었다. 그는

잠시도 쉴 새 없이 사방을 향해 추파를 던졌다. 보니파티우스 8세의 옆에는 프랑스 국왕 필립 4세가 거인으로 변해 서서 창녀를 옆에 낀 채 뺏기지 않으려는 듯 방어태세를 취하고 있었다. 그리고 단테가 보는 앞에서 서로 몇 차례 입맞춤을 했다.

그 더러운 계집 보니파티우스 8세가 음탕한 눈빛으로 단테에게 시선을 보내자 흉포한 정부情夫 필립 4세는 채찍을 휘둘러 계집을 후려쳤다. 이렇듯 질투와 분노로 가득 찬 정부는 미친 듯이 날뛰며 괴물로 변한 수레를 나무에서 풀더니 숲 속으로 끌고 들어갔다. 그 후로 숲의 우거진 초목들에 가려 그 계집의 모습도, 괴상한 괴물들도 더 이상 볼 수 없었다.

단테는 너무나 어이없는 이 광경을 지켜보다가 베아트리체에게 물었다.

"교황과 한 나라의 왕으로서 저 무슨 짓이란 말이요! 베아트리체, 말해주시오. 저들의 행동은 무엇을 나타내는 것이며 창녀가 내게 보낸 추파의 의미는 진정 무엇을 뜻하는 것입니까?"

베아트리체는 그의 물음에 자상하게 대답해 주었다.

"교황 보니파티우스 8세는 프랑스 왕가의 간섭에서 벗어나려 했지만 오히려 필립 4세에게 감금당하고 말았죠. 당신에게 추파를 보낸 것은 교회가 그리스도 신앙인에게 도움을 요청한 것을 뜻합니다. 또 괴물로 변한 수레를 숲 속으로 끌고 가 우리 눈앞에서 사라지게 한 것은 교황 클레멘스 5세가 교황청을 로마에서 프랑스 아비뇽으로 옮겼음을 나타내고 있지요."

DANTE LA DIVINA COMMEDIA 33

선행善行의 기억

믿음, 소망, 사랑, 하늘의 삼덕三德을 뜻하는 세 여인들이 노래를 한 번 부르고 나면 지상의 사덕四德을 뜻하는 예지, 용기, 절제, 정의의 네 여인들이 다시 따라 노래를 부르기 시작했다.

"하느님, 이방인들이 당신의 땅을 침범하여 성전을 더럽히고 예루살렘을 폐허로 만들었나이다."

이 노래는 이방인들이 하느님의 백성과 성전을 더럽히는 것을 슬퍼하고 어서 빨리 하느님께서 오셔서 반드시 그 백성들을 구해주실 것을 믿는 신앙의 기도였다. 일곱 여인들은 이 노래를 부르면서 교회의 부패를 한탄하고 있는 듯 보였다.

탄식과 동정 어린 표정으로 그 노래를 듣고 있는 베아트리체의 모습은 마치 십자가를 지고 골고다 언덕으로 향하는 예수 그리스도를 지켜보던 성모 마리아님과 흡사했다. 일곱 여인들은 노래를 마치고 나자 베아트리체에게도 노래를 불러줄 것을 부탁했다.

그들의 청을 받아들인 베아트리체는 단정히 일어서서 노래를 부르기 시작했다. 붉게 상기된 그녀의 얼굴에는 이미 천상에 머물러 있으면서도 수줍은 빛이 어려 있었다.

“사랑하는 자매들이여! 잠시 동안 그대들은 저를 보지 못할 것입니다. 그러나 아주 잠시뿐, 곧 다시 만날 수 있을 테니 실망하지는 마세요.”

그녀의 노래는 예수 그리스도께서 세상을 떠나려 할 때 제자들에게 하신 말씀과 비슷했다. 그녀는 계속 노래를 불렀다.

“나는 아버지께로 간다. 너희는 울며 슬퍼하겠지만 세상은 기뻐할 것이다. 너희가 내 이름으로 아버지께 구하는 것이면 아버지께서는 무엇이든 너희에게 주실 것이다. 지금까지 너희는 내 이름으로 아무것도 구한 것이 없었다. 그러나 이제는 구하여라. 그러면 받을 것이다. 너희는 기쁨에 넘칠 것이다. 너희가 내 이름으로 아버지께 구하는 것이면, 아버지께서는 무엇이든 너희에게 주실 것이다.”

베아트리체의 노래는 교회의 부패로 인하여 구원되어야 할 영혼들이 현재는 구원받지 못하고 있으나 곧 그 영광을 회복할 것이라는 확신의 내용을 담고 있었다. 또 그것은 일곱 여인들이 불렀던 노래에 대한 화답과 약속의 노래였다.

노래를 마친 베아트리체는 일곱 여인들을 나란히 앞세우고 단테와 마텔다 그리고 스타티우스에게 눈짓으로 자신의 뒤를 따르도록 했다. 그런 모양으로 앞을 향해 걸음을 옮기기 열 걸음도 채 가지 않아서 단테와 베아트리체의 눈길이 서로 마주쳤다. 그녀는 다정스런 미소를 지으며 말했다.

“좀 더 빨리 걸으세요. 제 말을 가까이서 잘 들을 수 있도록…….”

단테는 베아트리체가 시키는 대로 그녀 가까이로 다가갔다. 그러자 그녀가 차분한 목소리로 말했다.

"단테, 저와 나란히 걷는 동안 궁금한 것이 있으면 묻도록 하세요."

하지만 막상 그녀 곁에 서고 보니 아이가 어른 앞에서는 두려운 마음이 앞서 말을 더듬게 되듯 그의 몸과 혀가 딱딱하게 굳어져서 제대로 움직여지지 않았다.

"아름다운 이여! 당신은 나의 아쉬움과 그 모든 것을 이미 잘 알고 있을 거요."

단테의 말소리를 듣고 있던 베아트리체는 꾸짖는 것 같은 목소리로 주의를 주었다.

"단테, 긴장을 풀고 어릴 적 친구처럼 저를 대해주세요. 이제부터는 더 이상 두려움과 부끄러움이 필요치 않습니다. 그런 것들은 가능하면 빨리 떨쳐버리세요."

"앞으로 주의하겠소."

단테는 꾸중을 듣고서도 여전히 자신감을 갖지 못했다. 하지만 용기를 내어 그녀에게 질문하기로 했다.

"베아트리체!"

그녀가 고개를 돌려 바라보자 그는 다시금 온몸이 굳어지는 것 같았다. 그래서 재빨리 시선을 다른 쪽으로 돌리며 다음 질문을 계속했다.

"베아트리체, 내게 말해주시오. 숲 속으로 사라져 버린 보니파티우스 8세와 필립 4세는 앞으로 어떻게 되는 것이오?"

베아트리체는 용기를 내어 질문을 한 그를 매우 가상하게 여기듯 상냥하게 대답해 주었다.

"때가 되면 하느님께서 보낸 인도자가 나타나 그 음탕한 여인은 물론 함께 죄를 저지른 그 거인을 죽게 할 것입니다. 하느님의 심판은 어떤 방법으로도 피할 수 없으며 인도자는 그렇게 계속 세상을 바로잡아 나갈 것입니다."

단테는 그녀의 말을 확실하게 이해할 수 없었기에 의문이 꼬리를 물고 일어났다. 그가 고개를 갸웃거리고 말이 없자 베아트리체가 미소 지으며 말했다.

"제 말이 스핑크스와 테미스에 관한 얘기처럼 막연해서 잘 납득이 가지 않는 모양이로군요."

스핑크스는 여자의 얼굴과 새의 날개 그리고 개의 몸뚱이에 사자의 발톱을 지닌 괴물이다. 그는 테베 근처에 살면서 자나가는 나그네들에게 '아침에는 네 발로, 낮에는 두 발로, 저녁에는 세 발로 다니는 짐승이 무엇이냐?'라는 수수께끼를 내고는 그 정답을 알지 못하고 고민하는 자들을 모두 잡아먹었다. 또한 테미스는 하늘의 신 우라노스와 땅의 여신 테라 사이에서 태어난 딸로서 예언이 뛰어났으며 그 예언의 능력을 후계자인 태양의 신 아폴로에게 전수한 신화 속의 인물이다.

베아트리체는 자신이 던진 말들이 너무나 추상적이었다는 사실을 깨닫고서 그 두 인물들의 수수께끼와 예언에 자신이 한 말을 비유했던 것이다.

베아트리체는 단테가 다시 말할 필요도 없이 납득가지 않는 부분에 대해 자세히 설명해 주었다.

"테베의 왕 오이디푸스가 수수께끼를 푸는 바람에 스핑크스는 죽어버렸지요. 그래서 화가 난 테미스가 들짐승들을 풀어 테베 사람들의 양들을 공격케 하고 밭을 짓밟아 큰 피해를 입혔답니다. 하지만 당신이 어려워하는 그 수수께끼는 곧 풀릴 것입니다. 그런 만큼 당신은 저에게 들은 사실들을 모두 기록해 두었다가 아무것도 알지 못하고 죽음을 향해 치닫고 있는 불쌍한 세상 사람들에게 알려주세요. 그 모든 것들을 반드시 글로 써서 남겨야만 합니다."

단테는 고개를 끄덕이며 물었다.

"좀 전에 보았던 나무에 대해서도 말이오?"

"물론이죠. 아담과 조금 전 독수리에 의해 두 번이나 수난을 당한 그 나무도 잊지 말고 꼭 기억하세요. 그리고 그 나무를 뜯거나 꺾는 자는 누구를 막론하고 하느님을 모독하는 죄를 범하게 된다는 사실도요. 하느님께서는 당신의 권능을 나타내시기 위하여 그 거룩한 나무를 심어 놓으신 것이랍니다. 아담이 그 나무에 열린 금단의 열매를 따먹었기 때문에 하느님을 뵙지 못하는 고통과 뵙고자 하는 희망 속에서 십자가의 피로써 자신의 죄를 씻어 줄 예수 그리스도께서 오시기를 오천 년 동안이나 기다리게 되었던 것이지요."

"다른 사람들에게 자세히 전하기 위해서는 내가 먼저 알고 있어야 할 것 같아 묻겠소. 그 나무는 끝없이 높으면서도 위로 올라갈수록 넓게 퍼져 있는 것은 무슨 특별한 의미라도 있는 것이오?"

"그건 바로 천상의 진리 그리고 가까이에 계신 하느님의 위엄을 나타내는 것이랍니다."

맑은 물속을 들여다보듯, 베아트리체의 말뜻이 고스란히 단테의 머릿속으로 옮겨졌다. 그러나 베아트리체는 또다시 그를 꾸짖었다.

"그 나무가 높이 솟아 가지가 벌어진 것에 특별한 의미가 있음을 깨닫지 못했다면 당신의 정신은 잠자고 있었던 게 틀림없습니다. 만약 빠지기만 하면 돌로 변한다는 엘사 강물에 당신이 빠져 돌이 되지 않았다면, 피라모스의 피가 오디를 붉게 만들었던 것처럼 당신이 자신의 죄에 물들어 있지 않았다면 모든 곳에 하느님의 정의가 숨겨져 있음을 깨달았을 거예요. 하지만 당신의 지성은 돌처럼 굳어 버렸고 아직도 죄에 물들어 있습니다. 당신은 제 모습과 목소리에 눈이 멀어 있고 귀 또한 들리지 않는 상태이군요."

그녀는 비장한 어조로 진지하게 말했다. 그녀는 진심으로 안타까워하고 있었으며 마치 세상 사람들의 구원에 대한 희망을 단테에게 걸고 있는 것 같았다.

"당신이 지금 정신이 없어서 마음에 새겨두기가 어렵다면, 순례자들이 지팡이에 종려나무가지를 감고 돌아다니듯, 당신도 영혼 세계의 여행을 몸에 그려 가세요. 천국의 교리는 지상의 것들보다 훨씬 더 높고 깊기 때문에 머리에만 새겨 글로 옮기기란 사실 불가능하답니다."

단테는 그녀의 말에 고개를 끄덕이며 물었다.

"도장 찍힌 밀초가 그 도장 자국을 그대로 간직하듯 나도 당신의 말을 가슴속 깊이 간직하겠소. 그런데 어찌된 일인지 당신의 말을 이해하려고 하면 할수록 당신의 말은 하늘 저편으로 날아가 버리고 있소."

"그건 당신이 지금껏 알고 있던 학문의 한계를 뛰어넘지 못하고 있기 때문이죠. 보잘것없는 지상의 학문으로는 도저히 하늘의 진리에 부합할 수 없습니다. 아마 당신은 인간의 길과 하느님의 길이 얼마나 멀리 떨어져 있는지 모르실 겁니다."

그녀의 말을 듣고서 단테는 단호하게 말했다.

"나는 아직까지 한시도 당신에게서 마음이 떠나본 적이 없소. 또 당신에 대해 양심의 가책을 받을 만한 짓 또한 한 적이 없소."

그녀는 미소를 지으며 말했다.

"당신이 지금 그 어느 것도 기억할 수 없는 이유는 레테 강물을 마셨기 때문입니다. 또한 그 말은 당신에게서 씻어야 할 죄가 더 있었다는 뜻이기도 하죠. 당신이 단호하게 제게 말하는 것으로 보아 당신은 아직도 교만함을 완전히 떨쳐 버리지 못했고 현세의 욕망에 집착하고 있다는 증거입니다."

단테는 그녀에게 뭐라고 변명해야 할지 몰랐다.

정오라서 그런지 태양빛이 이들의 머리 위에서 더욱 강하게 내리 쬐었다. 그때 앞장서서 인도하던 일곱 여인들이 무슨 이상한 것이라도 발견한 듯 갑자기 멈춰섰다. 여인들의 앞에 커다란 샘이 있었다. 그곳에서 솟아난 물은 두 줄기로 나뉘어져 흐르고 있었다.

"오, 빛이시여! 인류의 영광이시여! 여기 하나의 샘에서 넘쳐 흘러 서로 갈라져 흐르는 이 강물은 무엇입니까?"

단테가 애타는 마음으로 묻자 베아트리체는 마텔다에게 답변을 넘겼다.

"마텔다에게 물어보세요."

마텔다는 어떤 잘못에 대해 해명이라도 하듯 말문을 열었다.

"저는 맨 처음 당신을 만났을 때 이미 모든 것을 말씀드렸습니다. 설마 레테 강물이 그 기억까지 잊게 한 건 아니겠죠?"

베아트리체는 마텔다를 바라보면서 말했다.

"보통 사람들은 한 가지에 몰입하여 정신을 쓰다 보면 기억력을 빼앗기는 수가 있죠. 아마 이분도 지금까지 일어난 너무 많은 일들로 인해 마음의 눈이 흐려진 것 같습니다. 하지만 걱정 마세요. 이미 깨끗해진 영혼들에게 선행의 기억을 되살려 주는 저 에우노에 강이 흐르고 있으니까요. 자, 어서 이분을 모시고 가서 선행의 기억들을 회복시켜 주세요."

마텔다는 은총을 받은 천국의 영혼답게 베아트리체의 뜻을 저버리지 않았다. 단테의 손을 잡고 걸음을 옮기기 시작한 마텔다는 웃으면서 스타티우스에게 같이 갈 것을 청했다.

'아, 에우노에의 달콤한 물이여!'

단테는 마셔도, 마셔도 끝없이 마시고 싶어진다는 에우노에 강물을 마실 수 있게 되었다. 하느님의 은총으로 거룩한 물을 마시고 돌아온 그는 봄에 푸른 잎으로 새 옷을 갈아입은 나무처럼 다시금 의지를 되찾게 되었다.

단테는 이제야 비로소 아름다운 별들로 가득 찬 천국으로 올라갈 수 있을 만큼 아담으로부터 상속된 죄를 깨끗이 씻게 되었다. 아니, 그의 앞에는 이미 천국 순례의 길이 펼쳐져 있었다.

제3권 단테의 천국 여행기로 이어집니다.

편저자의 말

세계 문학의 최고봉이라 불리는 단테의 《신곡》을 소설화한다는 것은 생각할 수 없는 일이었고 나 자신 역시 그럴 자격을 충분히 갖추고 있지 못하다는 것을 잘 알고 있다. 그럼에도 불구하고 이 어려운 작업을 하기로 결심할 수 있었던 이유 중에 첫째는 작품의 위대함 때문이었고, 둘째는 읽을 독자의 수가 매우 적다는 현실 때문이었다.

어느 날 나는 평소 친분이 두텁던 분의 권유로 《신곡》을 접하게 되었다. 물론 그 전에도 작품에 대해서 간혹 들어 알고 있는 터였지만 큰 관심을 갖지는 않았다. 그러다 이번 기회에 《신곡》을 제대로 한번 읽어봐야겠다고 결심하며 읽기 시작했는데 작품에 서서히 빠져들다 보니 어려움이 한두 가지가 아니었다. 전문 1만 3,000여 행에 이르는 시구 가운데 나오는 고유명사만 해도 1,300개 이상이나 되는 이 방대한 작품을 전문지식 하나 없이 탐독한다는 것은 보통의 인내심으로는 엄두조차 낼 수 없는 일이었다.

더욱이 그리스도교, 중세 철학, 헬라 철학, 그리스 로마신화, 성서, 아리스토텔레스의 윤리학 그리고 당시까지의 중요한 역사적 사실 등에 이르기까지 생소한 내용들을 총체적으로 이해하며 작품을 읽어 내려간다는 것이 여간 어려운 일이 아니었다. 그럼에도 불구하고 내가《신곡》을 끝까지 정독할 수 있었던 가장 큰 이유는 내 지난날의 삶의 모습을 되돌아보게 하는 강렬한 그 무엇인가가 작품 곳곳에 묻어 있었기 때문이다.

'육에서 나온 것은 육이요, 영혼에서 나온 것은 영이다'라는 인간 본연의 질문을 스스로에게 던지게 된 것이다. 어떻게 사는 삶이 가장 올바른 삶인가, 인간은 죽어서 어디로 가며 또 무엇을 버리고 무엇을 가지고 가야 하는가'라는 종교적, 철학적 의문들이 꼬리를 물며 나의 가슴에 비수가 되어 날카롭게 꽂혔다. 뿐만 아니라 오늘날과 같이 정신보다 물질을 중시하는 시대에 인간의 도덕적 양심과 신앙의 문제들을 과연 어떻게 바라봐야 하는가에 대해 가톨릭 신앙인으로서 영성적 묵상에 이은 반성의 시간을 갖지 않을 수 없었다. 그만큼《신곡》은 단순히 과거의 역사와 문학, 철학, 종교 등을 이해하는 데 머물지 않고 나에게 현실적 비판과 아울러 미래에 대한 희망을 안겨 주었다.

나는 그야말로 비장한 각오를 가지고 각종 참고 서적을 찾아가며 많은 시간적 투자와 정신적 노력을 아끼지 않았다. 그 결과 몇 개월이 지나서야 겨우《신곡》의 마지막 부분을 읽을 수 있었다. 그때 나는 무언가 새로운 것을 발견했을 때의 어린아이처럼, 가슴 벅차고 참다운 삶을 향한 진실한 사랑과 희망의 영원성에 잠을 이룰 수 없었다. 그러나 그 같은 감동의 여운도 잠시 나는 시간이 지날수록 묘한 아쉬움에 휩싸였다. 프랑스의 소설가이자 극작가인 볼테르의 말이 계속해서 나의 귓전을 맴돌았기 때문이다.

'단테의 명성은 더욱 높아질 것이다. 왜냐하면 시간이 지날수록 사람들은 그의 작품을 거의 읽지 않게 될 것이기 때문이다.'

이때 나는 어떻게 하면《신곡》의 그 진한 감동을 보다 많은 사람들과 함께 공유할 수 있을까 하는 고민에 봉착했다. 그래서 주변 사람들의 다양한 조언과 출판사 내 편집기획 회의를 거쳐《신곡》을 소설화시키는 데 의견을 모았다.

사실 생각이 하나로 모아지기까지는 많은 이견異見들이 있었다. '원작의 명성에 손상이 가지 않는 범위 내에서 과연 얼마만큼 완성도 있게 옮길 수 있을까'가 가장 큰 어려움이었고, 또 하나는 소설화한다는 것 자체가 무리일 뿐만 아니라 원작을 왜곡시킬 수 있다는 지적이었다. 그러나 소수만이 읽고 자족하는 글이 되기보다는, 아예 읽지도 않고 책장에 꽂아 두는 책이 되기보다는 비록 그것이 원작에는 미치지 못할지언정 나름대로 의의가 있지 않겠느냐는 데 뜻을 모았다.

이번 3부작은 글의 형태나 구조상으로는 분명 소설이지만 개인의 순수한 창작물이라고 말하기는 어렵다. 그 이유는《신곡》과 관련한 각종 자료들을 참고하여 보다 이해하기 쉽게 옮겨 놓은 글이기 때문이다. 혹자들은 이 같은 작업에 상당한 비판과 아울러 의문을 달지도 모른다.

'과연《소설 신곡》이 단테의《신곡》에 얼마나 부합할 수 있겠는가? 그리고 과연 독자들의 반응을 기대할 수 있겠느냐?' 하는 부분에서 말이다. 그런 의미에서도 분명히 밝혀 둘 것은, 결코 이 소설은 원작이 갖고 있는 기본 내용을 부정하거나 왜곡시켜서 쓰지 않았으며 능력이 닿는 한 원작에 충실하려 최선을 다했다는 점이다.

다만 독자들이 반드시 이해하고 넘어가야 할 부분이 있다면 이 소설은 현대적 관점에서 썼기 때문에 14세기 당시의 신학적인 용어나 문학적인 표현과는 어느 정도 차이가 있다는 점이다. 그래야만 단테의《신곡》과《소설 신곡》사이에서 발생할 수 있는 오해의 폭을 다소나마 줄일 수 있으리라 본다.

그 어떤 위대한 문학 작품이라 할지라도 어느 정도 모순된 부분들이 발견되기 마련이다. 반드시 그런 의미에서가 아니더라도 이 소설을 읽고 난 후 많은 독자들이 질책을 가할 것이다. 그것은 무엇보다《소설 신곡》이 많은 부족한 점을 안고 독자들에게 다가갈 것임을 나 자신이 잘 알고 있기 때문이다.

그러나 단지 양서良書를 보다 많은 독자들과 공유하고자 하는 소박한 꿈을 지닌 한 사람으로서 독자들이 이 책을 통해서 열 가지 중에 하나만이라도 받아들일 수 있다면, 읽지 않고 열을 모두 잃는 것보다 낫지 않겠는가. 그렇기에 나는《소설 신곡》이 호평을 받든 혹평을 받든 그 평가에 대해서는 연연하고 싶은 생각이 없다. 단지 본래 전달하고자 했던 나의 의도가 왜곡 없이 고스란히 전달되어 처음 단테의《신곡》을 접하는 독자들에게 다소나마 도움이 될 수 있다면 그것만으로도 내 작은 노력이 헛되지 않은 것이라 믿는다.

《소설 신곡》이 완성되기까지 수고를 아끼지 않았던 분들과 이 책을 읽어주실 독자 여러분들께 심심한 감사의 마음을 전한다.

편저자 최승

단테의 생애

알리기에리 단테Alighieri Dante : 1265~1321년는 호메로스, 셰익스피어, 괴테와 더불어 세계 4대 시성 중 한 사람으로 이탈리아가 낳은 당대 최고의 시인이다. 뿐만 아니라 위대한 사상가였고 활동적인 정치가였으며 종교적 명상가이기도 했다.

그는 영원불멸의 거작이자 인간이 만든 가장 위대한 시가詩歌들 중 하나인《신곡 Divina Commedia(1308~1321년으로 추정)》을 자신의 조국 이탈리아에 바침으로써 중세의 정신을 종합하여 문예 부흥의 선구자 역할을 했다. 또한 오늘날 인류 문화가 지향해야 할 하나의 보편적 목표를 제시해 주었다.

정확한 날짜는 알 수 없지만 단테는 1256년 5월경 피렌체에서 출생했다. 당시 피렌체는 베네치아와 더불어 유럽의 경제권을 장악했고, 금융 · 통계술 등이 발달하여 도시가 상당한 부를 누릴 만큼 중세 말 서구 세계에서 가장 번창한 도시 국가 중에 하나였다.

그러나 그러한 물질적인 풍요로움과는 대조적으로 인간의 도덕성은 땅에 떨어졌고 부정부패의 역비례 현상이 피렌체 곳곳에 번져갔다. 아마도 이러한 시대적 상황은 앞으로 우리가 단테의 생애와 작품 세계를 이해하는 데 중요한 요소로 작용하리라 본다.

사실 단테라는 한 개인에 관한 기록은 거의 없는 편이다. 그는 자신의 인생에 대한 직접적인 기록을 거의 남기지 않았기 때문에 우리가 그에 관해서 안다는 것은 지극히 부분적이고 제한적일 수밖에 없다. 단지 보카치오의《단테의 삶》과 빌라니의《연대기》정도가 그의 생애에 대한 간접적인 사실들을 기록해두고 있을 뿐이다. 여기서는 그것을 토대로 하여 그의 발자취를 더듬어 보고자 한다.

그는 겔프당(교황파)을 지지한 피렌체의 귀족 가문 출신으로, 아버지는 알리기에로 디 벨린치오네Alighiero di Bellincione이고 어머니는 벨라Bella라고 하나 그 이상은 알려진 것이 없다. 그러나 고조부 카치아구이다Cacciaguida는 쿠라도Currado 3세 치하에 기사로 신성 로마 제국 황제를 섬겨 십자군 전쟁에 참가하여 전사했다고 언급되어 있다.

단테는 가정에서 라틴어 교육을 받다가 산타 크로체Santa Croce 수도원에서 문법·논리학·수사학의 3학과와 수학·음악·기하학·천문학의 4학예를 배웠다. 특히 그는 수사학에 남다른 관심을 보여 브루네토 라티니Brunetto Latini에게서 사사하기도 했다.

또한 라틴어 외에도 프랑스어, 프로방스어에 탁월한 능력을 보였으며 음악·춤·노래·그림·법률 등 모든 분야에서 조예가 깊었고, 특히 18세가 되었을 때에는 구이토네 다레초Guittone d'Arezzo의 영향을 받아 최초로 시를 쓰기도 했다.

한편 단테는 동급생인 G. 카발칸티와 두터운 우정을 맺었고 고전 연구를 끊임없이 계속하여 V. 베르길리우스의 작품을 섭렵했다. 또한 구이도 구이니첼리Guido Guinizeli의 새로운 시작법詩作法에도 특별한 관심을 가졌다. 그 외에도 단테는 시칠리아파와 토스카나의 귀토네파 서정시에서 받은 영감을 바탕으로 베아트리체를 향한 마음을 노래하기도 했고, 그 후에 청신체파清新體派시인으로서 시작 경험을 쌓기도 했다.

단테에게 있어서 영원한 여인 베아트리체는 그의 젊은 날을 그린 서정시집《신생(1292년)》에서도 생동감 있고 아름답게 묘사되어 있다. 단테의 나이 겨우 9세 때 마치 천사처럼 순결한 베아트리체를 처음 만나 연모의 정을 느꼈고, 18세 때 다시 만나 그리움으로 애태웠다고 한다. 그러나 그녀는 시모네 디 바르디와 결혼했고 1290년, 젊음과 아름다움의 절정기에 그만 짧은 생을 마감하고 말았다.

그 후 단테가 평소 찬미하던 여성의 이상화가 급속도로 진전되었고 시집《신생》의 후미에 의하면 베아트리체를 위해 대작을 준비하겠다는 소신을 피력했다.《신생》은《신곡》의 중추가 되는 종교적·시적 사상의 싹틈을 엿볼 수 있는 작품으로 단테의 문학과 철학에 대한 깊이와 연구가 본격적으로 시작되는 중요한 시기에 쓰였다.

한편 단테는 베아트리체가 죽을 무렵 아레초의 기벨린당원들과 캄팔디노에서 혈전을 벌인 다음 피사에 대항하여 싸우는 전쟁에 참가하고 있었다.

그러던 중 그녀의 부고訃告를 받고 깊은 고뇌에 빠져 있다가 아리스토텔레스, 키케로, 보에티우스, 토마스 아퀴나스 등을 깊이 연구하며 윤리학 · 철학 · 신학에 심취하기 시작했다. 또한 G. 카발칸티와는 더욱더 돈독한 우의를 다지며 자신의 고뇌와 방황에서 벗어나려는 노력을 끊임없이 해나갔다.

1298년경, 피렌체의 도나티 가문의 딸 젬마와 결혼하여 세 아들을 두었다. 그중 둘째 피에트로는 아버지 단테의 문학을 깊이 연구하여 학자가 되었다.

그 후 단테는 정치활동에도 본격적으로 가담하기 시작했다. 당시 피렌체는 겔프당(중산층 옹호)과 기벨린당(상류층 대변자) 사이에 피비린내 나는 투쟁이 벌어지고 있었다. 단테는 겔프당에 속해 있었다. 그는 정치적이나 철학적인 면에서 해박한 지식을 갖추고 있었기 때문에 당시 정계에서 중추적인 역할을 담당했다.

1300년, 당시의 교황이었던 보니파티우스 8세의 간섭을 벗어나기 위한 방편으로 이웃나라 산 지미니아노에의 특파 대사를 거쳐 마침내 통령의 한 사람으로 선출되기에 이른다. 또한 그 해에 피렌체를 다스리던 6인의 행정위원 중 한 명이 되기도 했다.

그러나 사회는 더욱더 윤리적인 쇠퇴기에 접어들었고 급기야는 또다시 당쟁의 소용돌이 속에서 헤어나지 못하고 있었다. 겔프당이 흑당과 백당으로 나뉘어져 두 파벌은 권력 확보를 향한 싸움을 끊임없이 전개해 나갔다. 단테는 당시 교황청과 단지오 왕가의 간섭에서 벗어나 피렌체의 독립을 주장했던 백당을 지지했다. 때문에 단테는 교황의 분노를 사게 되어 할 수 없이 흑당에 의해 피렌체에서 추방되었고, 1302년에는 독직 죄로 고소당하면서 벌금 납부와 2년간의 유형을 선고받았으며 공민권을 박탈당했다. 그러나 단테가 이에 응하지 않자 다시 2개월 후에는 추방 명령과 재산 몰수령이 내려졌고, 시 정부에 체포될 경우에는 화형에 처한다는 통고를 받았다. 이때부터 정치적 이유에 의해 강요된 단테의 유랑생활이 끝없이 이어진다. 절망에 빠진 채 단테는 베로나에 가서 바르톨로메오 델라 스칼라의 외교사절이 되기도 하고 마라스피나의 식객이 되기도 했다. 그 뒤 트레비소, 파도파, 루카, 파리 등지를 배회하며 처참한 삶을 영위했다.

당시 그가 생각한 '부당한 단죄에 대한 유일한 대항'이란 백당의 잔당에 가담하여 피렌체를 탈환하는 일뿐이었다. 그러나 백당은 1303년과 그 이듬해에도 패배했고 그러는 동안 단테의 꿈은 점차 수포로 돌아가 결국 일인 일당으로 남게 되었다.

그동안 단테의 눈에 비친 세상은 온통 탐욕과 악으로 가득 찬 것이었다. 그러나 그의 절망은 오래가지 않았고 인류 구원의 길을 가르치려는 사람은 먼저 지옥에 가서 인간이 범한 죄의 실체와 이에 대한 하느님의 판결을 보아야 한다고 결심한다. 그리하여 그 고난과 실의에 빠진 유랑생활에서도 인간 사회의 모습을 빠짐없이 관찰하여 그 가운데에서 멸하는 것과 영원히 사는 것을 지켜보았다.

《신곡》의 서곡에서 '어두운 숲을 헤매다'라고 표현한 것은 단테가 35세 때인 1300년, 유랑생활을 시작하기 바로 직전에 그의 양심, 예지, 신앙이 심각하게 흔들리고 있음을 간접적으로 보여주는 상징적 문구로 이해할 수 있다. 그 후 단테는《향연(1306~1308년)》을 썼다. 그 무렵《신곡》의 구상을 구체화하고 있었다.《향연》의 내용은 아리스토텔레스 철학과 스콜라 철학을 중심으로 주로 윤리 문제를 다룬 미완의 작품이다.

또한《리메》,《칸토니에레》는 대부분 청신체로 베아트리체를 읊었다. 한편 1304~1307년에 걸쳐《속어론》을 썼는데, 이것 역시 미완의 작품으로 라틴어의 언어 문제와 시작詩作에 관한 내용을 담고 있는 논문이다.

그러던 중 1310년, 단테에게 희망 섞인 소식이 들려 왔다. 다름 아닌 로마 제국의 재건을 위해 독일계 황제 하인리히 7세가 이탈리아에 내려왔다는 것이었다. 그때 단테는 하인리히 7세가 이탈리아를 구하고 다시 부흥시킬 수 있는 적격자라고 생각했다. 그는 하인리히 7세에게 피렌체를 비난하는 포문을 열면서 탄원서를 보냈다. 여기서 단테는 하인리히 7세를 평화의 사도이며 자유의 수호자로 칭송하고 그에게 토스카나 지방을 공략하라고 권유했다.

이때 추방당한 자들에 대한 일차적인 대대적 사면령이 있었지만 단테만은 제외되었다. 그 후 피렌체를 비롯한 이탈리아의 모든 겔프당의 도시는 맹렬히 하인리히 7세에게 대항하며 나섰다. 게다가 1313년, 갑작스런 하인리히 7세의 죽음으로 인하여 단테의 피렌체 귀환은 다시 한 번 물거품이 되고 말았다.

그동안 단테는《제왕론》을 썼다. 그는 여기서 정의와 평화의 확립, 제국은 각 시민이 선출한 정부에 의해서 통치되어야 하고 이는 신의 가호로써 가능하다고 주장했다. 또한 교황과 황제를 분리하여 교황은 정신계를, 황제는 물질계를 다스려야 한다고 강력히 피력했다. 이 무렵, 피렌체 정부는 다시 한 차례의 사면령을 감행했다.

단테에게도 '자신의 죄를 인정한다고 공식적으로 선언하면 피렌체로 돌아갈 수 있다'는 명령이 내려졌으나 그는 영예롭지 못한 행동이라며 도리어 그것을 반박했다. 이에 격분한 흑당은 단테와 그의 아들에게 사형을 선고하는 궐석재판을 단행했고, 그 후 단테는 라벤나의 영주 폴렌타의 비호를 받으며《신곡》의 마지막 부분을 완성했다.

최대의 걸작인《신곡》은 단테의 문학적 · 종교적 사상의 결정체로《지옥 편》은 1304~1308년에,《연옥 편》은 1308~1313년에,《천국 편》은 1314~1321년에 각각 완성되었다. 또한 그의《농경시》는 친구인 G. 데르 비르지리오에게 보낸 목가牧歌이고, 1302년에 베로나에서《수륙론》을 강의하기도 했다.

단테는 1321년 9월 14일, 56세의 나이로 라벤나의 영주 폴렌타의 외교사절로 베네치아에 다녀오는 도중에 숨을 거두고 말았다. 그는 오랜 염원이었던 피렌체로의 귀환을 끝내 실현하지 못한 채 덧없이 라벤나의 한 성당 모퉁이에 외롭게 묻혔다.

피렌체에 '단테의 집'이라는 곳이 있기는 하지만 그곳에서는 단테의 흔적이라곤 종이 한 장 찾아볼 수 없을 만큼 초라하기 그지없다. 그가 죽고 오랜 시간이 흘러서야 단테의 무덤을 돌려줄 것을 요구하는 피렌체에게 지금 그는 무덤에서 과연 무슨 말을 할지……. 끝까지 자신을 받아들이지 않고 박해를 가한 피렌체를 원망할는지 아니면 그래도 자신의 조국 피렌체를 아직도 사랑하고 있다고 말할는지 아무도 모른다.

작품 해설

1307년경부터 쓰기 시작하여 몰년歿年 1321년에 완성된 《신곡》은 밀턴의 《실락원》이나 버니언의 《천로역정》과 더불어 제1급에 속하는 그리스도교 문학의 최고봉이다.

《지옥 편》, 《연옥 편》, 《천국 편》 3부로 이루어진 《신곡》은 각 편이 모두 33곡으로 되어 있다. 그러나 지옥 편에는 작품 전체에 대한 서곡이 있으니 34곡이라고 해야 보다 정확할 것이다. 모두 합하면 100곡이 된다. 그리고 《신곡》은 각 행이 11음절Endecasillabi로 구성되어 있고 3운 구법Terza rima을 취한다. 각 곡의 길이는 일정하지 않으나 대략 140행 전후이다. 따라서 작품 전체의 총 행수는 1만 4233행에 이른다.

이것은 《신곡》이 삼위일체三位一體를 상징하면서 정연한 구성을 이루며 설계되고 창작되었음을 뜻하는 것이다. 이처럼 이 작품에서 '3'이라는 숫자는 매우 중요한 의미를 갖고 있다. 한편 10이나 그의 배수 역시 작품 속에서 의미 있게 다뤄진다. 이는 완전함을 뜻하는 것이다.

지옥에서 벌을 받는 영혼들은 아리스토텔레스의 윤리학을 기반으로 절제, 폭력, 사기의 세 가지 순서에 따라 각기 다른 죄의 형벌을 받고 있다. 연옥 편의 영혼들 역시 선과 악의 개념을 바탕으로 불완전한 영혼들, 활동적인 영혼들, 명상적인 영혼들의 세 단계로 나뉘어져 있다.

지옥의 옥들 역시 3의 배수인 아홉 개로 되어 있으며 지옥의 문지기들도 아홉 명, 연옥의 천사들도 아홉 명, 천국에 있는 천사들의 품급도 아홉 가지이다. 그뿐만이 아니다. 지옥 입구에서 단테를 가로막는 짐승들도 세 마리, 단테를 인도하는 시인도 베르길리우스, 소르델로, 스타티우스 세 명이다. 이와 같이《신곡》에서는 3과 9 그리고 10과 100의 숫자가 끊임없이 작용하고 있다. 이는 단테의 의식적인 치밀한 구성에 의한 것으로 보인다.

이 작품의 원제목은 Commedia, 즉 희곡喜曲 또는 희극喜劇이다. 비참한 인상을 주는《지옥 편》을 제외한 나머지《연옥 편》,《천국 편》은 매우 쾌적하고 즐거운 내용을 다루고 있기 때문에 슬픈 시작에서 행복한 결말에 이른다고 하여 그와 같은 제목이 붙여진 것이다.

그런데 보카치오가 Commedia에 형용사 Divina를 덧붙여 부름으로써 오늘날 이 작품이 단순한 희곡의 차원을 넘어 숭고하고 성스러운 뜻을 가진 Divina Commedia(신성한 희곡)라고 불리게 된 것이다.

표면에 나타난《신곡》은 사후 세계를 중심으로 한 단테의 여행담이라고 볼 수 있다. 그러나 무엇보다도 베아트리체를 향한 순수한 사랑, 정치적 이유로 겪어야 했던 고뇌에 찬 오랜 유랑생활 등 폭넓은 인생체험을 통하여 단테 자신의 성장과정을 보여 주고 있는 작품이라고 할 수 있다. 또한 망명 이후 심각한 정치적, 윤리적, 종교적 문제들로 계속 고민해야 했던 단테가 자신의 양심과 고민 속에서 그 해결 방법을 찾아내기까지의 이야기라고도 볼 수 있다.

《신곡》은 단테가 33살이 되던 해의 성聖 금요일 전날 밤 길을 잃고 어두운 숲 속을 헤매며 번민의 하룻밤을 보내면서 시작된다. 다음날 단테가 빛이 비치는 언덕 위로 다가가려 하는데 갑자기 세 마리의 야수가 나타나 그의 길을 가로막는다. 그때 베르길리우스가 나타나 단테를 구해주고 길을 인도한다.

그는 먼저 단테를 지옥으로, 다음에는 연옥의 산으로 안내하고는 꼭대기에서 사라져 버린다. 그곳에서 베아트리체를 만난 단테는 천국의 가장 높은 지고천至高天까지 이르게 되고, 거기에서 한순간이지만 하느님의 모습을 우러러보게 된다.

이처럼《신곡》은 단테 자신의 개인적인 체험을 기록한 것이라고 할 수 있다. 때문에 여기서 단테는 인류 영원의 대표자로 상징된다. 그리고 단테를 인도하는 베르길리우스는 인간의 이성과 철학을 상징한다. 그러나 천국을 천력踐歷하기 위해서는 이러한 인간적 능력은 큰 도움이 되지 못한다. 따라서 연옥까지 안내를 맡은 베르길리우스는 단테에게 독립된 행동을 할 수 있는 자유의지를 허락했고, 지도자로서의 자격을 포기한 채 단테를 영원한 연인 베아트리체에게 맡긴다. 여기서 베아트리체는 신앙의 지식과 신학 및 종교적 상념을 상징한다.

한편《신곡》에서의 골짜기는 지옥, 언덕은 연옥, 하늘은 천국을 각각 상징한다. 아홉 개의 구역으로 분류된 지옥은 영원한 슬픔과 괴로움의 세계를 나타내고, 일곱 개의 구역으로 구성된 연옥은 구원받은 영혼이 천국에 들어가기 전에 우선 그 죄를 깨끗하게 하는 곳이다.

또한 열 개의 구역으로 되어 있는 천국은 인간들이 하느님에게로 이르는 길을 제시하고 있으며 그 결말은 기쁨으로 끝이 난다.

이 작품이 포함하는 영역의 광대함과 그 속에 감춰진 메시지를 보다 깊게 이해하기 위해서는 이 시에 사용된 상징적 대요를 설명한《제정론》을 살펴볼 필요가 있다.

그 책에 의하면 인간은 신이 정했다고 하는 자연계에서의 목적과 초자연계에서의 목적을 향해 살아간다고 역설하고 있다. 현세에 있어서의 행복, 즉 지상낙원을 건설하기 위해서는 윤리적·지적 미덕이 명하는 바에 따라 살아가야 하며 제2의 목적, 즉 영원의 행복을 얻는 길은 하느님의 은총에 힘입으면서 그리스도교의 믿음·소망·사랑에 따라 세상을 살아가는 것이라고 한다. 그리고 인류를 현세의 행복으로 안내하는 것은 황제의 의무이고, 영원의 행복으로 인도하는 것은 교황의 의무라고 말한다.

이것은《신곡》의 중요한 장면에 나오는 이미지와 매우 흡사하다. 따라서 단테의 상상 속에서 나온 우의적寓意的 여행담은, 실제에 있어서는 구체적인 체험에서 얻은 진실을 의식적으로 표현했다고 볼 수 있다.

방탕한 생활, 이성과 덕이 부재한 생활을 나타내는 '어두운 숲'은 세 마리의 짐승에 의해 지배되고 있다. 여기서 세 마리의 짐승은 각각 표범, 사자, 늑대로 표범은 정욕을, 사자는 교만을, 늑대는 탐욕을 상징하고 있다. 그러나 베르길리우스에 의해 인도된 단테는 결국 이 숲 속에서 벗어나 지상 낙원에 이르게 된다. 이렇듯 탄탄한 구조와 내용 설정은《신곡》의 난해함에도 불구하고 독자들에게 상당한 지적 호기심과 풍부한 감정을 유발시키는 힘을 갖는다.

즉, 신곡이 최고의 걸작으로 뽑히는 여러 이유 중 하나가 바로 이 빈틈없는 구성에 있다. 롱펠로는 이 장엄한 서사시를 완벽한 건축물에 비유했다. 이유는 이 작품에 형용사가 극도로 적고 묘사가 전부 동사로 되어 있기 때문이다. '단테는 그림을 그리지 않는다. 그는 조각 한다'라는 평도 바로 그와 같은 맥락이다.

또한 이탈리아어로 쓰인 이 책에 대해 당시 학자들은 이 서사시가 라틴어로 쓰였더라면 더 높은 평가를 받았으리라고 아쉬워했지만 그가 사용한《신곡》의 용어는 후에 이탈리아어의 기초가 되었다. 뿐만 아니라《신곡》은 문체상으로 보다 특별한 성취를 이루었다고 볼 수 있다. 이는 다름 아닌 지적 혁신으로 날카로운 인물 묘사를 들 수 있다. 또한 추상적인 사상들을 엄격한 운율의 형태 안에서 우아하고 신중하게 표현한 그만의 독창성도 빼놓을 수 없다.

그러나 무엇보다도 특수한 장면들을 은유나 비유, 혹은 직접 묘사 등으로 그려냄으로써 얻을 수 있는 지속적인 생동감이다. 이러한 생생한 표현기법으로 단테는 저승세계를 실제로 보는 것처럼 묘사했다. 또한 그 등장인물들의 운명에 비장감과 비애를 더해 주어 주제의 중후함을 손상하지 않고 독자들의 낭만적인 기대감을 충분히 만족시켜 주었다. 한마디로《신곡》은 단테의 시적 성취뿐만 아니라 그의 사상에 관한 작품이라고 할 수 있겠다.

《신곡》은 프톨레마이오스의 우주관, 토마스 아퀴나스의 신학, 스콜라 철학, 그리스 로마신화, 성서, 신비주의 등 폭넓은 내용을 담고 있다. 뿐만 아니라 중세 르네상스 문화의 선구적 요소라고 할 수 있는 낭만주의와 인간적 신뢰, 사랑을 바탕으로 한 이지적 비판의식 등이 나타나 있다.

또한 단테 자신의 말에서도 알 수 있듯이《신곡》은 현실 세계의 사물을 빌려 하느님의 존엄과 심판 그리고 사랑과 구원의 진리를 투영하고 있다. 특히 그 알레고리로써 현세의 인간들에게 하느님에게로 이르는 길을 제시해 주고 있다.

그러나 무엇보다《신곡》이 오늘날 여느 작품들과 차별될 수 있는 위대함은 이 작품이 단순히 인간의 죄에 대한 신의 처벌과 구원의 문제만을 다룬 것이 아니라 현세를 날카롭게 직시하는 사회 개혁적 내용을 저변에 깔고 있기 때문일 것이다.

바로 이런 점들이《신곡》을 오늘날까지 세계 문학의 최고봉으로 우뚝 서게 한 중요한 요소가 아닌가 생각한다.